LARRY TOWNSEND

HEISSE FÄLLE FÜR SHERLOCK HOLMES

BRUNO GMÜNDER

Loverboys 10
1. Auflage

Aus dem Amerikanischen von Gerold Hens

Leuschnerdamm 31, D-10999 Berlin

Originaltitel: The Sexual Adventures of Sherlock Holmes

Umschlaggestaltung: Stefan Adler
Foto: Steve Cadro
Druck: Nørhaven A/S, DK-Viborg

ISBN 3-86187-040-1

Einleitung

Im Jahre 1878 erwarb ich den Doktorgrad in Medizin an der Universität von London, um daran eine Ausbildung zum Militärarzt in Netley anzuschließen. Den Fünften Northumberland Füsilieren zugeteilt, wurde ich an die afghanische Front geschickt, wo ich bald nach meiner Ankunft verwundet wurde. Ich verbrachte einige denkwürdige Wochen im Hospital von Peshawur in der Pflege einiger ausgesprochen attraktiver Sanitäter, bevor ich nach England zurückgebracht wurde. Noch immer bei schwacher Gesundheit wurde ich mit einer kleinen monatlichen Leibrente aus der Armee entlassen. Obwohl noch keine fünfundzwanzig, war ich nun ein Gentleman im Ruhestand, der von einer winzigen Pension der Regierung zu leben versuchte, in einer Zeit, in der die Preise in die Höhe schnellten und eine schickliche Unterkunft bei meinen Mitteln nicht erschwinglich war.

Daher hatte ich in einem kleinen Hotel Quartier genommen – für jemanden von Geschmack keine empfehlenswerte Behausung – und begann, ein gerüttelt Maß an Zeit in den umliegenden Tavernen zu verbringen. Unter diesen bevorzugte ich besonders das Criterion wegen der vielen hübschen Männer, die dort verkehrten. Als ich eines Nachmittags an der Bar saß, wollte es das Glück, daß ich einem jungen Burschen namens Stamford begegnete, der mir an der Front bei Operationen assistiert hatte. Wir hatten uns auf eine kleine

Affäre eingelassen, und ich erinnerte mich an ihn besonders seiner wirklich außergewöhnlichen rektalen Eigenschaften wegen – seiner Fähigkeit, die Aftermuskulatur anzuspannen und zu entspannen, als habe er sie vollkommen unter Kontrolle. Dieser einzigartigen Talente ungeachtet war ich natürlich entzückt, in London auf einen ehemaligen Waffenbruder zu treffen. Ich setzte mich sogleich an einen Tisch und bat Stamford, sich zu mir zu gesellen.

»Lieber Freund«, sagte er, nachdem wir eine Zeitlang getrunken hatten, »ich möchte nicht neugierig sein, aber obgleich ich mich freue, Sie wiederzusehen, bestürzt es mich, an Ihrem Äußeren einen gewissen... äh... Mangel an Wohlstand wahrzunehmen, Sir.«

»Ach, Stamford«, seufzte ich, »ihr Auge ist scharf wie immer. Ja«, gestand ich, »es sieht düster aus.« Ich begann, meine momentanen Verhältnisse zu schildern, und da ich etwas angesäuselt war, ließ ich nichts von meinem Dilemma aus.

»Armer Teufel!« rief Stamford aus. Dann zögerte er, um mich eingehend zu mustern, ehe er fortfuhr. »Ich fürchte sehr, falsch verstanden zu werden, wenn ich vorschlage, was mir in den Sinn kommt«, fuhr er umständlich fort, »aber wenngleich der Gedanke Sie anfangs schockieren mag, glaube ich, daß nüchterne Erwägung die gegenteilige Reaktion hervorrufen könnte...«

Er schaute mich fragend an, und ich zuckte die Schultern, rätselnd, was genau er wohl im Sinn habe. Mir war bereits der teure, überaus elegante Schnitt seiner Kleidung und auch das ansehnliche Stück Stoff im Schritt aufgefallen. Nun, dachte ich, auch in dieser Beziehung hatte es Stamford gewiß noch nie an etwas gemangelt. Die Erinnerung war angenehm... große, stark gerötete Genitalien... ein dicker, massiger Penis mit Adern, die sich am Schaft wie Reben an einer Mauer emporrankten... Bulleneier mit dem würzigen Duft erregter Männlichkeit...

Ich stieß trotz meiner Sorgen und der Erinnerung an meine beunruhigenden Verhältnisse einen langen Seufzer aus. »Ich bin verzweifelt genug, um beinahe alles zu versuchen«, gestand ich, »aber meine schwache Gesundheit verwehrt mir selbst die geringste Berufsausübung.«

Noch immer deutlich angespannt und in fast entschuldigendem Ton gestand Stamford, was mir bereits dämmerte. Er vermittelte nämlich tatsächlich junge Männer für die verschiedensten Aktivitäten an begüterte Personen, die für ihre besonderen Vorlieben zu zahlen in der Lage waren. »Sie müssen aber verstehen, Watson«, fuhr er fort, »daß ich weder ein Beschützer männlicher Huren bin, noch das, was man herkömmlich einen ›Luden‹ nennt. Ich bin vielmehr ein Makler. Ich berechne eine moderate Gebühr dafür, daß ich zwei Herren mit ähnlichen Neigungen zusammenbringe. Wenn derjenige, der dazu besser in der Lage ist, die Gebühr bezahlt, stelle ich keine Fragen. Auch kann ich nicht kontrollieren, was zwischen den beiden Herren geschieht, sobald ich sie einander vorgestellt habe...«

»Sie schlagen doch nicht etwa vor...«, hob ich voller Entsetzen an.

»Gemach, gemach... einen Augenblick, werter Freund«, stieß er hervor. Er packte mich sanft, aber nachdrücklich am Ellbogen, um mich am Aufstehen zu hindern. »Wirklich, Watson, ich erinnere Sie daran, daß sie früher einer Tändelei ab und an nicht abgeneigt waren, und wenn Ihre Wunde Sie nicht allzusehr entstellt, sehe ich keinen Grund, weshalb dieser Körper – ein Körper, der Ihnen trotz Ihrer Jugend schon so viel Kummer bereitet hat – nicht dazu eingesetzt werden sollte, Sie aus ihrer prekären Lage zu befreien.«

»Ich finde den Gedanken unerhört!« erwiderte ich indigniert. Trotz meines empörten Tones war die Aussicht ausgesprochen verlockend. Meine Überlegungen blieben dem jungen Stamford nicht völlig verborgen. Schließlich war es sein

Geschäft, die subtilen Nuancen in den Zügen anderer zu entdecken und zu seinem Vorteil zu deuten. Ein flüchtiges Lächeln streifte seine Lippen, und er winkte dem Kellner, uns eine weitere Runde zu bringen.

»Ich glaube, der Gentleman, den ich im Sinn habe, wird Ihnen sehr gefallen«, fuhr er fort, als hätte ich bereits eingewilligt, mich seinem Rennstall anzuschließen. »Der Bursche ist eine Art Chemiker, in Wirklichkeit aber ein durchaus brillanter Gelehrter auf zahlreichen Gebieten der Wissenschaft. Kurz: Er ist ein Mann Ihrer Klasse, nur einfach ein wenig besser gestellt.«

Während Stamford weiterplapperte, erschien mir sein Vorschlag zunehmend reizvoller. Gewohnheit und Anstand fochten in meinem Gewissen einen harten, aber aussichtslosen Kampf. Am Ende willigte ich ein, den Mann, an den er dachte, kennenzulernen – und ohne Stamford etwas zu sagen, hatte ich mehr oder weniger beschlossen, auch seine übrigen Anregungen zu befolgen. So kam es, daß ich noch am gleichen Nachmittag Mr. Sherlock Holmes vorgestellt wurde.

Stamford schickte einen Jungen, um zu fragen, wann wir vorbeikommen sollten, und kurz darauf kehrte der Bursche zurück. »Mr. Holmes bittet Sie, gleich vorbeizukommen«, sagte er uns mit wissendem Grinsen. »Er war scheint's ganz wild drauf, den Gentleman kennenzulernen«, fügte er mit unverschämtem Zwinkern hinzu.

»Na also, Watson!« sagte Stamford schmunzelnd, »Ihre Probleme sind vorbei – zumindest im Augenblick.«

»Ich hoffe, sie beginnen nicht gerade erst«, erwiderte ich.

Holmes empfing uns in seinem Hospitallabor, in dem er eine Reihe merkwürdiger Experimente durchführte. Er erwies sich als recht energisch und kam federnden Schrittes auf uns zu, um uns mit ausgestreckter großer, eckiger Hand, die vom achtlosen Umgang mit chemischen Lösungen voller Flecken war, zu begrüßen. »Welch eine Freude!« rief er strahlend.

Seine durchdringenden, grauen Augen musterten rasch meinen Körper von oben bis unten, wobei sein Blick einen Moment lang auf meinem Schritt ruhte und sich ein offenes Lächeln über seine schmalen, raubvogelhaften Züge breitete. Holmes, etwa in meinem Alter, war recht gutaussehend und anziehend, trotz seiner Adlernase und seinem außerordentlich schlanken Körperbau. Etwas größer als ich, war er merklich ein Mann großer Körper- und Willenskraft.

»Sie sind in Afghanistan gewesen, wie ich sehe«, fügte er nach kurzem Schweigen hinzu. Und noch ehe ich ihn ob seiner erstaunlichen Feststellung befragen konnte, steigerte er sich in eine enthusiastische Schilderung des Experiments, mit dem er sich gerade beschäftigte.

»Ich habe es gefunden!« erzählte er uns aufgeregt. »Ich habe ein Reagens entdeckt, das nur auf Hämoglobin anspricht und auf nichts sonst!«

»Das ist interessant, aus chemischer Sicht, zweifellos«, antwortete ich, »aber praktisch...«

»Aber, Mensch, das ist die allerpraktischste juristisch-medizinische Entdeckung seit Jahren! Sehen Sie nicht, daß wir damit einen unfehlbaren Test für Blutflecken haben? Kommen Sie her!« In seinem Eifer packte er mich am Ärmel und zerrte mich zum Tisch, an dem er gearbeitet hatte. »Hübsch«, murmelte er abwesend, während seine Hand von meinem Arm abglitt und mir leicht über Hüfte und Hinterteil streifte. Dann verlor er sich in einer Schilderung seiner Experimente und ihrer Ergebnisse, wobei er zur Erläuterung einen Blutstropfen aus dem eigenen Finger entnahm. »Ha! Ha!« schrie er, als in der Lösung eine deutliche Reaktion erfolgte. »Was halten Sie davon?«

»Es scheint ein sehr empfindlicher Test zu sein«, bemerkte ich. Ich fühlte mich inzwischen ziemlich zu ihm hingezogen und wünschte, er würde von seinen wissenschaftlichen Aktivitäten ablassen und zum Grund meines Besuches kommen.

Es wurde spät, und ich glaube, wir waren die einzigen, die sich noch im Labortrakt des Gebäudes aufhielten.

»Ja, ja! Ich sehe, Sie sind ungeduldig«, bemerkte er geistesabwesend. »Ich sollte Ihnen weitere Erörterungen über meine Entdeckungen ersparen. Stamford, ich danke Ihnen«, sagte er an unseren Begleiter gewandt. »Falls John nichts dagegen hat«, fügte er hinzu, wobei er mich anlächelte, »glaube ich, wir könnten ganz prächtig miteinander auskommen!«

Dann führten Holmes und Stamford die Unterhaltung außerhalb meiner Hörweite fort. Anschließend lud mich mein neuer Freund ein, ihn zu seiner Wohnung zu begleiten. »Ich habe just eine zauberhafte Suite in der Baker Street bezogen«, bemerkte er, »und ich bin begierig darauf, sie einzuweihen.« Er lachte fröhlich, schlug mir leicht auf den Rükken und ließ seinen Arm auf meiner Schulter liegen, während er mich zum Ausgang führte. Stamford folgte in einigem Abstand, und sobald wir draußen waren, entschlüpfte er diskret. Holmes hielt eine vorbeifahrende Droschke an, und bald bewegten wir uns auf sein Heim zu.

Dies alles war so neu für mich und in einer solch rasanten Abfolge geschehen, daß ich kaum wußte, was ich sagen oder tun sollte. Etwas verlegen flüchtete ich mich in einen geschwätzigen Dialog über die Leute und Gebäude, an denen wir vorbeifuhren. Holmes blieb fast stumm, obgleich er mich mit freundlich amüsiertem Blick musterte. Hätte ich ihn besser gekannt, wäre ich noch unruhiger gewesen, denn bei seiner unvergleichlichen Fähigkeit, das Ganze aus seinen Komponenten zu erschließen, entblößte ich ihm unweigerlich meine Seele in einer Weise, wie ich es bei klarem Verstand niemals getan hätte. Schließlich streckte er den Arm aus und legte seine Hand leicht auf meinen Oberschenkel.

Ich zuckte bei dieser plötzlichen, unerwarteten Berührung zusammen und warf einen scharfen Blick auf meinen Begleiter, der von dieser Schreckreaktion völlig ungerührt blieb.

»Keine Angst, alter Knabe«, sagte er sanft, »aber Sie sind solch ein hübscher Bursche, daß es mir schwer fällt, meine Hände von Ihnen zu lassen. Ich hoffe doch, es stört Sie nicht.«

»Nun… äh… unter den Umständen…«, stammelte ich. »Nein«, brachte ich schließlich hervor. »Nein, eigentlich ist es sehr angenehm. Ihre Hand ist so warm… und groß…«

Mein Begleiter lachte laut auf. »Das ist wirklich ein interessanter Kommentar«, bemerkte er. »Sagen Sie, glauben Sie, als Arzt, an einen Zusammenhang zwischen der Größe verschiedener knorpelhaltiger Gewebeteile?« In seinen Augen war nun ein deutliches Zwinkern, und ich erkannte, daß er auf jenen speziellen Teil seines Körpers anspielte, der meinen Blicken gegenwärtig entzogen war.

»Ich habe nicht viel darüber nachgedacht«, antwortete ich, »aber ich nehme an, eine gewisse Logik könnte diesen Schluß untermauern. Der Größe von Händen und Füßen scheint ein voraussagbares Verhältnis zugrunde zu liegen.«

»Ja, gewiß«, murmelte er. »Ja, gewiß.« Dann gestattete er seiner Hand, recht kühn über meinen Schenkel zu streifen und mit den Spitzen seiner langen, schweren Finger an dem sich wölbenden Hügel zwischen meinen Beinen zur Ruhe zu kommen. »Faszinierend!« hauchte er leise.

Draußen hatten sich die abendlichen Schatten zu einem Mantel völliger Dunkelheit ausgebreitet, dessen lastende Finsternis gelegentlich von einer Gaslaterne durchbrochen wurde. Im Innern unserer Droschke war es völlig dunkel, und es war kaum möglich, daß uns jemand sehen konnte. Holmes, dies ausnutzend, lehnte sich an mich, schlang einen Arm um meine Hüfte und drückte seine warmen, dünnen Lippen fest auf die meinen. Obwohl von dieser offen gezeigten ungezügelten Leidenschaft überrascht, war ich zugleich davon angetan und erregt – wobei die Erregung durch die potentielle Gefahr, die eine derart öffentlich vorgenommene Tuchfühlung darstellte, nur noch gesteigert wurde. Als er mich noch fester an sich preßte, fühlte ich, wie meine Sinne in einem Strudel der Lust durcheinandergewirbelt wurden. Nur das scharfe, regelmäßige Klipp-klapp der Hufe unseres Pferdes drang zu meinem Bewußtsein durch, um mich zu erinnern, wo ich war.

Wir waren noch eng umschlungen, als die Droschke langsamer wurde und die Stimme des Kutschers unsere Ankunft verkündete. »Baker Street 221!« rief er.

Holmes entlohnte den Kutscher und führte mich ins Haus. Wir erklommen unverzüglich die Treppe. Obgleich eine hochgewachsene, ziemlich verdrießlich wirkende Frau den Kopf durch die Tür in der unteren Diele steckte, schien mein Begleiter keine Notiz von ihr zu nehmen. Es war, wie ich später erfuhr, Mrs. Hudson, die Vermieterin – so nannte sie sich zumindest. Aber das ist eine andere Geschichte! Holmes öffnete die unverschlossene Tür im Obergeschoß und dirigierte mich nach drinnen.

Das Wohnzimmer war groß und behaglich, obwohl mein Gastgeber offensichtlich noch nicht alles ausgepackt hatte. An einer Wand stapelten sich mit Schnüren verschlossene Kartons, und in einer anderen Ecke waren mehrere Bücherstapel aufgetürmt. Zwei Türen führten nach draußen, die offenbar die Verbindung zu zwei Schlafzimmern bildeten. Diese waren, so entdeckte ich, durch ein Bad verbunden. Eine Küche oder irgend eine Kochmöglichkeit gab es nicht, da Frühstück, Mittagessen und Fünfuhrtee laut Mietvertrag die Vermieterin servierte.

Holmes, seinem direkten und positiven Wesen gemäß, sprach sehr wenig, nachdem er die Tür hinter uns geschlossen hatte. Vom Ofen kam ein feines, warmes Glühen und ein rötliches Licht; davon abgesehen war der Raum jedoch ziemlich dunkel. Ohne sich auch nur die Zeit zu nehmen, eine Gaslampe anzuzünden, wandte sich mein Begleiter zu mir um, umschlang meinen Oberkörper mit beiden Armen und zog mich mit einer Kraft an sich, die ich ihm kaum zugetraut hätte. Erneut preßten sich seine Lippen auf meine, und diesmal zwang er mich, den Mund zu öffnen, indem er mit der Zunge zwischen meine Zähne drang. Sein Atem war schwer von der durchdringenden Süße aromatisierten Tabaks, und sein Körper war von einer würzigen Männlichkeit, die mir die Sinne durcheinanderwirbelte. Ich erwiderte seine Umarmung mit aller Inbrunst – eine Reaktion, die ihn zu einer neuen Woge der Leidenschaft ermutigte.

Es war wie im Delirium – eine tiefe Verschmelzung, die meine innersten Sinne aufrührte, wie noch keine Begegnung je zuvor. Auf diese Weise gewann meine Affäre mit Sherlock Holmes von Anbeginn an eine einschneidende Bedeutung, die ihre spätere Entwicklung vorausnahm. Ich stand einfach schlaff und hilflos da, während mir mein Begleiter mit langen, geschickten Fingern die Knöpfe meiner Weste öffnete und mir diese zusammen mit der Jacke über die Schultern streifte. Rasch entfernte er die Kragenstäbchen von meinem Oberhemd, wobei er sich, vom Kragen abwärts, geschwind über die Mitte meines Körpers arbeitete, um die Knöpfe vorn an meiner Hose zu lösen. Ich war dankbar für die gedämpfte Beleuchtung, denn meine Unterwäsche war, offen gestanden, alt und recht zerschlissen.

Ich kann mich kaum erinnern, was darauf geschah, aber im Nu stand ich splitternackt mitten im Wohnzimmer. Seine trockenen, warmen Handflächen zeichneten meine Muskulatur nach, und seine Lippen gaben, während er die Umrisse meiner Brust, meiner Lenden und des Teiles dazwischen erkundete, eine Reihe weicher, schmatzender Laute von sich. Ich war, wie bereits bemerkt, damals recht jung und außerordentlich gut gebaut. Als blonder Mann war ich außer auf dem Kopf und im Schambereich kaum behaart, und die vorhandene Behaarung war so fein und von so flaumiger Beschaffenheit, daß sie selbst unter der hellsten Lampe kaum zu sehen war.

»Wundervoll!« hauchte Holmes sanft. Seine Lippen liebkosten meine Schulter, wo sich die dunkle Narbe meiner frischen Wunde noch immer gegen die blasse Haut abhob. Dann ging er mit dem Mund zu meiner linken Brustwarze über, die er zupfte und knetete, während mich Schauer der Wollust durchfuhren. Inzwischen hatte ich keine Erinnerung mehr daran, welche Umstände uns zusammengeführt hatten, und ebenso wenig kümmerte es mich. Schon seine Berührungen auf meiner Haut waren elektrisierend, so überaus erregend, daß für andere Gedanken kein Raum war. Ein Arm lag locker um meine Hüfte, und der rauhe Tweed seines Ärmels hob meine Nacktheit noch schärfer gegen seine volle Bekleidung ab. Aber selbst dies rief noch eine gewisse gespannte Erwartung, ein Gefühl derber, fast wilder Hingabe hervor.

Ohne die Lippen von meiner Brustwarze zu lösen, wo sie noch immer die stürmischsten, wütendsten Wogen heißer Leidenschaft in mir entfachten, ließ mein Gefährte seine freie Hand zärtlich über die festen Wellen auf meinem Bauch wandern und schließlich auf meinem prallen, harten Penis ruhen. Bewundernd, beinahe ehrfürchtig, erkundeten seine Finger mein Glied der Länge und Breite nach, dann umschloß er den Schaft mit der Handfläche und schien seine Ausmaße an der Breite seiner Hand abmessen zu wollen. »Herrlich!« flüsterte er. »John, Sie sind wirklich ein außergewöhnlicher Junge.«

»Ein Junge wohl kaum«, erwiderte ich. »Ich bin fast 25.«

»Sie bewahren noch immer die Süße der Jugend«, murmelte er. Seine Lippen fuhren fort, meine Brustwarze zu necken, während seine Stimme mich in heißen, erregenden Wogen durchbebte. Schließlich stand er auf, zog mich an sich und preßte mich der Länge nach an den genoppten Stoff seines Hahnentrittmantels. Durch das dünnere Material seiner Hose spürte ich, daß auch er steif war. Dies sowie seine tiefen Atemzüge an Gesicht uns Hals verriet mir, daß er ebenso erregt war wie ich.

Langsam geleitete er mich durch den dunklen Raum zu der Tür links des Ofens. Wenn ich nach unten schaute, sah ich, wie ein roter Schimmer die festen Flächen meines Körpers hervorhob und die Schatten sämtliche wohlgestalteten Muskeln und Sehnen nachzeichneten. Dort, wo meine Beine ansetzten, reckte sich stolz mein Schwanz in die Höhe und zuckte in steifem, beinahe trotzigem Gruß im Takt meiner Schritte. Durch die dicken Falten meiner Vorhaut legte feuchtglitzernd die Eichel Zeugnis von meiner Erregung ab.

Bald berührten meine Füße den dickeren Teppich von Holmes' Schlafzimmer, durch das wir weiter auf das breite Himmelbett an der gegenüberliegenden Wand zugingen. Im Handumdrehen hatte meine Gefährte Tagesdecke und Bettdecke zurückgeschlagen und stieß mich sanft mit dem Rücken auf das kühle, luxuriöse Satinlaken. Dieses Zimmer war noch dunkler als das andere, wenngleich von der Straßenlaterne ein weicher, silbriger Schimmer durchs Fenster fiel. Ich lag stumm im Dunkel und sah zu, wie Sherlock Holmes sich seiner Kleider entledigte. Achtlos warf er sie beiseite, bis er nur noch Unterwäsche trug, die, wie ich feststellte, aus einer dieser neuartigen zweiteiligen Garnituren aus Unterhemd und Unterhose bestand. Ich muß nach Luft geschnappt haben, denn ich hatte dies für einen Mann von Geschmack immer für etwas zu gewagt gehalten.

Holmes kicherte, als er mich hörte, und grummelte etwas über die größere Freiheit, die ihm diese Unterwäsche gewährte. »Läßt den Schwengel und die Eier pendeln«, fügte er hinzu. »Hält einen bereit und wach.«

Meinen Blicken bot sich sein ganzer Körper dar, wenngleich die vorderen Teile weitgehend im Schatten lagen, so daß ich ihre Form nicht deutlich erkennen konnte. Obzwar unstreitig schlank und dünn, wies mein Gefährte einen weit symmetrischeren Körperbau auf, als ich es erwartet hatte. Dicke Muskelstränge bedeckten Brust und Bauch, während seine Arme und Beine wirklich ganz außergewöhnlich gut geformt waren. Seine Erektion war um eine Winzigkeit kleiner im Umfang als meine, aber von phänomenaler Länge. Wie ich später durch Nachmessen erfuhr, erstreckte sie sich von der Wurzel bis zur Spitze über ein wenig mehr als zweiundzwanzig Zentimeter – an der Oberseite gemessen.

Als sei er sich meiner Bewunderung bewußt, stand Holmes mehrere Sekunden lang reglos da und blickte auf mich herab. Sein völlig nackter, fester Leib wurde vom Schein der Straße weich in Licht und Schatten nachgebildet. Während ich ihn anschaute, schien mein ganzer Körper in Flammen aufzugehen, und ich verspürte ein leidenschaftliches Begehren, dem keine bisherige Empfindung gleichkam. Ich glaube, er lächelte, was jedoch bei dem dämmrigen Licht schwer auszumachen war, und dann warf er sich urplötzlich auf mich. Hungrig vergrub er das Gesicht in meiner Brust und den Schultern und schlug mir die Zähne ins Fleisch, als wolle er mich tatsächlich verschlingen. Dies rief eine derart wilde Reaktion in mir hervor, daß ich jedes Gefühl für Raum und Zeit verlor und mich nur noch an ihn klammerte, während die sich steigernde Lust mich zu erregtem Stöhnen und Beteuerungen der Zuneigung zwang.

Zwischen den Schenkeln spürte ich den machtvollen Druck seines langen Gliedes, und während er fortfuhr, mit im Takt sich wölbenden Lippen an meiner Haut zu knabbern und zu saugen, trieb er seinen harten Schaft gegen meinen Unterleib. Mein eigener Schwanz, zwischen uns gepreßt, schabte und scheuerte in seinem köstlichen Gefängnis, als Holmes die harte Mauer seines Bauchs gegen meinen preßte. Schließlich konnte ich mich nicht länger beherrschen, da die wilde Lust, die seine rasende Attacke in mir hervorrief, mich über alles Erträgliche hinaus erregte. Mit aller Kraft drückte ich ihm die Hände gegen die Schultern und stemmte seinen Oberkörper gewaltsam von mir. Mit einer flinken Drehung verlagerte ich meinen Kopf so weit, daß meine Lippen in Reichweite seiner einzigartigen Männlichkeit kamen.

Ich schloß mich um seine gertenschlanke Lanze, und mit einem Mal schien Holmes zu erschlaffen. Sein Körper brach halb über mir zusammen, und seine Arme fielen bis über seinen Kopf, während er sich langsam auf den Rücken sinken ließ. Seine Beine lagen noch auf meinen Schenkeln, so daß ich mich vornüberbeugen mußte, um seinen Schwanz in Stellung zu halten. Ich bewegte die Lippen an der festen Säule auf und ab und saugte sie in mich hinein, bis ich von der Anstrengung, mir einen solch enormen Gegenstand in die Kehle zu zwingen, würgte und hustete. Während all dessen verharrte Holmes ohne Regung zurückgelegt und stumm bis auf ein gelegentliches Stöhnen und die tiefen, bebenden, schweren Atemzüge.

Mit den Händen packte ich ihn an den Seiten und hielt das schlanke, feste Fleisch in Position, während ich mein Gesicht in die rauhen, drahtigen Borsten zwischen seinen Beinen bohrte. Mein Kinn schabte über die schweren Kugeln seiner Hoden, die in ihrem tiefhängenden Sack ruhten, der zwischen die untere Rundung seines Hinterteils und das Bett selbst geschmiegt war. Das würzige Aroma seiner Erregung, das in Wellen feuchter Wärme aus den Tiefen seiner Lenden stieg, war erfüllt von seiner intensiven Männlichkeit.

Allmählich bewegten sich seine Hände und streichelten mir über Hinterkopf und Hals, während seine Hüften ein regelmäßiges, forderndes Tempo aufnahmen, um den schlüpfrigen, hart aufragenden Kolben an den Wänden meiner Kehle kreisen zu lassen. Ich zitterte inzwischen vor Erregung, und spürte eine ähnliche Reaktion bei meinem Gefährten. In Erwartung, er würde in jedem Moment den Höhepunkt erreichen, verstärkte ich meinen Eifer und saugte und zerrte an seiner Eichel, um die maximale Reizung auszuüben. Holmes indessen hatte anderes im Sinn.

Abrupt änderte er die Stellung, setzte sich auf und entriß mir seine angeschwollene Lanze. Er schob mich flach auf den Rücken, kniete sich rittlings auf meine Oberschenkel und stülpte seinen Mund über meinen Penis, um ihn, ohne innezuhalten oder zu zögern, in voller Gänze in sich aufzunehmen. Diese jähe feuchtwarme Umhüllung rief einen solchen Krampf erregter Wollust hervor, daß ich den Kopf aufs Kissen zurückfallen ließ und Hüften und Bauch aufbäumte. Dies trieb meine aufstrebende Säule noch tiefer in ihn hinein, was den Genuß, den er aus ihrem Besitz zog, nur noch zu steigern schien. Ich spürte seine starken, breiten Hände fest um meine Hinterbacken, die angehoben wurden, so daß meine Schamhaare sich flach gegen seine Nase und Wangenknochen preßten.

Am liebsten hätte ich vor Lust geschrien, begnügte mich aber damit, den Kopf hin und her zu werfen und die Beine um ihn zu schlingen. Meine Waden schoben sich dicht in seine Achselhöhlen, und meine Zehen berührten sich in den Mitte über seinem Rücken. Dann gab er meinen Penis frei und senkte die Lippen, um meinen Anus zu küssen, wobei er auf dem Weg nach unten mit der Zunge über den Hodensack fuhr. Derart erforschte er nun zärtlich meinen faltigen Kanal und stieß heiß und feucht gegen die fest verschlossene Öffnung, als bitte er um Einlaß. Schließlich führte er die Spitze ein und teilte den Schließmuskel mit der Zunge, die den Weg anfeuchtete und gleitfähig machte, während mir Welle um Welle ungezügelter Leidenschaft durch den Leib schoß. Ich war vor lauter Empfindungen so schwach, daß ich ihm nichts hätte verwehren können, und obgleich ich wußte, daß er mich für eine ungewohnte Attacke vorbereitete, erhob ich keinen Protest.

Ebensowenig fragte Holmes nach meinem Einverständnis. Nach geraumer Zeit, die genutzt wurde, um den Kanal zu erforschen und vorzubereiten, richtete er einfach seinen Oberkörper auf, spuckte sich in die Hände und applizierte den Gleitfilm auf seinem länglichen Anhängsel. Er zielte mit der Eichel in die Mitte meines Anus', legte sich meine Beine über die Schultern und begann in mich einzudringen. Da sein Schaft eher schlank war, gelang die Penetration anfänglich ohne größere Schwierigkeit. Mein Leib sprach auf ihn an, und ich verspürte die ersten lustvollen Empfindungen, als seine Eichel durch den engen Muskelring hindurchglitt.

Er hielt inne, um mir zu gestatten, mich an seine Inbesitznahme zu gewöhnen. Ich hatte die Augen geschlossen, so daß sich mein Bewußtsein fast ausschließlich auf die durch meine Pfählung hervorgerufene, herrlich sich steigernde Ekstase beschränkte. Schrittweise fuhr er fort, in mich einzudringen, indem er seinen Unterleib immer fester gegen meinen willigen, unverstellten Eingang preßte. Ich war inzwischen so weit jenseits jeglicher Rückzugsmöglichkeit, daß ich ihn tatsächlich noch tiefer in mich hineinzog, indem ich den Druck meines Beine über seinen Schultern verstärkte. Er glitt ein ganzes Stück weiter, bis sich kleine Stiche in meinen Eingeweiden ausbreiteten und blendende Lichtblitze mir vor den Augen zuckten. Ich flehte ihn leise wimmernd an, mich zu nehmen, und empfand endlich die äußerste Lust, als seine stachlige Schambehaarung an meinem Hodensack scheuerte.

Erneut zögerte Holmes und gestattete uns beiden, den vollen Genuß unserer Vereinigung. Nach und nach verblaßten alle unangenehmen Empfindungen, bis ich für die stürmische Attacke, zu der Holmes nun ansetzte, bereit war. Ich öffnete die Augen, blickte in der Finsternis zu seinem Gesicht auf. Er lächelte zärtlich und beugte den Nacken, um mich sanft auf die Lippen zu küssen. »John!« flüsterte er schlicht. »John...« Mehr sagte er nicht; aber der Ausdruck in seinen

Augen, so schwach ich ihn in der Dunkelheit auch ausmachen konnte, zeugte von einer Tiefe des Gefühls, die weit über die unseren Handlungen entspringende Lust hinausging.

Als er sein sanftes Pumpen wieder aufnahm und seine Lenden in die Spalte zwischen meinen Beinen stieß und bohrte, ergriff ich den harten Schaft meines eigenen Penis' und fing an, ihn der Länge nach im Takt von Holmes' Bewegungen zu massieren. Die doppelte Lust – seine Penetration und der Aufruhr in meinen Hoden, der von meiner Masturbation herrührte – warf mich erneut in die Klauen frischer Begierde. Ich stieß den Unterleib nach oben, um seinen Stößen entgegenzukommen, – mich windend, stöhnend, zitternd, als ich spürte, wie seine Männlichkeit in mir anschwoll. Emotional war ich ebenso aufgewühlt wie er, und während ich vor unserer Bekanntschaft die schon bloße Möglichkeit geleugnet hätte, erkannte ich plötzlich, daß es der erste Ansturm der Liebe war, der diesen Augenblick so vollkommen machte.

»Daß ein bißchen Rumvögeln das Leben so vollständig umkrempeln kann!« bemerkte Holmes wenige Tage später. Er lächelte mich an und streckte die Hand aus, um mir fest und warm den Arm zu drücken.

»Zum Besseren, hoffe ich«, gab ich seinen bewundernden Blick zurück, legte meine Handfläche in die seine und drückte sie sanft.

Er beugte sich nach vorn, um mir den Handrücken zu küssen und kicherte leise. »Ganz entschieden!« flüsterte er.

Wir saßen auf dem Diwan in dem Zimmer, das jetzt unser Salon war. Holmes hatte darauf bestanden, daß ich zu ihm zog, und sich geweigert, eine Teilung der Miete auch nur in Erwägung zu ziehen. »Wenn Sie vollständig von Ihrem Leiden genesen sind«, sagte er zu mir, »können wir über Ihren finanziellen Beitrag reden. Im Augenblick ist, Sie bei mir zu haben, alles, was ich mir nur wünschen könnte.«

»Ich komme mir ziemlich töricht vor, nicht auf eigenen Füßen zu stehen«, antwortete ich.

»Unsinn!« versetzte Holmes. »Aber wenn Sie sich dann besser fühlen, werden wir den Schein wahren und vor aller Welt so tun, als würden wir sämtliche Ausgaben teilen. In der Zwischenzeit können Sie mir Ihre Hälfte schuldig bleiben, und da die Sie für immer in meiner Schuld wird stehen lassen, werde ich niemals fürchten, Sie zu verlieren. Ein ehrlicher Bursche wie Sie würde niemals daran denken, zu verschwinden, solange er seinem Wohngenossen noch etwas schuldet, richtig?«

»Richtig«, stimmte ich zu.

Und so begann meine lange erfüllte Beziehung mit Sherlock Holmes. Für den Rest der Welt waren wir zwei ehrbare Junggesellen, die sich die Wohnung teilten, weil es bequem und billig war. Untereinander teilten wir, sobald die Tür von Baker Street 221B für die Außenwelt verschlossen war, Momente solch erfüllter Seligkeit, daß ich zweifle, ob irgendein Außenstehender es hätte verstehen oder glauben können, selbst wenn er davon erfahren hätte.

Nur eine Handvoll Menschen wußte oder argwöhnte auch nur, was wirklich zwischen uns geschah. Und dazu gehörte Mrs. Hudson, unsere heißgeliebte ›Wirtin‹. Obwohl mein erster Eindruck von dieser außerordentlichen Person der gewesen war, daß ihre Gestalt und ihr Verhalten beinahe die eines Mannes waren, konnte ich die Wahrheit nicht einmal ahnen, bevor Holmes sie mir enthüllt hatte.

»Wir sind beide nicht alt genug, um uns daran zu erinnern«, erzählte er, »aber vor einigen Jahren gab es in Paris eine legendäre Kurtisane, die einfach nur als Violetta bekannt war – wobei der Name, glaube ich, aus der ›Kameliendame‹ entlehnt war. Sie hatte die Schönheit einer Skulptur, tizianrotes Haar und glänzende, seidenweiche Haut; sie war eine Frau von solch unglaublicher weiblicher Anmut, daß die

Hälfte der gekrönten Häupter Europas sich drängte, ihr die Hand zu küssen. Es ging das Gerücht, Kaiser Napoleon III. habe eine ganze Woche mit ihr an der Riviera verbracht. Es war zudem ein Skandal, der an den Grundfesten des Kaiserreichs rüttelte, denn seine liebe Eugénie hätte deswegen um ein Haar den Palast verlassen.«

»Sie wollen mir doch nicht etwa erzählen, unsere Mrs. Hudson sei die sagenhafte Violetta?« brachte ich, nach Luft schnappend, höchst verwundert hervor.

»Nicht nur das, lieber Freund, sondern wenn Sie eines Tages einmal zufällig die Röcke unserer geliebten Hausherrin heben sollten...«

»Holmes!« rief ich, von der Unmoral dieses Ansinnens schockiert, aus. »Welch ein unziemlicher Gedanke.«

Daraufhin brach mein Freund in Gelächter aus, hielt sich die Seiten und bebte, bis ihm die Tränen übers Gesicht liefen. »Ach, mein lieber Bursche! Wenn Sie nur ahnen könnten, was da zwischen den Schenkeln dieser ehrbaren, ältlichen Wittib ruht!«

Ich begann zu erahnen, worauf Holmes abzielte, aber die Wahrheit erschien mir noch immer unfaßbar. »Sie... äh... er...?« Ich stockte.

»Ja, ja!« kreischte er. »Sie ist in der Tat ein Er, und sein Anhängsel würde uns beide vor Scham erröten lassen.«

Kurz darauf kam Mrs. Hudson mit unserem Nachmittagstee nach oben. Möglichst unauffällig musterte ich ihre runzeligen Züge und überzeugte mich davon, daß sich unter der Schminke und dem Puder auf ihren Wangen Spuren von Bartwuchs zeigten. Aus dem Augenwinkel sah ich, daß Holmes mich mit einem Augenzwinkern und einem feinen Lächeln auf den Lippen beobachtete.

»Mrs. Hudson«, sagte er plötzlich. »Ich habe Mr. Watson hier das Wenige berichtet, das mir von ihrer legendären Karriere bekannt ist, und ich weiß, daß er begierig ist, noch mehr von Ihren Erlebnissen zu erfahren. Aus, äh, rein beruflichem Interesse, natürlich«, fügte er hastig hinzu. Unsere ›Wirtin‹ hatte sich unvermittelt aufgerichtet und warf uns einen argwöhnischen Blick zu. Dann wurden ihre Züge ganz unerwartet weich, und sie schenkte mir ein Lächeln, das für einen winzigen Moment ihre frühere Anmut ahnen ließ.

»Aber natürlich, mein Lieber«, sagte sie. »Sie sind so ein hübscher Junge, daß ich entzückt wäre, Ihnen von meinen Abenteuern zu berichten.« Damit zwängte sie ihre ausladenden Hinterbacken zwischen uns auf die Couch und ergoß sich dergestalt in einer Schilderung ihrer Jahre auf dem Kontinent, daß ihre Worte mir die Schamesröte ins Gesicht trieben. Sie hatte ein wahrhaft bemerkenswertes Leben geführt – aber dies ist wiederum eine andere Geschichte, die ihrerseits einen mächtigen Band füllen würde.

Es gab noch ein weiteres Paar von Herren, die zumindest argwöhnten, um welche Art der Beziehung es sich bei Holmes und mir handelte. Es waren dies die beiden berühmten Inspektoren von Scotland Yard – Gregson und Lestrade. Ich sollte diese beiden Meisterdetektive im Zuge des ersten Falles, während dessen ich Holmes bei der Arbeit zu beobachten Gelegenheit hatte, bald kennenlernen. Wiederum hätte ich die Wahrheit über diese beiden Spürhunde der Polizei niemals geahnt, hätte Holmes sie mir nicht zuvor enthüllt.

»Vor einem Jahr etwa«, erzählte er mir, »waren Gregson und Lestrade ein Liebespaar. Es war eine ganz übliche Affäre, die nicht länger als ein, zwei Monate anhielt. Sie trennten sich jedoch in nicht gerade freundschaftlichem Einvernehmen und sind seitdem die allerschärfsten Rivalen. Da sie die besten aus dem recht schwachen Haufen Scotland Yards sind, ist ihre ziemlich offen ausgetragene Konkurrenz das Gespräch unter ihren Kollegen. Ich denke, Lestrade hat von beiden die größeren Chancen, eines Tages ein fähiger Detektiv zu werden, wenngleich Gregson durch seine Erfahrung momentan die Nase vorn hat. Was das Äußere angeht, muß ich sagen, daß Tobias Gregson der attraktivere ist. Sie werden sie dieser Tage selbst sehen. Ich bin gewiß, einen verzweifelten Hilfeschrei zu empfangen, wie immer, wenn es einen Fall gibt, den sie nicht lösen können.«

»A propos«, antwortete ich. »Als wir uns kennenlernten, deuteten Sie an, ich käme gerade aus Afghanistan. Woher wußten Sie das? Oder hatte Stamford es erwähnt?«

»Nichts dergleichen, mein Lieber«, erwiderte Holmes. »Es war lediglich die Anwendung deduktiver Logik und ein eher simples Beispiel. Aufgrund langer Gewohnheit ergab sich der Strom der Gedanken in meinem Verstand so zwanglos, daß ich zu dem Schluß gelangte, ohne mir der Zwischenschritte bewußt zu werden. Solche Zwischenschritte gab es jedoch: ›Hier ist ein Gentleman aus dem medizinischen Bereich, aber mit der Haltung eines Soldaten. Eindeutig ein Militärarzt also. Er ist gerade aus den Tropen gekommen, denn sein Gesicht ist dunkel, und das ist nicht die übliche Farbe seines Teints, denn seine Handgelenke sind hell. Er hat Entbehrungen und Krankheit erlitten, denn sein Gesicht wirkt trotz seiner offensichtlichen Jugend verhärmt. Er hält den linken Arm, als sei er verletzt. Wo in den Tropen könnte ein englischer Militärarzt viele Entbehrungen erfahren haben und am Arm verwundet worden sein? Eindeutig in Afghanistan.‹ Der gesamte Gedankenablauf nahm keine Sekunde in Anspruch. Daraufhin bemerkte ich, Sie kämen aus Afghanistan, und Sie waren verblüfft.«

»Außerordentlich!« antwortete ich.

»Keineswegs, mein lieber Freund«, versicherte er mir. »Ich freue mich darauf, in Zukunft gemeinsam Zeugen weit interessanterer Prüfungen meiner deduktiven Fähigkeiten zu werden.«

Noch am nächsten Tag sollten zwei der Voraussagen meines Gefährten eintreffen.

EINE STUDIE IN LAVENDELFARBENER SPITZE

1. TEIL

Die Tunte in Lauriston Gardens

Am nächsten Morgen stand ich zufällig am Fenster und beobachtete die Passanten unten auf der Straße. Holmes hatte seine laufenden Experimente im Labor abgeschlossen und arbeitete zu Hause an einem Artikel, den er demnächst einreichen wollte. Dies war möglicherweise zum Teil eine Ausrede, um bei mir zu bleiben, denn zwischen uns bestand weiterhin eine gegenseitige Anziehung, die unstillbar schien. »Was dieser Bursche hier wohl sucht?« fragte ich und wies auf ein kräftiges, einfach gekleidetes Individuum, das langsam auf der anderen Straßenseite entlangging und sorgfältig die Hausnummern studierte. Er trug einen großen blauen Umschlag und hatte offensichtlich eine Nachricht zu überbringen.

»Meinen Sie den verabschiedeten Sergeanten der Marineinfanterie?« fragte Sherlock Holmes, der hinter mich trat.

Alter Angeber! dachte ich bei mir. *Er weiß genau, daß ich seine Vermutung nicht bestätigen kann.*

Der Gedanke war mir kaum gekommen, als der Mann unserer Hausnummer ansichtig wurde und über die Straße eilte. Wir hörten ein lautes Klopfen, eine tiefe Stimme und schwere Schritte auf der Treppe.

»Für Mr. Sherlock Holmes«, sagte er beim Eintreten und übergab meinem Freund einen Brief.

Das war die Gelegenheit, diesem etwas von seiner Überheblichkeit zu nehmen. Daran hatte er bei seinem Schuß ins Blaue wohl nicht gedacht. »Darf ich fragen, guter Mann«, erkundigte ich mich mit äußerster Höflichkeit, »welchem Gewerbe Sie wohl nachgehen?«

»Bote, Sir«, sagte er mit einem leicht boshaften Blick zu meinem Gefährten. »Sergeant, Sir, Königliche Leichte Marineinfanterie, Sir. Keine Antwort? Sehr wohl, Sir.«

Er schlug die Hacken zusammen, hob grüßend die Hand und ging.

Ich gestehe, daß mich dieser neuerliche Beweis der praktischen Natur der Theorien meines Gefährten phänomenal beeindruckte. Mein Respekt vor seinen analytischen Fähigkeiten stieg in Unermeßliche. Noch nagte indessen in mir ein leichter Verdacht, die ganze Szene sei abgesprochen gewesen, um mich zu verblüffen. Als ich Holmes anschaute, hatte er das Schreiben zu Ende gelesen, und sein Blick hatte den leeren, stumpfen Ausdruck angenommen, der geistige Abwesenheit verrät.

»Wie um alles in der Welt sind Sie zu diesem Schluß gekommen?«

»Zu welchem Schluß?«

»Na, daß er ein verabschiedeter Sergeant der Marineinfanterie ist?«

»Ich habe keine Zeit für Lappalien«, antwortete er schroff – dann, mit einem Lächeln: »Entschuldigen Sie, mein Lieber. Sie haben meinen Gedankengang unterbrochen. Aber vielleicht ist das ganz gut so. Sie konnten also wirklich nicht erkennen, daß der Mann ein Sergeant der Marineinfanterie war?«

»Nein, meiner Treu.«

»Es war leichter zu erkennen, als zu erklären, woran. Wenn man Sie bäte, zu beweisen, daß zwei und zwei vier ergeben, könnte Ihnen das schwerfallen, obgleich Sie sich dessen ganz sicher sind. Schon über die Straße hinweg konnte ich sehen, daß der Mann einen großen blauen Anker auf dem Handrücken tätowiert hatte. Das deutete auf die See hin. Er hatte jedoch eine militärische Haltung, einen vorschriftsmäßigen Backenbart und ließ an der Innenseite des linken Oberschenkels eine beachtliche Beule erkennen. Somit wären wir bei der Marine. Er war ein Mann mit einem gewissen Eigendünkel und machte einen befehlsgewohnten Eindruck. Sie müssen die Art bemerkt haben, in der er den Kopf hielt und seinen Stock schwang. Ein verläßlicher, redlicher Mann mittleren Alters, auch im Gesicht – all dies ließ mich annehmen, er sei Sergeant gewesen.

»Wundervoll!« stieß ich hervor.

»Ganz trivial«, sagte Holmes, obwohl mir aufgrund seiner Miene schien, daß er sich meiner offenen Verblüffung und Bewunderung freute. »Aber ich sagte Ihnen gestern, ich hoffte, bald die Gelegenheit zu erhalten, meine Fähigkeiten für etwas Konstruktiveres einzusetzen. Ich glaube, diese könnte sich gerade ergeben haben.«

Er warf mir den Brief zu, dessen Inhalt ich rasch überflog. »Aber«, rief ich aus, »das ist ja schrecklich!«

»Es scheint in der Tat etwas außerhalb des Üblichen«, bemerkte er ruhig. »Würde es Ihnen etwas ausmachen, ihn mir laut vorzulesen?«

Dies ist der Brief, den ich ihm vorlas:

MEIN SEHR GEEHRTER MR. SHERLOCK HOLMES,
In der letzten Nacht hat sich in Laurington Gardens 3 hinter der Brixton Road etwas Übles ereignet. Gegen zwei Uhr morgens sah unser Mann auf Streife dort Licht, und da das Haus leerstand, argwöhnte er, es könne etwas nicht stimmen. Er fand die Tür offen, und in der Diele, die nahezu unmöbliert ist, entdeckte er die zum Teil bekleidete Leiche eines Mannes. Der Verstorbene trug lediglich einen blutbefleckten, lavendelfarbenen Damenschlüpfer, während der

Rest seiner Habe auf dem Fußboden verstreut war. Eine Karte in der Tasche seines Anzugs wies ihn als ›Enoch J. Drebber, Cleveland, Ohio, U.S.A.‹ aus. Es lag kein Raub vor, noch gab es einen Hinweis, wie das Blut auf seine Unterwäsche gekommen sein mochte, da sein Leib keine Wunde aufwies. Wir wissen nicht, wie er in das leere Haus kam; überhaupt ist die ganze Sache ein Rätsel. Wenn Sie irgendwann vor zwölf zu dem Haus kommen können, werden Sie mich dort antreffen. Ich habe alles im ursprünglichen Zustand belassen, bis ich von Ihnen höre. Wenn Sie kommen können, werde ich Sie über die Einzelheiten unterrichten, und ich wäre Ihnen äußerst verbunden, wenn Sie die Liebenswürdigkeit besäßen, mir ihre Ansicht mitzuteilen.

Hochachtungsvoll
TOBIAS GREGSON

»Wie ich schon sagte, ist Gregson der derzeit beste Mann von Scotland Yard«, bemerkte mein Freund. »Daß er nach mir geschickt hat, ist ein weiteres Zeichen seines Urteilsvermögens. Er, und auch Lestrade, sind schnell und energisch, aber konventionell – in erschreckendem Maße. Und da sie gegeneinander die Messer wetzen, wetteifern unsere beiden Hübschen natürlich zweifellos eifersüchtig darin, die Lösung vor dem anderen zu finden. Es wird recht spaßig werden, wenn sie beide auf den Fall angesetzt sind.«

Ich war über die Ruhe erstaunt, in der er fortfuhr. »Sicher dürfen wir keinen Moment verlieren«, rief ich. »Soll ich Ihnen eine Droschke bestellen?«

»Ich bin nicht so sicher, ob ich gehen soll. Ich bin der unheilbar faulste Teufel, der je in einem Paar Schuhe stand – das heißt, wenn ich in Stimmung bin, denn zuweilen kann ich recht behende sein. Im Augenblick, glaube ich, könnte meine Energie an anderer Stelle von größerem Nutzen sein.«

Sein Blick wechselte zwischen meinen Beinen und der offenen Schlafzimmertür; sein unausgesprochener Vorschlag war so offensichtlich, daß selbst ich ihn erschließen konnte.

»Also wirklich, Holmes«, antwortete ich, »ich verstehe nicht, wie Sie als ein beratender Detektiv eine solche Bitte abschlagen können. Im übrigen ist es genau die Gelegenheit, auf die Sie gewartet haben.«

»Mein Lieber, was kümmert mich das? Abgesehen davon, daß ich Ihre Gesellschaft vorziehe, nehmen wir an, ich löse den Fall. Sie können sicher sein, daß Gregson, Lestrade und Co. alles Lob einstecken werden. Das hat man davon, wenn man inoffiziell hinzugezogen wird.«

»Aber er bittet Sie, ihm beizustehen«, beharrte ich.

»Ja. Er weiß, daß ich ihm überlegen bin, und erkennt es mir gegenüber an; aber er würde sich lieber entmannen lassen, als es einem Dritten gegenüber einzugestehen. Aber wir können ebensogut hingehen und einmal nachschauen. Ich werde es auf eigene Faust lösen. Vielleicht kann ich sie auslachen, wenn schon nichts sonst. Kommen Sie!«

Er zwängte sich in seinen Überwurf und sauste so geschäftig umher, daß man sah, daß ein energischer Schub die Apathie überwunden hatte.

»Nehmen Sie Ihren Hut«, sagte er.

»Ich soll mitkommen?«

»Ja, falls Sie nichts Besseres zu tun haben.« Kurz darauf saßen wir in einer Droschke, die wild in Richtung Brixton Road raste.

Es war ein nebliger, wolkenverhangener Morgen, und über den Dächern hing ein graubrauner Schleier, der wie das Spiegelbild der schlammfarbenen Straßen darunter wirkte. Mein Gefährte war bester Laune und ließ die Hand auf meinem Gemächt ruhen, während er von Geigen aus Cremona und dem Unterschied zwischen einer Stradivari und einer Amati vor sich hinplapperte. Da er selbst ein passabler Geiger war, schien das Thema ihn zu fesseln. Ich meinerseits blieb stumm, denn das trübe Wetter und das traurige Geschäft, das uns bevorstand, drückten mir auf die Seele.

»Sie scheinen sich nicht allzu sehr mit der Sache zu befassen«, unterbrach ich schließlich Holmes' musikalische Auslassungen.

»Noch keine Daten«, antwortete er. »Es ist ein schwerer Fehler, Theorien anzustellen, bevor man alle Indizien kennt. Es beeinträchtigt das Urteil.«

»Sie werden Ihre Daten bald bekommen«, bemerkte ich mit ausgestrecktem Finger. »Da ist die Brixton Road, und das ist das Haus, wenn ich mich nicht sehr irre.«

»So ist es. Halt, Fahrer, anhalten!« Wir waren noch immer etwa hundert Meter entfernt, aber er bestand darauf, auszusteigen, und wir gingen den Rest zu Fuß.

Lauriston Gardens Nummer 3 machte einen unheilschwangeren und bedrohlichen Eindruck. Es war eines von vier leerstehenden Häusern, das der Straße drei Stockwerke leerer, schwermütiger Fenster zugewandt hatte. Vom Regen, der die Nacht hindurch gefallen war, war alles schlüpfrig. Der Garten wurde von einer drei Fuß hohen Steinmauer begrenzt, die mit Holzplanken bedeckt war. An dieser lehnte ein kräftiger Polizeiwachtmeister, umgeben von einer kleinen Meute von Tagedieben, die in vergeblicher Hoffnung, einen Blick auf die Vorgänge im Innern zu erhaschen, die Hälse reckten.

Ich hatte mir vorgestellt, Holmes würde unverzüglich ins Haus eilen, um sich in die Ermittlungen zu stürzen. Nichts schien ihm ferner zu liegen. Mit einer Gelassenheit, die mir angesichts der Umstände an Blasiertheit zu grenzen schien, ging er das Pflaster auf und ab und starrte abwesend zu Boden, in den Himmel, auf die gegenüberliegenden Häuser und die Linie der Zäune. Nachdem er seine Untersuchung beendet hatte, ging er, die Augen an den Boden geheftet, gemächlich den Pfad, oder vielmehr den Grasstreifen entlang des

Pfades hinunter. Zweimal hielt er an, und einmal sah ich ihn lächeln und mit befriedigtem Ausdruck etwas brummeln. In der feuchten, lehmigen Erde gab es viele Fußabdrücke; aber da die Polizei darauf gekommen und gegangen war, konnte ich nicht verstehen, was mein Gefährte aus ihnen zu erfahren erhoffte. Ich hatte indessen einen solch außerordentlichen Beweis seiner Wahrnehmungsgabe erhalten, daß ich nicht daran zweifelte, daß er vieles sah, das mir verborgen blieb.

An der Haustür wurden wir von einem großen, flachsblonden jungen Mann mit herrlich feinen, ebenmäßigen Zügen empfangen. Er hielt ein Notizbuch in der Hand, während er nach vorn stürzte und mit einem beinahe weiblichen Wortschwall meinen Gefährten am Arm packte. »Es ist wirklich sehr liebenswürdig, daß Sie kommen«, sagte er. »Ich habe alles unberührt gelassen.« Bei den letzten Worten brach er, als sein Blick auf mich fiel, ab. Holmes nahm von seinem offenkundigen Interesse keine Notiz.

»Unberührt, außer dem hier!« erwiderte er und deutete auf den Fußpfad. »Eine Büffelherde hätte nicht mehr Durcheinander angerichtet. Aber zweifellos haben Sie Ihre eigenen Schlüsse gezogen, Gregson, bevor Sie dies hier zugelassen haben.«

»Ich hatte so viel im Innern des Hauses zu tun«, schmollte der Detektiv. »Außerdem«, sagte er strahlend, »ist mein Kollege Lestrade hier. Ich hatte mich darauf verlassen, daß er darauf achtet.« Ein schwaches triumphales Blitzen zeigte sich in Gregsons Augen.

Holmes schaute mich an und fuhr sich mit dem Finger süffisant über die Augenbraue. »Mit zwei solch klugen Damen wie Sie und Lestrade vor Ort wird für einen Dritten wenig herauszufinden bleiben.«

Gregson errötete ein wenig, rieb sich aber selbstzufrieden die Hände. »Ich glaube, wir haben alles getan, was zu tun war«, antwortete er. »Es ist ein Fall mit Schwulitäten in mehr als einer Beziehung, und da ich Ihr Interesse für solche Dinge kenne, war ich sicher, Sie wären schlichtweg außer sich, wenn ich es versäumt hätte, Sie zu benachrichtigen.«

»Sind Sie in einer Droschke gekommen?« fragte Sherlock Holmes.

»Nein, mein Bester«, antwortete Gregson, der sich umschaute, um sicherzugehen, daß niemand ihn hörte.

»Lestrade auch nicht?«

»Nein, Sir«, antwortete er mit tieferer Stimme, als ein Wachtmeister hinter ihnen vorbeiging.

»Dann wollen wir uns das Zimmer ansehen.« Mit dieser abrupten Bemerkung strebte Holmes ins Haus, gefolgt von Gregson, dessen damenhafter Schritt sich etwas zu verlangsamen schien, während sein Verstand bemüht war, die Gründe, die hinter Holmes' Bemerkungen standen, zu erfassen.

Ein kurzer Flur mit rohen Dielen und voller Staub führte zur Küche und den Büros. Nach links und rechts gingen zwei Türen ab. Eine davon war offenbar seit vielen Wochen verschlossen. Die andere gehörte zum Wohnzimmer, in dem der mysteriöse Vorfall stattgefunden hatte. Holmes trat ein, und ich folgte ihm mit dem beklommenen Gefühl im Herzen, das die Gegenwart des Todes hervorruft.

Es war ein großer, quadratischer Raum, der infolge des Mangels an Möbeln noch größer wirkte. Eine vulgäre, grelle Tapete zierte die Wände, an einigen Stellen hatte sie jedoch Schimmelflecke, und hier und da waren breite Streifen herausgerissen. Auf einer Seite des bombastischen Kamins stand der Stumpf einer einzelnen roten Wachskerze. Das einzige Fenster war so schmutzig, daß es das Licht diesig und unklar machte und allem eine dumpfe Grautönung verlieh.

All diese Details bemerkte ich erst später. Gegenwärtig war meine Aufmerksamkeit von der einsamen, grausigen, reglosen Gestalt gefesselt, die ausgestreckt auf einer Couch –

dem einzigen Möbelstück – lag und mit leeren, blinden Augen an die verfärbte Decke starrte. Es handelte sich um einen Mann von etwa dreiundvierzig Jahren, mittelgroß, breitschultrig, mit kräftigen schwarzen Locken und einem kurzen Stoppelbart. Er war, wie Gregson es beschrieben hatte, mit einem gerüschten Schlüpfer aus lavendelfarbener Spitze bekleidet, der in scharfem Kontrast zu der stark behaarten, robusten Männlichkeit seiner sterblichen Überreste stand. Seine Hände waren verkrampft und seine Arme zurückgeworfen, als habe er sie angesichts einer bedrohlichen Waffe erhoben. In seinen erstarrten Zügen lag ein Ausdruck von Qual und Entsetzen und, wie mir schien, von Haß. Seine garstige und schreckliche Verrenkung, zusammen mit der niedrigen Stirn, der platten Nase und dem hervorstehenden Kiefer, verlieh dem Toten ein außerordentlich äffisches, gorillaartiges Aussehen, das von seiner gekrümmten, unnatürlichen Haltung noch verstärkt wurde. Ich habe den Tod in mancher Form gesehen, aber er ist mir noch nie in furchterregenderer Gestalt entgegengetreten.

Lestrade, schlank und auf verhärmte, frettchenhafte Art attraktiv, stand im Eingang, um meinen Gefährten und mich zu begrüßen.

»Dieser Fall wird Aufsehen erregen, Sir«, bemerkte er. »Das schlägt alles, was ich je gesehen habe, tot oder lebendig!«

»Sie haben keinen weiteren Hinweis gefunden?« fragte Gregson.

»Nicht den geringsten«, flötete Lestrade. Wie sein Kollege sprach er zu Holmes, während er sich neugierig mir zuwendete.

Sobald wir vier neben dem Toten die einzigen im Raum waren, legte Holmes beruhigend einen Arm um mich und stellte seine Kollegen vor, die beide wissend und freundlich lächelten. Daraufhin näherte er sich der Leiche, kniete nieder und untersuchte sie eingehend. »Sind Sie sicher, daß es keine Wunde gibt?« fragte er auf die vielen Blutflecken und -spritzer weisend.

»Positiv!« riefen beide Detektive.

»Dann kommt dieses Blut natürlich von einer zweiten Person – vermutlich dem Mörder, sofern hier ein Mord begangen wurde.« Er fuhr fort und verglich den vorliegenden Fall mit einem, der vor einigen Jahren vom Kontinent berichtet worden war, wobei seine Finger fortwährend flink hierhin und dorthin flogen, fühlten, drückten, untersuchten, während seine Augen den abwesenden Ausdruck zeigten, der mir früher schon aufgefallen war. Einmal zupfte er sogar am Gummi des lavendelfarbenen Höschens und entblößte das fette, röhrenförmige Anhängsel, das nach oben gerichtet auf dem Bauch lag. Schließlich schnupperte er an den Lippen des Toten und griff nach dessen Lackstiefel, um eingehend die Sohle zu untersuchen.

»Ist er wirklich nicht bewegt worden?« fragte er.

»Nicht mehr, als zu Untersuchungszwecken nötig war.«

»Sie können ihn jetzt ins Leichenschauhaus bringen«, sagte Holmes. »Hier können wir nicht mehr erfahren.«

Gregson hatte eine Bahre und vier Männer parat. Auf seinen Zuruf hin betraten sie den Raum, und der Fremde wurde hochgehoben und hinausgetragen. Beim Anheben fiel klimpernd ein Ring zu Boden und rollte über die Dielen. Lestrade hob ihn auf und starrte ihn verwundert an.

»Hier war eine Frau«, schrie er. »Das ist der Ehering einer Frau!«

Bei diesen Worten hielt er ihn auf der Handfläche vor sich hin. Wir versammelten uns darum und starrten ihn an. Es gab keinen Zweifel, daß es sich bei dem Ringlein aus purem Gold um das Symbol einer ehelichen Beziehung handelte, aber selbst meinen ungeübten Augen erschien es für einen weiblichen Ringfinger zu groß.

»Das kompliziert die Sache«, sagte Gregson. »Und die war weiß Gott schon kompliziert genug.«

»Sie sind sicher, daß es sie nicht vereinfacht?« bemerkte Holmes. »Vom Hinstarren alleine erfahren wir gar nichts. Was haben Sie in seinen Taschen gefunden?«

»Das ist alles hier«, sagte Gregson und deutete auf ein Häufchen von Gegenständen auf einer der unteren Treppenstufen. »Eine goldene Uhr, goldene Uhrkette, goldene Krawattennadel – Kopf einer Bulldogge mit Augen aus Rubinen, Etui aus Russisch Leder mit Visitenkarten von Enoch J. Drebber aus Cleveland, übereinstimmend mit E.J.D. auf seiner... äh... Wäsche. Keine Geldbörse, aber loses Geld in Höhe von sieben Pfund dreizehn. Taschenbuchausgabe von Wildes ›Die Ballade vom Zuchthaus zu Reading‹ mit dem Namen Joseph Stangerson auf dem Vorsatzblatt. Zwei Briefe – einer an E.J. Drebber und einer an Joseph Stangerson.«

»Unter welcher Adresse?«

»American Exchange, Stand – auf Abruf. Sie sind beide von der Guion Dampfschiffahrtsgesellschaft und beziehen sich auf die Fahrt ihrer Schiffe von Liverpool. Es ist eindeutig, daß der Unglückliche in kürze nach New York zurückkehren wollte.«

»Haben Sie Nachforschungen über diesen Stangerson angestellt?«

»Wir haben heute früh nach Cleveland telegraphiert«, sagte Gregson, »und Suchanzeigen an alle örtlichen Zeitungen geschickt.«

»Wie war der Wortlaut Ihrer Anfrage?«

»Wir haben einfach die Umstände geschildert und gesagt, wir würden uns über jede Information freuen.«

»Sie haben sich nicht nach Einzelheiten zu den Punkten, die Sie als entscheidend beurteilten, erkundigt?«

»Ich fragte nach Stangerson.«

»Nach sonst nichts? Gibt es keinen Sachverhalt, der für

diesen Fall wesentlich zu sein scheint? Werden Sie nicht noch einmal telegraphieren?«

»Ich habe alles gesagt, was zu sagen war«, sagte Gregson beleidigt.

Sherlock Holmes kicherte in sich hinein und schien eine Bemerkung machen zu wollen, als Lestrade, der sich während unseres Gesprächs in der Diele aufgehalten hatte, wieder erschien und sich wichtigtuerisch und selbstzufrieden die Hände rieb.

»Mr. Gregson«, sagte er, »ich habe gerade eine höchst wichtige Entdeckung gemacht, die wir übersehen hätten, wenn ich nicht sorgfältig die Wände untersucht hätte.«

Die Augen des kleinen Mannes blitzten beim Sprechen, und er unterdrückte offensichtlich ein Jubelgeschrei darüber, daß er seinem Kollegen gegenüber einen Punkt gemacht hatte.

»Kommen Sie«, sagte er, womit er zurück in das Zimmer stürmte, dessen Atmosphäre leichter wirkte, seit sein grausiger Bewohner entfernt worden war. »Bleiben Sie hier stehen!«

Er zündete an seinem Stiefel ein Streichholz an und hielt es vor der Wand in die Höhe. »Sehen Sie!« sagte er triumphierend.

Ich habe erwähnt, daß die Tapete zerfetzt war. In dieser Ecke des Zimmers hatte sich ein großes Stück abgelöst und ein gelbes Viereck rauhen Putzes freigelegt. Quer über diese leere Stelle war mit Blut ein zittriger, sehr langgezogener Buchstabe »A« oder »R« geschmiert und darunter zwei Kreise, in denen die Striche des Buchstabens endeten.

»Was halten Sie davon?« schrie der Detektiv, der aussah wie ein Schausteller, der seine Abnormitäten präsentiert. »Es wurde übersehen, da es sich in der dunkelsten Ecke des Raumes befand, aber es widerlegt eindeutig die Annahme eines Selbstmordes.«

»Und was soll uns das jetzt sagen, daß Sie das gefunden haben?« fragte Gregson abschätzig.

»Sagen? Na, es sagt uns, daß der Schreiber den Anfangsbuchstaben des Namens der bewußten Dame an die Wand geschrieben hat, wahrscheinlich als einen Hinweis darauf, daß sie für ein schreckliches Vergehen gerächt wurde.«

»Ich muß Sie wirklich bitten!« sagte mein Gefährte, der den Ausbruch des kleinen Mannes mit lautem Gelächter zur Ruhe gebracht hatte. »Ihnen gebührt gewiß das Verdienst, dies als erster gefunden zu haben, und es wurde zweifellos in der letzten Nacht von dem anderen Eindringling geschrieben. Ich hatte bisher noch keine Gelegenheit, den Raum zu untersuchen, aber mit Ihrer Erlaubnis werden ich das jetzt tun.«

Mit diesen Worten zog er ein Maßband und eine große Lupe aus der Tasche. Damit stapfte er geräuschlos durchs Zimmer, wobei seine Bewegungen mich an einen reinrassigen, gut abgerichteten Jagdhund erinnerten. Er übersah offenbar nichts, obgleich seine Untersuchung, die mit einer sorgfältigen Prüfung des blutigen Symbols an der Wand endete, kurz war. Sie schien ihn zufriedenzustellen, denn er steckte das Maßband und die Lupe wieder in die Tasche.

Gregson und Lestrade hatten die Aktivitäten ihres Amateurkollegen teils neugierig, teils verächtlich verfolgt. Offensichtlich entging ihnen die Tatsache, derer ich mir bereits bewußt war, daß bei Sherlock Holmes noch die geringste Handlung auf ein konkretes praktisches Ziel gerichtet war.

»Was halten Sie davon, Liebster?« fragte Gregson.

»Ich würde Sie des Verdienstes berauben, würde ich mich erdreisten, Ihnen zu helfen«, bemerkte mein Freund. »Sie machen Ihre Sache so gut, daß jede Einmischung ein Jammer wäre, ich stehe Ihnen jedoch jederzeit mit meinem Ratschlag zur Seite, falls Sie später auf irgendwelche unvorhergesehenen Schwierigkeiten stoßen sollten. Wie war übrigens der Name des Wachtmeisters, der die Leiche fand?«

Lestrade warf einen Blick in sein Notizbuch, und Holmes schrieb sich die Adresse auf: John Rance, 46 Audley Court, Kennington Park Gate.

»Kommen Sie, John«, sagte er, »wir werden ihn aufsuchen. Ich werde Ihnen einiges sagen, das Ihnen bei dem Fall helfen könnte«, fuhr er zu den beiden Detektiven gewendet fort. »Hier wurde ein Mord begangen, und der Mörder war ein Mann. Er war größer als ein Meter achtzig, war in den besten Jahren, hatte große Füße für seine Körpergröße, trug schwere Stiefel mit breiter Kappe und rauchte eine türkische Zigarre. Er war homosexuell, wie auch sein Opfer, und die beiden kamen in einer vierrädrigen Droschke. Diese wurde von einem Pferd mit drei alten Hufeisen und einem neuen am linken Vorderhuf gezogen. Höchstwahrscheinlich hatte der Mörder eine kräftige Gesichtsfarbe, und die Fingernägel seiner rechten Hand waren, wie auch sein Penis, bemerkenswert lang. Das sind nur ein paar Angaben, aber sie könnten Ihnen helfen.«

Lestrade und Gregson schauten sich ungläubig lächelnd an.

»Wenn dieser Mann ermordet wurde, auf welche Weise geschah es?«

»Er wurde durch die Einführung eines langen, röhrenförmigen Gegenstandes in den Rachen erstickt«, sagte Sherlock Holmes, der sich zur Tür wandte. »Noch etwas, Lestrade«, fügte er hinzu. »Ich würde keine Zeit damit verlieren, irgendwelche Damen zu suchen, deren Namen mit A oder R beginnen. Es gibt bei diesem Fall keine Dame, und diese ungelenk ausgeführte Kritzelei, die sie fanden, ist lediglich ein obszöner Versuch, die Mordwaffe zu beschreiben, einen aufgerichteten Penis nämlich!«

Mit dieser abschließenden Spitze ging er und ließ die beiden Rivalen mit offenem Mund stehen.

Die geistige Übung schien Holmes gewaltig zu beleben,

und nachdem wir an einem Telegraphenbüro angehalten hatten, um eine lange Depesche aufzugeben, schlug mein Freund vor, in der Wohnung vorbeizuschauen, bevor wir den Wachtmeister aufsuchen würden. Unglücklicherweise sah Mrs. Hudson uns hereinkommen und bestand darauf, uns geraume Zeit auf der Treppe aufzuhalten, indem sie ihre Reaktion auf die Presseberichte über den Fall schilderte. »Wahrscheinlich ist sie ein berühmter Damenimitator«, beharrte die ehemalige Kurtisane, »vielleicht sogar eine Dame aus meinem Bekanntenkreis.«

»Sollte dies der Fall sein, würde ich sicherlich Ihren Rat suchen«, versicherte Holmes ihr und setzte seinen mühsamen Weg nach oben fort. »Ich frage mich jedoch, ob dem Toten die Spitzenunterwäsche übergestreift wurde, bevor oder nachdem er tot war.«

Während Mrs. Hudson über diese Bemerkung nachdachte, gelang es uns, durch die Tür zu treten und sie fest hinter uns zu schließen. Holmes stürzte sich sofort auf mich, aber ich hielt ihn lange genug zurück, um ihn zu fragen, was er mit seinen Worten an Mrs. Hudson gemeint habe.

»Na, einem Mediziner müßte das doch klar sein«, antwortete er überrascht. »Haben Sie nicht bemerkt, daß, als ich den Bund anhob, auf der Haut keine Einschnürungsmale zu sehen waren? Wenngleich er lose genug zu sitzen schien, um bei jemandem mit ziemlich dicker Haut keine Male zu hinterlassen, glaube ich, daß unser Mann mehr als wahrscheinlich einige leichte Rötungen aufgewiesen hätte, hätte er diese Spitzenhöschen schon zu Lebzeiten getragen.«

Weitere Fragen mußten warten, denn Holmes war nicht länger aufzuhalten. So rasch wie in der ersten Nacht zog er mich aus und führte mich ins Schlafzimmer, während er meine Lippen mit den seinen versiegelte, so oft ich versuchte, ihm eine Frage zu stellen. Schließlich jedoch beseitigte er einen Punkt der Ungewißheit, indem er sich auf meine Brust setzte und mir seinen kräftigen, zuckenden Penis der Länge nach in die Kehle bohrte. Er behielt diese Stellung maximaler Penetration bei, wobei er mir fest in die Augen sah, bis ich allmählich in Panik verfiel. Ich konnte nicht atmen und sein monströser Schaft in meinem Hals trieb große Mengen von Schleim nach oben, die ihrerseits das schon bestehende Gefühl der Beklemmung verstärkten.

»Auf diese Weise wurde der Mord begangen«, sagte er zu mir, »und ein höchst ironischer, völlig passender Tod war es zudem. Ich wette... vom Standpunkt unseres Schurken, natürlich«, fügte er hastig hinzu.

Darauf warf er sich herum, um mir erneut seine knorrige, fordernde Lanze in den Mund zu zwängen, während er meine eigene Erektion zu verschlingen begann. Ich konnte sehen, wie sich seine schmale, feste Mittelpartie regelmäßig anspannte, während er seine Lenden gegen meine Lippen stieß. Gleichzeitig bearbeitete seine Zunge die Eichel meines steifen Schwanzes, und ihr Kreisen jagte mir einen solchen Schauer durch den Körper, daß ich das Grübeln über den Fall vorübergehend einstellte.

Ich fuhr mit den Händen über seine Schenkel und seitlich am Körper nach oben, um sie schließlich in der Einwölbung oberhalb seiner Hüften ruhen zu lassen. Die sanfte, nahezu flüssige Bewegung seiner Muskeln unter meinen Fingern erweckten in mir den Wunsch, ihn tiefer aufzunehmen... weiter noch, als er es zuvor erzwungen hatte. Von meiner Gier angestachelt, stellte ich fest, daß mir dies mühelos möglich war, daß ich in der Lage war, den soliden, glühenden Bolzen ohne das geringste Unbehagen zu halten. Mehrmals zog ich ihn für einige Sekunden fest an mich, preßte seine zuckenden Hoden gegen Augenbraue und Lider, um schließlich zurückzufallen, und rasselnd den Atem einzuziehen, bis die Begierde erneut aufflammte und ich mein Tun wiederholte.

Ich spürte Holmes' Lippen um meine eigene Stange und

ebenso die Kontraktionen der Eingeweide, während er sich bemühte, mich so weit aufzunehmen, wie ich ihn. Und wieder war es ein Ausdruck huldigender Liebe… und mehr, was ich verspürte. Es war, als zöge Sherlock Holmes eine besondere Form der Stärke aus der Art, wie er mich benutzte, als ob mein Geschlecht ihn mit einer belebenden Energie versorgte. Ich fragte ihn nie danach; dennoch kam mir danach jedesmal der Gedanke. Es geschah häufig im Laufe unserer Beziehung, daß Holmes sich von der Beschäftigung mit einem Fall löste und mich in die Abgeschlossenheit unseres Schlafzimmers oder welch anderen diskreten Ort auch immer führte. Dort gewann er seine Ruhe wieder und kehrte an seine Arbeit zurück, als habe er sich eine ganze Nacht lang erholt.

Wir verließen unsere Wohnung am Nachmittag. Holmes rief eine Droschke und befahl dem Kutscher, uns zu der von Lestrade angegebenen Adresse zu bringen.

»Wir haben nichts weiter als ein oberflächliches Indiz«, bemerkte er. »Im Grunde steht mein Urteil über den Fall fest. Aber wir können ebensogut alles darüber erfahren, was zu erfahren ist.«

»Sie erstaunen mich, Holmes«, sagte ich. »Sie sind sich doch all der Angaben, die Sie den Inspektoren machten, gewiß nicht so sicher, wie Sie vorgeben.«

»Für Irrtümer ist kein Platz«, antwortete er. »Das erste, was ich bei unserer Ankunft beobachtete, war, daß nahe der Bordkante eine Droschke mit den Rädern zwei Furchen gezogen hatte. Nun hatte es bis zur letzten Nacht eine Woche lang nicht geregnet, so daß die Räder, die eine so tiefe Spur hinterlassen hatten, während der Nacht dort gewesen sein mußten. Außerdem gab es Spuren von Hufeisen, deren eines sich viel deutlicher abzeichnete als bei den anderen drei, was bedeutete, daß er neu war. Da die Droschke gekommen sein muß, nachdem der Regen eingesetzt hatte und – laut Gregsons Aussage – am Morgen nicht mehr da war, mußte sie folglich während der Nacht dortgewesen sein und die beiden Personen zu dem Haus gebracht haben.«

»Das erscheint ganz einfach«, sagte ich, »aber was ist mit der Größe des anderen Mannes?«

»Also, die Größe eines Mannes kann in neun von zehn Fällen aufgrund seiner Schrittlänge bestimmt werden. Es ist eine ganz einfache Berechnung, mit der ich Sie jetzt nicht langweilen will. Ich konnte den Schritt des Burschen sowohl im Lehm draußen als auch im Staub drinnen messen. Dann hatte ich die Möglichkeit, meine Berechnung zu überprüfen. Wenn jemand etwas an eine Wand schreibt, schreibt er instinktiv über der Linie seiner Augen. Nun stand diese Schrift genau ein Meter achtzig über dem Fußboden. Es war ein Kinderspiel.«

»Und sein Alter?«

»Nun ja, wenn ein Mann mit einem Schritt mühelos einen Meter fünfunddreißig zurücklegt, kann er wohl kaum gelb und vertrocknet sein. Dies war die Breite einer Pfütze auf dem Gartenpfad, über die er offensichtlich hinweggeschritten war. Lackstiefel hatten sie umgangen, und breite Stiefel waren darüber gesprungen. Daran ist überhaupt nichts Geheimnisvolles. Ich wende lediglich einige der Lehren von Beobachtung und Schlußfolgerung auf den Alltag an, wie ich sie in meiner jüngst beendeten Monographie, die Sie freundlicherweise gegengelesen haben, vertrete. Gibt es sonst noch etwas, worüber Sie sich wundern?«

»Die Fingernägel und die Zigarre«, schlug ich vor.

»Die Schrift an der Wand stammte von einem Mann, der den Zeigefinger in Blut getaucht hatte. Mit der Lupe konnte ich die winzige Linie seines Nagels über dem breiteren Streifen des Fingers selbst sehen. Was die Zigarrenasche betrifft, so habe ich eigens eine Studie verschiedener Tabake angestellt und kann die Überreste auf einen Blick identifizieren –

eine weitere Facette meines Selbstunterrichts in der Kunst der Kriminologie.«

»Ich glaube, ich verstehe, wieso Sie behaupteten, Opfer und Mörder seien beide homosexuell«, bemerkte ich zögernd, »aber Sie schienen sich auch der... äh... Anatomie so sicher zu sein...«

»Der Länge des Penis'?« lachte er. »Höchst wichtig! Er erstickte sein Opfer damit. Kein armseliges Zipfelchen, also – eher eine stattliche Manneszierde, mindestens auf einer Stufe mit dem Ihren. Und was meinen Schluß anbetrifft, der Mörder sei ein Verehrer von Männern – nun, das Glied mußte für die Dauer seiner Bemühungen steif bleiben. Ich halte es für weitaus wahrscheinlicher, daß sowohl die Grundidee als auch die Ausführung des Planes das Werk einer homosexuellen Person sind.«

»Und die kräftige Gesichtsfarbe?«

»Ach, das war ein eher gewagter Schuß, obgleich ich nicht daran zweifle, daß ich recht habe. Beim derzeitigen Stand der Dinge dürfen Sie mich das nicht fragen.«

Ich legte eine Hand an die Stirn. »Mir schwirrt der Kopf«, bemerkte ich. »Je mehr man darüber nachdenkt, um so mysteriöser wird alles. Wie kamen diese beiden Männer – sofern es nur zwei Männer waren – in ein leeres Haus? Was ist aus dem Kutscher geworden, der sie gefahren hat? Und wieso überhaupt dieses Stelldichein in einem leeren Haus? War es ein Verbrechen aus Leidenschaft oder ein geplantes? Für beides scheint es Indizien zu geben. Woher kam das Blut? Und der Ring? Ich gestehe, daß ich keine Möglichkeit weiß, all diese Fakten miteinander zu vereinbaren.«

Mein Gefährte lächelte zustimmend und tätschelte mir beruhigend den Oberschenkel.

»Sie zählen die Schwierigkeiten kurz und treffend auf«, sagte er. »Es ist noch vieles undurchschaubar, aber, obgleich ich meiner Schlußfolgerungen sicher bin, zögere ich, Sie mit allen Einzelheiten vertraut zu machen, damit Sie sehen können, wie wirklich einfach es ist, und Sie sollten zu dem Schluß kommen, daß ich letzten Endes ein sehr gewöhnlicher Mensch bin.«

»Das wird nie geschehen!« antwortete ich und streichelte kühn die lange, zylindrische Erhebung an seinem Oberschenkel. »Sie sind ein Meister, sowohl in der Kunst der Aufklärung als auch... sonst.« Ich lächelte ihn an, und mein Gefährte warf mir noch einen beruhigenden Blick zu. Er errötete geradezu vor Freude über mein doppeltes Kompliment. Mir war bereits aufgefallen, daß er für Schmeicheleien bezüglich seiner detektivischen wie seiner sexuellen Fähigkeiten ebenso empfänglich war, wie es ein Mädchen hinsichtlich seiner Schönheit hätte sein können.

»Ich sage Ihnen noch etwas«, fuhr er fort. »Die Lackschuhe und die schweren Stiefel kamen in derselben Droschke, und sie gingen in aller Freundschaft, wahrscheinlich Arm in Arm, den Pfad entlang. Drinnen gingen sie im Zimmer auf und ab – oder vielmehr die Lackschuhe standen, während die Stiefel hin und her wanderten. Das alles konnte ich aus dem Staub herauslesen; und ich konnte ebenso lesen, daß der Lackschuh sich kampflos seiner Kleidung entledigte, wahrscheinlich während der andere auf und ab lief. Ich würde sagen, das erste Anzeichen von Feindseligkeit von seiten unseres Mörders erfolgte im Laufe ihrer Handlungen und kam für das Opfer völlig überraschend.«

Dieses Gespräch fand statt, während unsere Droschke sich ihren Weg durch eine lange Folge von schmutzigen Straßen und öden Gassen bahnte. In der schmutzigsten und ödesten von allen hielt unser Kutscher plötzlich an. »Hier durch ist Audley Court«, sagte er und wies auf einen schmalen Spalt in der Reihe farbloser Ziegelsteine. »Ich bin hier, wenn Sie wiederkommen.«

Wir warteten eine Weile auf den staubigen Stufen von Nr.

46, wo wir von drinnen hastige raschelnde Aktivitäten hörten, deren verzweifeltes Tempo sich jedesmal steigerte, wenn Holmes an die Tür klopfte. Endlich wurde die Tür von einem jungen, außerordentlich gut gebauten Mann geöffnet, dessen langes Haar zerzaust auf seinem Kopf wucherte. »Oh… Mr. 'Olmes!« rief er. »Wenn ich gewußt hätte, daß Sie es sind…« Unser Gastgeber errötete beschämt und dirigierte uns ins Haus. Sein Oberkörper war nackt, und er trug nur die Hose seiner Wachtmeisteruniform. In der anderen Ecke seines elenden Zimmers stand ein ungemachtes Bett, worin der junge Mann bei unserer Ankunft offenbar gelegen hatte.

An einer Wand hing ein alter, schwerer Behang, hinter dem ich, als wir uns auf einem Paar Holzstühlen mit gerader Lehne niedersetzten, eine verstohlene Bewegung bemerkte. Wachtmeister Rance setzte sich auf die Bettkante und rief mit einem weiteren törichten Grinsen die Person an, die sich hinter dem Vorhang verbarg. »Schon gut, Oliver«, sagte er. »Mr. 'Olmes ist ein Freund.«

Wieder bewegte sich der Wandbehang, und eine Sekunde später steckte ein zerzauster, blonder Jüngling den Kopf zwischen den beiden Bahnen hindurch, wobei er die Enden unter seinem Kinn zusammenhielt. »Meine Kleider…«, rief er verstört. »Ich habe sie am Bett liegenlassen.« Obwohl sein Tonfall ein gewisses Unbehagen verriet, erregten seine Augen den Eindruck, er amüsiere sich über seine mißliche Lage.

Bevor irgend jemand eine Bemerkung machen konnte, kicherte der Wachtmeister und machte dem Jungen Zeichen, er solle herauskommen, so wie er war. »Nur keine Angst«, sagte er aufmunternd. »Ich 'abe doch gesagt, daß diese 'Erren Freunde von mir sind. Ich wollte Mr. 'Olmes ohne'in selbst zeigen, was ich gefunden 'abe!«

Der Junge schob den Stoff beiseite und trat durch die Öffnung. Gegen meinen Willen mußte ich in höchster Verwunderung nach Luft schnappen, denn da stand einer der schönsten jungen Männer, die ich je gesehen hatte. Selbst Holmes verriet deutliches Wohlgefallen, indem er stumm zusah, wie das schlanke, hübsche Geschöpf auf nackten Füßen vorbeitappste und neben John Rance Platz nahm.

»Kompliment«, sagte Sherlock Holmes, »darf ich fragen, ob es sich um ein… äh… dauerhaftes Arrangement handelt?«

»Oh, ja, in der Tat, Sir«, antwortete der Wachtmeister. »Oliver wohnt nun schon fast ein Jahr bei mir, und wir würden nie an Trennung denken. Nicht wahr, Ollie?« fügte er zu dem Jungen gewandt hinzu.

Der junge Mann schüttelte den Kopf, fast als schäme er sich der Frage seines Liebhabers. Ich gewahrte indessen ein flüchtiges, wissendes Grinsen in seinen Zügen, das seiner Haltung wegen von John Rance jedoch nicht zu sehen war. Holmes musterte sie noch einige Sekunden lang wie ein zufriedener Wohltäter, dann wurde sein Ausdruck ernster. »Fein«, sagte er. »Zum Grund unseres Besuches, John. Ich möchte aus Ihrem eigenen Mund hören, was genau am gestrigen Abend in dem Haus an der Brixton Road geschehen ist.«

»Ah ja, das 'abe ich mir gedacht«, sagte der kräftige Mann, der unbehaglich hin und her rutschte, als bereiteten ihm die Worte meines Gefährten ganz besondere Pein. »Hm… Ollie, warum wirfst du dir nicht etwas über und 'olst uns einen Krug 'Alb-und-'Alb?« schlug er vor.

»Wirklich Wachtmeister Rance…«, wollte ich gegen seine Absicht, uns mit Erfrischungen zu bewirten, Einspruch erheben. Sherlock Holmes gab mir mit einem harten Stoß in die Rippen zu verstehen, still zu sein.

Der Junge schaute fragend von einem zum andern, bis ein verschlagenes Grinsen um seine Lippen spielte. »Was gibste mir, wenn ich der dein Gesöff bring'?« fragte er heimtückisch.

»Also Ollie…«, begann der Wachtmeister.

Der Junge stand, die Hände in den Hüften, vor dem anderen und schüttelte den Kopf, während sein geschmeidiger kleiner Körper sich hin und her drehte. »Sofort«, forderte er. »Küß ihn, und zwar sofort!« Er kam ein Stückchen näher auf Rance zu und fuhr fort, seine Genitalien nur wenige Zentimeter vor dem Gesicht des anderen zu präsentieren.

Der Wachtmeister errötete tief und schaute Holmes und mich äußerst verstört an. Er beugte sich ein wenig nach vorn, als wolle er dem Wunsch des jungen Mannes willfahren, dieser wich jedoch einen Schritt zurück. »Auf die Knie!« forderte er.

Erneut zögerte der kräftige Mann peinlich berührt, um schließlich vor dem unbarmherzigen Jüngling auf die Knie zu sinken und seine Lippen auf das halb aufgerichtete Glied zu pressen.

»Sach, daß d'es liebst«, zischte der Halbwüchsige.

»Ich liebe dich«, wisperte der Wachtmeister.

Damit tänzelte der Junge davon und fing an, seine Kleider aufzusammeln. Wenige Augenblicke später war er ordentlich bedeckt und hielt seinem Liebhaber die Hand hin. Der Wachtmeister legte eine Münze in die ausgestreckte Handfläche, und Oliver verschwand.

»Entschuldigen Sie, Mr. 'Olmes«, sagte John Rance, »aber die Umstände lagen nun einmal so, daß ich Oliver lieber nicht…«

»Ich verstehe vollkommen«, sagte mein Gefährte. »Nun klären Sie uns, bevor er zurückkommt, genau über das auf, was geschehen ist.«

»Also, Sie wissen ja, daß diese 'Äuser alle seit mehreren Monaten leerste'en, und da die Kutscher das entdeckt 'aben, sie sind ab und zu gebraucht als ru'iges Fleckchen, wo ein Paar von 'Erren können… alleine sein, so ze sagen, für eine kleine Weile. Ich weiß das natürlich, und da sie Freunde von mir waren – die Kutscher meine ich –, sagen sie's weiter, und ich weiß nicht immer, wer gerade dort ist. Aber ich glaube, es ist ganz in Ordnung, Mr. 'Olmes, wo's doch nicht so viele Plätze gibt, wo so zwei Jungs 'ingehn können. Also laß' ich den Kerls ein paar unbe'elligte Minuten.«

»An diesem Abend schien es Ihnen jedoch, als ob die Benutzer des bewußten Hauses etwas übertrieben lange dort verweilten?« vermutete Holmes.

»Ja, und ich geh' nachschauen, als ich über den Kerl stolper', der an dem Zaun von Nummer 3 lehnt...«

»Ein ziemlich großer, jugendlicher Mann mit kräftiger Gesichtsfarbe?« fragte Holmes.

»Woher... äh... ja, Sir«, antwortete der Wachtmeister. Tonfall und Ausdruck verrieten deutlich seine Verblüffung. »Also, ich konnte se'en, der Kerl war ganz schön betrunken, was nachts um diese Zeit nicht ungewöhnlich ist, aber ich se'e auch, daß er... also, willig ist, wenn se wissen, was ich meine.«

»Weiter«, drängte mein Gefährte.

»Oh, nicht, daß er's nicht verste'en würde«, sagte der Wachtmeister zögernd, »aber, wenn's Ihnen nichts ausmacht, es wär' mir lieber, wenn Inspektor Gregson nicht...«

»Schon gut, John, fahren Sie fort«, sagte Holmes sanft.

»Also, kurz und gut, ich geh' in den Schatten neben dem 'Aus nebenan, und der Kerl kommt mir nach. Und mir nichts, dir nichts geht er in die Knie und fängt an, mir die 'Ose aufzumachen. Also, Ollie und ich sind ja ordentlich ver'eiratet seit einem Jahr, und ich weiß nicht, verste'en Sie, bevor...«

»Bevor Sie ihn machen lassen«, beendete Holmes den Satz an seiner Stelle.

»Ja, Sir«, gestand der Wachtmeister. »Er knöpft mir die 'Ose auf und nimmt meinen Schwanz 'eraus, und der war schon ganz schön steif, wie ich zugeben muß. Er steckte die

Zungenspitze unter meine Vor'aut, und ich werde ganz schnell riesig geil, und mein Schwanz steht wie 'ne Eins – und der ist nicht eben klein, wie Sie sich vielleicht erinnern, Mr. 'Olmes…«

»Nein, wirklich nicht!« bestätigte mein Gefährte.

»Er stülpt mir also die Lippen über die Eichel und macht seine Sache richtig gut und schluckt alles, was ich ihm gebe. Er kniet da im Schlamm, 'ält mich mit beiden 'Änden an den 'Üften fest, zieht mich zurück und…«

»Seine beiden Hände waren an Ihren Hüften?« fragte Holmes scharf. »Er machte keine Anstalten, sein eigenes Glied zu manipulieren, während er Ihres… lutschte?«

Wachtmeister Rance schüttelte den Kopf. »Nein, Sir«, entgegnete er. »Er 'at sich nur um meins gekümmert. Sein eigenes über'aupt nicht angefaßt. Er ist mit dem Mund bei mir unten feste zugange und stöhnt so'n bißchen, als er spürt, daß meine Latte zu zucken und mein Saft zu kochen anfängt. Dann schieß' ich ihm die Ladung 'inter die Kiemen, und er schluckt's, als wär's der Nektar von de Götter. Dann steht er wieder auf und stolpert die Straße runter und singt aus voller Kehle irgendwas über Kolumbiens frisch-gesprenkeltes Banner oder so ähnlich. Er konnt' kaum ste'en, aber er läuft weg, ohne noch was zu sagen.«

»Und dann gingen Sie in das Haus und fanden den Toten«, vermutete Holmes sachlich.

»Jawohl!« antwortete der Wachtmeister.

In diesem Augenblick kehrte der junge Oliver mit der Kanne voller Bier zurück, das er in Maßkrüge füllte, die er uns überreichte. Als sei seine Anwesenheit für die Befragung unwesentlich, fuhr Holmes fort, den Wachtmeister nach weiteren Einzelheiten über Haus und Grundstück zu verhören. Da diese keine weiteren Angaben zu dem mysteriösen Schwanzlutscher erforderten, blieb der Junge über das kleine Techtelmechtel seines Partners im Dunkeln. Zutiefst befriedigt, daß er alle Informationen erhalten hatte, stand mein Gefährte auf und dankte Wachtmeister Rance für seine Mitarbeit. Mit einem Klaps auf die Schulter des jungen Mannes führte Holmes mich aus der Wohnung und zu unserer wartenden Droschke zurück.

»Dieser unfähige Trottel!« sagte Holmes auf der Heimfahrt bitter. »Wenn man bedenkt, da hat er ein solch unglaubliches Glück und nutzt es nicht aus.«

»Mir scheint, er hat es ganz entschieden ausgenutzt«, erwiderte ich leichthin.

»Also ehrlich, Watson!« entgegnete er scharf. »Da haben wir doch wieder die alte Geschichte von Arbeit und Vergnügen.«

»Vielleicht tappe ich mehr im Dunkeln, als ich weiß«, antwortete ich beleidigt. »Es stimmt, daß die Beschreibung des Mannes zu Ihrer Annahme einer zweiten Partei in diesem Rätsel paßt. Aber wieso sollte er zu dem Haus zurückkommen, nachdem er es verlassen hat? Das ist bei Kriminellen nicht üblich.«

»Der Ring, Mann! Der Ring! Seinetwegen muß er zurückgekommen sein! Wenn wir ihn auf andere Weise nicht fassen können, haben wir immer noch den Ring als Köder. Ich kriege ihn, Doktor – Ich wette zwei zu eins, daß ich ihn kriege...«

»Lieber Freund«, sagte ich, unfähig, meine Belustigung über seine Entschlossenheit und seine Wortwahl zu verbergen, »angesichts der Bereitwilligkeit des Mannes, sich zu prostituieren, glaube ich kaum, daß dieser Sieg allzu schwer sein dürfte.«

»Ach, Watson, Sie sind unheilbar triebhaft!« erwiderte Holmes mit einem Schlag auf meinen Oberschenkel, und entsprechend seiner besseren Laune entspannten sich seine Züge. »Nein, ich werde eine Anzeige aufgeben, und noch vor Ablauf weniger Stunden habe ich unseren Mörder in

Handschellen. Aber zunächst wollen wir uns auf Norma Neruda und ihr großartiges Konzert heute abend konzentrieren. Ihr Anschlag und ihre Phrasierung sind vorzüglich. Wie geht das kleine Stück noch, das sie so herrlich spielt: Tra-la-la-lialia-lei.«

In den Fond zurückgelehnt spielten Holmes' Finger im Takt zu seinem Summen leicht über meinem Gemächt. Ich sann über die Vielseitigkeit dieses Amateur-Bluthundes und über den menschlichen Geist im allgemeinen nach.

Ich dachte auch an Gregson und Lestrade, versuchte, sie mir als liebendes Paar vorzustellen. Wie seltsam ist doch unsere Welt, wie seltsam... Die Zwiespältigkeit der menschlichen Seele ist unbegreiflich.

Das Inserat und der hübsche Botenjunge

Die Strapazen des Nachmittags hatten meine angegriffene Gesundheit überfordert, und ich war müde, als wir zurückkehrten. Holmes mußte sich beeilen, um rechtzeitig im Konzert zu sein. Ich hatte beschlossen, nicht zu gehen, und lag auf dem Sofa und beobachtete seine fieberhaften Verrichtungen. Als er gegangen war, blieb ich liegen und überließ mich jenem nebelhaften Zustand zwischen Schlaf und Tagträumerei, um über alles nachzudenken, was ich heute gehört und gesehen hatte. Unwillkürlich schweiften meine Gedanken zu Wachtmeister Rance und seinem attraktiven, fordernden jungen Partner zurück, wobei ich in meiner Vorstellung ein sehr ausführliches Bild ihrer Aktivitäten vor unserer Ankunft heraufbeschwor.

Vor meinem geistigen Auge sah ich den kraftvollen, muskulösen Wachtmeister im Dämmerschlaf mit der mächtigen Brust auf seinem schlanken Gefährten ruhen. Ein eisenharter Schenkel mochte die jugendlichen Beine niederpressen, während die kräftigen Arme den Torso des anderen umschlungen hielten. Ich hatte die bemerkenswerte Manneszierde gesehen, die lose pendelnd vom Unterleib des jungen Mannes herabbaumelte, und mit Genuß beobachtet, wie sie sich unter den flüchtigen Aufmerksamkeiten von John Rance ausgedehnt hatte. Ich fragte mich, wie viel größer sie wohl noch werden würde, und grübelte darüber nach, welche

Maße der Größere selbst aufweisen mochte. Der Breite seiner Hände nach zu urteilen, mußte es sich um einen wahrhaften Mast handeln, und dies hatte ja sein Gespräch mit Sherlock Holmes mehr oder weniger bestätigt. Dies führte zu weiteren Spekulationen der Art, wie ich sie mit meinem Freund bei unserem ersten Zusammentreffen besprochen hatte, und ich wußte, daß Holmes selbst damals versuchte hatte, statistisches Material für seine Monographie über die Beziehungen zwischen der Größe von Händen, Füßen und Penis eines Mannes zu sammeln.

Ich sank tief in die Kissen, schloß die Augen und ließ all diese süßen Bilder vor meinen verhüllten Augäpfeln vorüberziehen. Ich erblickte Rances herrlich gebauten Körper und stellte ihn mir vor, wie er seinen verwöhnten, liebreizenden Oliver in die Höhe hob, ihn zum Bett trug und sanft auf dem zerwühlten Laken niederlegte. Dann bestieg er ihn mit seinem massigen Leib und ließ seinen hoch aufgerichteten Schwanz zwischen die Schenkel des Burschen gleiten. Ihre heißen, feuchten Lippen trafen sich in brennender Leidenschaft, während ihre geschmeidigen Leiber sich wanden und umschlangen, so daß ihre ineinandergeschmiegten Konturen miteinander verschmolzen. Die breiten Schultern und schmalen Hüften des Wachtmeisters schienen im Feuer seines Eifers zu erglühen, als er Oliver mit dem Gesicht zur Matte umdrehte und den gewaltigen Schaft seines Penis' zwischen die sanft gerundeten Backen…

Dann wandelte sich meine Vision, und ich erblickte den kräftig gebauten Polizisten, wie er im Schatten stand und seine stark geäderte Erektion den gierigen Lippen des knienden Mörders darbot. So dumm der Mann auch sein mochte, die bloße Schönheit seines Gesichts und seines Leibes waren für meine geistigen Abschweifungen wie geschaffen. Mein Geist erging sich in der Vorstellung kraftvoller, stürmischer Inbesitznahme und des verzweifelt verzerrten Gesichts des Verbrechers, der wie flehend vor ihm kniete. Dann sank ich allmählich in tiefen Schlaf.

Holmes weckte mich bei seiner Rückkunft, indem er mir behutsam aufhalf und mich zu unserem Bett führte. Im Halbschlaf spürte ich, wie er meinen Leib von seinen Hüllen befreite und schließlich meine nackte Gestalt mit Laken bedeckte. Er nahm mein schweres, schlaftrunkenes Glied in den Mund, hielt es fest, genoß seine langsam ansprechende Masse, bis ich hart und steif wurde, um ihm schließlich eine geballte Ladung von Samen in die Kehle zu schießen, bevor mich wieder tiefer Schlummer umfing.

Während der Nacht erwachte ich mehrere Male, da meine Sinne auf das eintönige Kratzen von Holmes' Violine reagierten. Obgleich zu beinahe virtuosen Darbietungen in der Lage, pflegte mein Gefährte, nackt dazusitzen und, die Geige im Schoß, gedankenversunken mit dem Bogen eine merkwürdige, zusammenhanglose Reihe von Harmonien hervorzubringen. Daß diese langanhaltenden Perioden scheinbarer Schwermut zumindest zum Teil das Ergebnis seiner unbeaufsichtigten Versuche mit Drogen waren, sollte ich erst noch herausfinden. Endlich beendete mein Freund sein sinnloses Gekratze und kam zu Bett. Mit dem letzten bewußten Gedanken spürte ich, wie sich sachte sein warmer Leib an mich schmiegte. Dann, im Wissen, er liege sicher neben mir, schlief ich fest bis zum Morgen.

Holmes war vor mir aufgestanden, und als ich aus dem Schlafzimmer kam, wartete das Frühstück bereits auf mich. »Wie war das Konzert?« fragte ich.

»Es war herrlich«, sagte er und setzte sich. »Der Saal war buchstäblich mit den attraktivsten jungen Männern gefüllt, die alle gekommen waren, um ihrer Lieblingsinterpretin zu lauschen. Sie ist in gewissen Kreisen eine wahre Attraktion, müssen Sie wissen.«

»Wollten Sie nicht die Musik hören?« bemerkte ich kühl.

»Oh ja… ja, gewiß«, sagte Holmes hastig. »Aber in jedem zielgerichteten Verhalten steckt oft eine doppelte Absicht. Die Vorstellung war superb! Erinnern Sie sich, was Darwin über die Musik sagt? Er behauptet, die Gattung Mensch habe die Gabe, Musik hervorzubringen und zu genießen, lange vor der Fähigkeit zu sprechen erworben. Vielleicht bewegt sie uns deshalb so subtil. Unsere Seele enthält vage Erinnerungen an diese nebelhafte Vorzeit, als die Welt noch in den Kinderschuhen steckte.«

»Das ist ein ziemlich weitschweifender Gedanke zu dieser frühen Stunde«, bemerkte ich.

»Und der andere allzu irdisch. Ich sehe, mein Lieber, es wird immer schwieriger, Sie zufriedenzustellen. Aber die Gedanken müssen so weit schweifen, wie die Natur selbst, wenn sie die Natur deuten wollen«, fügte er hinzu. »Was ist? Sie scheinen nicht ganz Sie selbst. Sind Sie wegen der Brixton-Road-Affäre so außer sich?«

»Offen gestanden, ja«, sagte ich, obwohl ich momentan eher einen Stich darüber verspürte, daß Holmes sich beim Konzert mehr mit den jungen Männern als mit der Darbietung selbst beschäftigt hatte. Um ihn dies jedoch nicht merken zu lassen, setzte ich das Gespräch auf unauffälligste Art fort. »Nach meinen Erfahrungen in Afghanistan sollte ich eigentlich an einiges gewöhnt sein. Bei Maiwand sah ich, wie die eigenen Kameraden in Stücke gehackt wurden, ohne die Nerven zu verlieren.«

»Das verstehe ich. Es ist ein Geheimnis, wodurch die Phantasie angeregt wird; ohne Phantasie kein Schrecken. Haben Sie die Morgenzeitung gesehen?«

»Nein.«

»In ihr ist die Affäre recht gut dargestellt. Aber es wird nicht erwähnt, daß der Mann nur einen Damenschlüpfer trug, als er gefunden wurde; und kein Wort über den Ring. Und das ist auch besser so.«

»Warum?«

»Sehen Sie dieses Inserat«, antwortete er. »Ich hatte es an alle Zeitungen geschickt.«

Er warf mir das Blatt zu, und ich besah mir die bezeichnete Stelle. Es war das erste Inserat in der Spalte ›Gefunden‹: »Brixton Road«, lautete sie, »Ein einfacher goldener Ehering, gefunden in der Gasse zwischen White Hart Tavern und Holland Grove. Wenden an Dr. Watson, 221B, Baker Street, zwischen acht und neun Uhr heute morgen.«

»Entschuldigen Sie die Verwendung Ihres Namens«, sagte er. »Wenn ich meinen benutzt hätte, hätten ihn ein paar Dummköpfe erkannt und sich in die Sache eingemischt.«

»Das ist wahr«, antwortete ich. »Aber angenommen, es meldet sich jemand. Ich habe keinen Ring.«

»Oh doch, Sie haben«, sagte er, wobei er mir einen überreichte. »Der reicht vollkommen. Es ist beinahe eine Kopie.«

»Und wer, glauben Sie, wird auf das Inserat antworten?«

»Nun, der Mann, der vor Wachtmeister Rance in der Kälte kniete – unser kräftiger Freund mit den breiten Zehen. Wenn er nicht selbst erscheint, schickt er einen Komplizen.«

»Wird ihm das nicht zu gefährlich sein?«

»Keineswegs. Wenn ich es richtig sehe, und ich habe allen Grund, das anzunehmen, wird dieser Mann lieber alles riskieren, als den Ring zu verlieren. Wie ich schon bemerkte, ließ er ihn fallen, als er über Drebbers Leiche hockte, ohne ihn sofort zu vermissen. Nachdem er das Haus verlassen hatte, entdeckte er den Verlust und eilte zurück, traf jedoch auf die Polizei, die dabei war, dem Licht nachzugehen, das er versehentlich auf dem Kaminsims hatte brennen lassen. Er hatte getan, als sei er betrunken, um jeden Verdacht zu zerstreuen, und dann die bereits von Rance geschilderten Handlungen folgen lassen – womit er übrigens zwei Fliegen mit einer Klappe schlug.«

»Wie das?« fragte ich.

»Außer den Wachtmeister abzulenken und Zeit zur Flucht zu gewinnen, sorgte er dafür, daß es dem Beamten peinlich wäre, von seiner Anwesenheit zu berichten oder ihn zu beschreiben. Unser Mann hatte allen Grund, vom Schweigen des Wachtmeisters bezüglich eines eventuellen Passanten in der Nähe auszugehen.«

»Unser Mörder scheint eine sonderbare Mischung aus Kompetenz und Unfähigkeit zu sein.«

Holmes zuckte die Schultern. »Ich würde eher sagen, ein Mann wechselnder Emotionen, mit Momenten ruhigen Nachdenkens, unterbrochen von Phasen fahriger Gehetztheit. Er eilte zu dem Ring zurück, aber später, bei nüchterner Überlegung, würde er sich sicher fragen, ob er nicht anderswo verlorengegangen sein könnte.«

»Und in der ›Gefunden‹-Spalte nachsehen.«

»Und herkommen, um sein Eigentum abzuholen«, fügte Holmes hinzu.

»Und dann?« fragte ich.

»Ach, das können Sie mir überlassen. Sind Sie bewaffnet?«

»Ich habe meinen Dienstrevolver und ein paar Patronen.«

»Sie sollten ihn besser reinigen und laden. Er wird verzweifelt sein; und obgleich er völlig ahnungslos sein wird, ist es besser, auf alles vorbereitet zu sein.«

Ich ging in unser Schlafzimmer und befolgte seinen Rat.

Als ich mit der Pistole zurückkam, war der Tisch abgeräumt, und Holmes gab sich seiner Lieblingsbeschäftigung hin und kratzte auf seiner Geige – diesmal bekleidet.

»Die Geschichte verdichtet sich«, sagte er, als ich eintrat. »Eben kam eine Antwort auf mein Telegramm nach Amerika. Meine Einschätzung des Falles ist richtig.«

»Und die wäre…?« fragte ich gespannt.

»Meine Violine hätte ein paar neue Saiten nötig«, bemerkte er. »Stecken Sie die Pistole ein. Wenn der Bursche erscheint, sprechen Sie ganz normal mit ihm. Überlassen Sie das übrige mir.«

»Es ist jetzt acht Uhr«, sagte ich mit einem Blick auf meine Uhr.

»Ja, er wird wahrscheinlich in wenigen Minuten hier sein. Öffnen Sie die Tür einen Spalt. Das wird reichen. So«, fügte er hinzu, wobei er die Hand unter den Gürtel steckte und seine Genitalien zurechtrückte, »ich denke, je mehr Ablenkungen wir ihm bieten, desto weniger wachsam wird er sein.«

Ich lächelte ob der gewaltigen Beule, die sein Gemächt formte, und tat es ihm gleich, indem ich meine Hose im Schritt aufbauschte. »Also, wenn das ihn nicht ablenkt«, sagte Holmes, »dann überhaupt nichts!«

»Vielleicht sollte ich mich nackt hierhersetzen«, schlug ich vor.

»Ich glaube kaum, daß das nötig ist«, antwortete mein Gefährte trocken. »Ich will ihn lediglich ablenken, nicht ihn… Ich glaube, da kommt unser Mann.«

Bei seinen Worten ertönte ein durchdringendes Läuten. Sherlock Holmes erhob sich vorsichtig und bewegte seinen Stuhl zur Tür hin. Wir hörten den Dienstboten durch die Diele gehen und das harte Klicken der Türklinke beim Öffnen.

»Wohnt hier Dr. Watson?« fragte eine heisere, hohe Stimme. Wir konnten die Antwort des Jungen nicht hören, aber die Tür wurde geschlossen, und jemand erklomm die Stufen. Die Schritte waren unsicher und schlurfend. Ein erstaunter Blick breitete sich über das Gesicht meines Gefährten. Die Schritte kamen langsam durch den Flur, und ein zaghaftes Klopfen ertönte.

»Herein!« rief ich.

Auf meinen Ruf hin kam anstatt des kraftvollen Mannes, den wir erwarteten, eine sehr alte, verhutzelte Frau ins Zimmer gehumpelt. Sie schien von der plötzlichen Helligkeit benommen, und nachdem sie einen Knicks gemacht hatte, stand sie uns blinzelnd gegenüber und nestelte mit nervösen, zittrigen Fingern an ihrer Tasche. Ich schaute meinen Gefährten an, und auf seinem Gesicht lag ein solch untröstlicher Ausdruck, daß es mir schwerfiel, die Fassung zu bewahren.

Die alte Vettel zog eine Zeitung hervor und wies auf das Inserat. »Dies hier hat mich zu Ihnen geführt, meine Herren«, sagte sie mit einem weiteren Knicks, wobei sie offensichtlich bemüht war, ihre hervortretenden Augen von der massiven Beule im Schritt abzuwenden. »Der goldene Ehering in der Brixton Road muß meinem Sallymädchen gehör'n, die wo erst zwölf Monate verheirat is', und der ihr'n Mann is' Steward auf'm Unionsschiff, und was der wohl sagt, wenner heimkommt und sie sieht, schon wenner gute Laune hat und besonders erst, wenner ein' sitzen hat. Wenn belieben, is' sie gestern abend in'n Zirkus gegangen über...«

»Ist das ihr Ring?« fragte ich und hielt ihr den eher übergroßen Reif auf meiner Handfläche entgegen.

»Gelobt sei der Herr!« rief die Alte. »Sally wird glücklich sein heut' nacht. Das is' der Ring.«

»Und wie lautet Ihre Adresse?« fragte ich, wobei ich zu einer Feder griff.

»Duncan Street 13, Houndsditch.«

»Die Brixton Road liegt aber nicht zwischen irgendeinem Zirkus und Houndsditch«, sagte Sherlock Holmes scharf.

Die Alte drehte sich um und schaute ihn aus ihren rotunterlaufenen kleinen Augen durchdringend an. »Der Herr hat nach meiner Adresse gefragt«, sagte sie. »Sally wohnt möbliert, Mayfield Place 3, Peckham.«

»Und Sie heißen...?«

»Mein Name ist Sawyer... ihrer Dennis, weil der Tom Dennis sie geheiratet hat... und is'n gescheiter, sauberer Kerl, solang er auf See is', und kein anderer Steward steht besser da in der Firma; aber an Land, also was er da mit die Weiber und mit die Schnapsläden...«

»Hier ist Ihr Ring, Mrs. Sawyer«, unterbrach ich auf ein Zeichen meines Gefährten, »er gehört eindeutig Ihrer Tochter, und ich bin froh, ihn der rechtmäßigen Besitzerin zurückerstatten zu können.«

Mit vielen gemurmelten Segens- und Dankesworten packte ihn die alte Vettel in die Tasche und humpelte die Treppe hinab. Kaum war sie gegangen, sprang Sherlock Holmes auf und eilte in unser Zimmer. Kurz darauf kehrte er in Mantel und Krawatte zurück. »Ich folge ihr«, sagte er eilig. »Sie muß eine Komplizin sein – entweder das oder die Mutter einer monströs großen Tochter. Aber ich bin sicher, daß sie mich zu unserem Mann führt. Warten Sie auf mich.«

Die Haustür war hinter unserer Besucherin zugeschlagen, ehe Holmes die Treppe hinabgestiegen war. Durchs Fenster sah ich sie hinfällig auf der anderen Straßenseite gehen, in kurzem Abstand vor ihrem Verfolger. *Entweder die ganze Theorie ist falsch*, dachte ich bei mir, *oder er wird jetzt ins Herz des Geheimnisses geführt.* Er hätte mich nicht bitten müssen, auf ihn zu warten, denn ich wäre niemals weggegangen, ohne das Ergebnis seines Abenteuers erfahren zu haben.

Es war gegen Mittag, als der Dienstbote mit einer Kanne Tee und einem Muffin nach oben kam. »Mrs. Hudson dachte, Sie wären vielleicht hungrig, Sir«, sagte er. Ein ausgewachsener Dienstbote und ein prächtiger Bursche, stand er einen Augenblick neben meinem Stuhl, der Schritt nur wenige Zentimeter von meiner Hand entfernt. Die Einladung war allzu deutlich, besonders da der Stoff seiner Hose sich durch den Druck dahinter ausbeulte. Ich gestattete meinen Fingern, das Tuch zu berühren und leicht mit den Nägeln über die Oberfläche zu schaben. »Läßt Mrs. Hudson mir dies auch schicken?« fragte ich.

»Nur mittelbar, Sir«, antwortete der Junge.

Mit einem plötzlichen Schuldgefühl blickte ich verstohlen aus dem Fenster. Kein Zeichen von Holmes. Kurz fragte ich mich, was er wohl sagen oder tun würde, wenn er mich zusammen mit diesem jungen Mann anträfe. Als ob er meine Gedanken gelesen hätte, grinste der Dienstbote. »Ich glaube, es würde ihm nichts ausmachen, Sir. Er war eins, zwei Mal selbst mit mir zugange.«

Ich hustete befangen, fühlte jedoch, wie sich in meinen Lenden die vertraute Wärme ausbreitete. Als sei ihm erneut mein unausgesprochener Wunsch bewußt, fing der junge Mann an, sich zu entkleiden. Hemd und Weste flatterten zusammen über die Stuhllehne, und einen Augenblick später standen seine glänzend schwarzen Stiefel darunter. Eine Woge der Erregung stieg in mir auf, und ich war vorübergehend wie benommen. Hätte ich versucht, aufzustehen, wäre ich sicher gestrauchelt. Er hielt inne, um mir einen Blick auf seine nackte Brust zu gestatten, deren samtweiche Haut ins strahlende Sonnenlicht des Nachmittags getaucht war. Sein dunkles Haar hatte einen rötlichen Schimmer, der durch das Licht, das durch die leichten Gardinen gedämpft über uns hereinbrach, noch verstärkt wurde. Auf seinen Armen und in der Mitte seiner Brust schien der dunkle, kurze Bewuchs zu glühen wie die Kohlen eines heruntergebrannten Feuers.

Er schaute mich fragend an, als sei er mit einem Mal unsicher und habe Zweifel über meine Reaktion auf seine dreiste Willigkeit. »Wundervoll«, flüsterte ich und strich mit der Hand über den seidigen Pelz auf seinem Arm.

Seine Hände glitten über den Lederreif seines Gürtels und trafen sich über der Schnalle. Seine wohlgeformte Brust und der mit geschmeidigen Muskeln bedeckte Oberkörper spannten sich ein wenig an, ebenso die scharfgezeichneten Sehnen seiner Arme. Lange, stumpfe Finger nestelten an dem Verschluß, und wenig später zog er seine Hose über die kräftigen, behaarten Schenkel. Er stieg heraus und stand vor mir – auf der Haut nichts als einen löchrigen Schlüpfer aus weißer Baumwolle. Der Schaft seines Geschlechts wurde von dem zerschlissenen Stoff nur unzureichend verborgen und preßte seine zuckende Erektion gegen die Innenseite seines geschmeidigen Oberschenkels.

Inzwischen waren jegliche negativen und hemmenden Gefühle von mir gewichen. Meine eigene Erektion drohte, den rauhen Tweed meiner Breeches zu sprengen. Der Junge rückte näher an meinen Stuhl, und ehe mir halb bewußt wurde, wie mir geschah, hatte ich die Spitze seines zuckenden Penis' zwischen die Lippen genommen. Eine salzig-scharfe Würze nahm Besitz von meinen Sinnen, so daß der Druck seiner Hände auf meinem Hinterkopf kaum nötig war. Ich nahm das gesamte Glied tief in mich auf und übte einen festen Sog darauf aus, der seinen Ursprung tief in meinem Zwerchfell hatte. Ich hörte ihn stöhnen, während er anfing, mit den schmalen Hüften zu kreisen, und in meinem Bewußtsein war nur noch der Wunsch, mich ebenfalls zu entkleiden und meinen nackten Leib an den seinen zu pressen.

Es dauerte nicht lange, bis ich den Gedanken in die Tat umsetzte. Ich glitt vom Stuhl und ging vor ihm in die Knie – wobei ich daran dachte, daß ich dabei den von Holmes geschilderten Mörder imitierte. Ich riß mir Hemd und Weste vom Oberkörper, ohne den Halt an seinem hartaufgerichteten Fleisch zu verlieren. Ich gestattete meinen Lippen, die Spitze wenige Sekunden loszulassen, während ich die Beine anhob, um die Hose zusammen mit Stiefeln und Unterwäsche abzustreifen. Dann fiel er über mich her, und während wir uns am Boden wanden, drehte sich der Dienstbote um, so daß er seinen Mund über meinem Prügel schließen konnte, während ich meine Saug- und Pumpbewegung an seinem Schaft wieder aufnahm. Ich möchte nicht den Eindruck erwecken, er sei riesig bestückt gewesen, aber die Form seines Gliedes war so vollkommen, daß mir seine Ausmaße wenig bedeuteten, und die Leidenschaft seines jugendlichen Körpers entschädigte mich überreich für jeden Mangel an Masse.

Im Nu lag ich auf ihm und trieb ihm die Lenden gegen das Gesicht, während ich wütend an seiner starren Säule zerrte. Ich spürte, wie die Säfte in den Gefäßen meines Schwanzes aufzusteigen begannen, und versuchte, die Flut zurückzuhalten, als der Junge urplötzlich in mir explodierte. Wallende Ergüsse sahnigen Samens überfluteten meinen Mund, und im selben Moment gab ich die eigene Gegenwehr auf. Majestätische Wogen gleißender Seligkeit durchzuckten mich. Ich spürte die kochende Entladung geschmolzenen Spermas an meinem Schaft herabrinnen, während ich das seine noch in meinem Mund kostete. Der Junge würgte, als es ihm kam, und ich empfand eine perverse Lust, als ich ihn mit dem vollen Maß dessen, was ich zu geben hatte, ringen fühlte.

Reglos lagen wir am Boden, während unsere Leiber um ein neues Gleichgewicht rangen. Meine Blicke schweiften schließlich von dem anmutigen Bogen des erschlaffenden Penis' des jungen Mannes zur Anrichte und zum Tisch neben dem Stuhl, auf dem ich gesessen hatte. Ich gewahrte das Buch, das ich gelesen hatte, als der Junge hereingekommen war – Henri Murgers *Vie de Bohème. Höchst passend,* dachte ich... *Sex auf den Dielen mit einem Dienstjungen, sofern der gute alte Henri solche Dinge zu schreiben gewagt hätte.*

Der Bursche griff gerade nach unten, um sich die Hose wieder hochzuziehen, als wir plötzlich ein Schlurfen an der Tür hörten, die ohne das geringste warnende Klopfen weit aufflog. »So!« schrillte die durchdringende Stimme unserer Wirtin. »So, Dr. Watson, vertreiben Sie sich also die Zeit, während Ihr reizender Liebhaber anderswo zu tun hat.«

Mit vor Schreck und Verlegenheit offenem Mund starrte ich sie entsetzt an. Sie fuhr fort, mich mit in ihre breiten Hüften gestemmten Händen kalt zu mustern. Dann änderte sich ihre Stimmung ebenso abrupt wie sie das Zimmer betreten hatte, und sie brach in ein meckerndes Lachen aus, das beinahe die Bücher aus ihren Regalen gefegt hätte. »Das werde ich nicht vergessen, John Watson! Fürchten Sie nichts, aber das werde ich nicht vergessen!«

»Ich… ich vertraue auf Ihre Diskretion, und darauf, daß Sie den Vorfall Mr. Holmes gegenüber nicht erwähnen«, stammelte ich.

»Nein, kein Wort«, grinste sie und kam näher, um mich ins Kinn zu zwicken. »Kein einziges Wort, mein Schätzchen, wenigstens nicht, bevor es an der Zeit ist!« Sie zwinkerte verschwörerisch und wandte sich an den noch immer nackten Jungen. »Aber was dich betrifft, mein Kleiner!« schrie sie.

»Bitte, wenn Sie…«

»Keine Angst! Nimm einfach deine Sachen und komm mit!«

Sie ließ dem Kleinen gerade genug Zeit, seine verstreuten Kleidungsstücke aufzusammeln, dann klatschte sie ihm kräftig auf den Hintern und drehte ihn zur Treppe. »Das bleibt einfach unser kleines Geheimnis, Schätzchen«, fügte sie zu mir gewandt über die Schulter hinweg hinzu, und ich konnte ihr Gackern bis zum unteren Absatz hören.

Mein Tee war inzwischen kalt, aber ich war so nervös, daß ich ihn trotzdem trank, bis es mir schließlich gelang, mein Interesse wieder meinem Buch zuzuwenden. Ich hatte fast eine Stunde gelesen, als ich Holmes' Hausschlüssel im Schloß hörte und mein Körper sich vor Erwartung spannte. Ich hatte ganz sorgfältig alle Spuren der kurzen Augenblicke meiner Lust beseitigt, und da ich erwartete, daß mein Gefährte sich augenblicklich in einer Schilderung seiner Abenteuer ergehen würde, war ich über seine erste Bemerkung beim Betreten des Zimmers ein wenig betroffen.

»Ah, Watson«, sagte er munter. »Ich sehe, Sie haben sich des Dienstpersonals bedient. Hübscher Kerl, nicht wahr?«

Mit diesen Worten schickte er sich an, seine Pfeife zu stopfen und mich meiner konsternierten Fassungslosigkeit zu überlassen. »Wie um alles in der Welt…«

»Ganz einfach«, entgegnete mein Gefährte, »aber wenn ich es Ihnen erkläre, wissen Sie, welche Vorkehrungen Sie beim nächsten Mal treffen müssen, und das würde mir gar nicht passen.«

»Meine Güte«, sagte ich, »mir scheint, ich werde nie etwas vor Ihnen verheimlichen können.«

»Auf jeden Fall keine verborgene Schuld, mein Lieber«, antwortete Holmes in seinem üblichen lässigen Tonfall. Er hatte seine Pfeife angezündet und streckte seine langen Beine vor sich in seinem breiten Polstersessel aus. Nach einiger Zeit, und ungeachtet meiner vorherigen Aktivitäten, sorgte die längliche Erhebung, die sich entlang seines Schenkels ausdehnte, für neuerliche Unruhe in meinen Lenden.

Er grinste mich dümmlich an, und ich erkannte im Nu, daß er erfolglos geblieben war. Amüsiertheit und Niedergeschlagenheit schienen um die Vorherrschaft zu kämpfen, bis erstere plötzlich Oberhand gewann und er in ein herzliches Gelächter ausbrach. »Ich würde es den Burschen von Scotland Yard um nichts in der Welt erzählen«, brüllte er. »Ich habe sie so aufgezogen, daß sie es mir ewig unter die Nase reiben würden. Ich kann es mir leisten, zu lachen, denn ich bin sicher, daß ich auf lange Sicht quitt mit ihnen bin.«

»Was ist es dann?«

»Oh, es macht mir nichts aus, eine Geschichte zu erzählen, die auf meine Kosten geht. Diese Kreatur war ein kurzes Stück gegangen, als sie anfing, zu hinken und alle Anzeichen von Gehbeschwerden zu zeigen. Bald darauf blieb sie stehen und hielt eine vorüberfahrende Droschke an. Es gelang mir, an sie heranzukommen, um die Adresse zu hören, aber ich hätte mich nicht so bemühen müssen, denn sie plärrte sie laut genug heraus, um sie auf der anderen Straßenseite hören zu können. ›Fahren Sie zur Duncan Street 13, Houndsditch‹, schrie sie. Das scheint ja originell zu werden, dachte ich, und als ich sah, daß sie sicher drinnen saß, sprang ich hinten auf.

Das ist eine Kunst, in der jeder Detektiv Meister sein sollte. Nun, wir fuhren dahin, ohne anzuhalten, bis wir die fragliche Straße erreicht hatten. Ich sprang ab, bevor wir an der Tür angekommen waren und schlenderte lässig die Straße hinunter. Ich sah, wie die Droschke vorfuhr. Der Fahrer sprang ab, öffnete den Verschlag und stand erwartungsvoll da. Niemand stieg aus. Als ich bei ihm war, durchsuchte er fieberhaft die leere Droschke, wobei er eine Auswahl der erlesensten Flüche ausstieß, die ich je hörte. Von seinem Fahrgast war keine Spur zu sehen, und das gilt, fürchte ich, auch für den Fuhrlohn. Auf Nachfrage in Nummer 13 erfuhren wir, daß das Haus Eigentum eines angesehenen Tapezierers ist und daß man die Namen Sawyer oder Dennis dort noch nie gehört hatte.«

»Sie wollen doch nicht sagen«, rief ich fassungslos, »daß dieses humpelnde, gebrechliche alte Weib in der Lage war, aus der fahrenden Droschke zu steigen, ohne daß Sie oder der Fahrer sie gesehen hätten?«

»Von wegen altes Weib!« sagte Sherlock Holmes schneidend. »Wir waren die alten Weiber, daß wir uns so haben übertölpeln lassen. Es muß ein junger Mann gewesen sein und sportlich dazu; außerdem ein unvergleichlicher Schauspieler. Sein Auftritt war unnachahmlich. Er bemerkte zweifellos, daß er verfolgt wurde, und ergriff die Gelegenheit, mich an der Nase herumzuführen. Das zeigt, daß der Mann, hinter dem wir her sind, nicht so alleine ist, wie ich dachte, sondern einen Freund hat, der bereit ist, ein Risiko für ihn einzugehen – vielleicht ein Liebhaber. Nun, Doktor, Sie sehen ein wenig angegriffen aus nach Ihrer nachmittäglichen Tollerei. Ich schlage vor, Sie halten ein Nickerchen.«

Da ich mich in der Tat sehr erschöpft fühlte, folgte ich seiner Anordnung. Ich ließ Holmes vor dem glimmenden Feuer sitzend zurück, und alsbald hörte ich das leise, schwermütige Klagen seiner Violine und wußte, daß er noch immer über das sonderbare Rätsel nachgrübelte, das er zu enthüllen sich vorgenommen hatte. Dann nickte ich ein und wurde erst wieder wach, als Mrs. Hudson das Abendessen brachte. In Hausmantel und Pantoffeln schlurfte ich nach draußen, um Holmes nackt und fast besinnungslos in seinem Sessel vorzufinden. Mit gelindem Schrecken fing ich an, nach seinem Puls zu suchen, als Mrs. Hudson in die verzerrte Karikatur eines meckernden Gelächters ausbrach.

»Zerbrechen Sie sich darüber nicht Ihren hübschen Kopf, mein Lieber«, sagte sie. »Den Stoff, aus dem die Träume sind, schießt er sich schon eine ganze Weile.«

Ich schaute auf in die ruhigen, wächsernen Züge meines Gefährten und erkannte die Zeichen des Schlafes des Morphinisten. Daß ein solch brillanter Geist süchtig sein sollte, erschien in der Tat sehr merkwürdig, aber bei einem Mann mit derart vielen Widersprüchen war dies wohl weder überraschend noch besorgniserregend. Mrs. Hudson verlieh ihrer Zufriedenheit mit einem zähnebleckenden, lüsternen Grinsen Ausdruck. »Bis morgen früh, mein Lieber«, sagte sie. »Schlafen Sie wohl!« Sie lachte erneut und schloß die Tür.

Eine ganze Weile saß ich über den Resten meines Mahles, bis ich den Dienstboten zu Bett gehen hörte. Bald darauf vernahm ich die entschiedeneren Schritte unserer ›Wirtin‹, die mit dem gleichen Ziel an meiner Tür vorüberging. Mit der Frage, ob der junge Mann wohl die Wünsche der ehemaligen Kurtisane befriedigen würde, zog ich den Hausmantel eng um mich, schürte das Feuer, um ein wenig Wärme zu erzeugen, und deckte Holmes mit einer Decke zu, bevor ich wieder ins Bett schlüpfte. Ich legte Hand an meine Erektion, während ich mir den hübschen Dienstboten in der Umarmung mit Mrs. Hudson vorstellte. Noch immer behaglich warm und steif dämmerte ich in den Schlaf hinüber.

Die Gassenjungen und Tobias Gregson

Die Zeitungen am nächsten Tag waren noch immer voll von dem »Brixton-Rätsel«, wie sie es nannten. Jede stellte den Fall anders dar, und erstmals wurden die seltsamen Umstände und die Kleidung des Opfers erwähnt. Es gab Anspielungen auf die griechische Mythologie, Cäsars Legionen, die französische Marine, die Darwinsche Theorie, Anna von Österreich und die Lehren von Malthus. Die meisten Artikel endeten mit Mahnungen an die Regierung, Ausländer in England einer stärkeren Aufsicht zu unterwerfen.

Der Standard kommentierte, daß ungesetzliche und unmoralische Auswüchse dieser Art im allgemeinen unter liberaler Staatsführung vorfallen. Dieselben erwüchsen aus der Aufwiegelung der Massen und der resultierenden Schwächung unserer festen britischen moralischen Verfassung. Dazu der unheilvolle Einfluß von Ausländern – besonders Amerikanern –, man konnte die englische Moral in ihren Grundfesten förmlich wanken sehen. Der Artikel fuhr fort, das Versagen anderer Regierungen, eine angemessene Kontrolle über ihre Untertanen auszuüben, zu beklagen und dieser Laxheit die englische Zucht – selbst unter der nachlässigsten Führung – entgegenzustellen. Solch ruchlose Charaktere, schloß er, wüchsen wohl kaum auf dem Boden von Nationen auf, deren gesellschaftliche Normen wohlgegründet seien.

Der Verstorbene sei ein Herr amerikanischer Herkunft gewesen, der seit einigen Wochen in der Hauptstadt residiert habe. Er hatte im Gästehaus von Madame Charpentier, Torquai Terrace, Camberwell, gewohnt. Auf seinen Reisen habe ihn sein Privatsekretär Mr. Joseph Stangerson begleitet. Die beiden hatten sich am Mittwoch, dem 4. des Monats, von ihrer Wirtin verabschiedet und waren zur Euston Station angefahren, angeblich um den Liverpool Expreß zu erreichen. Später waren sie zusammen auf den Bahnsteig gesehen worden. Danach ist nichts von ihnen bekannt, bis Mr. Drebbers Leiche in höchst merkwürdigem Zustand in einem leeren Haus in der Brixton Road aufgefunden wurde. Diese befand sich viele Meilen von Euston entfernt, so daß die Fragen, wie er hierher kam oder wie ihn sein Schicksal ereilte, noch ins Dunkel gehüllt waren. Über den Aufenthalt von Mr. Stangerson war nichts bekannt. »Wir sind erfreut, zu erfahren, daß Mr. Lestrade und Mr. Gregson von Scotland Yard gemeinsam den Fall bearbeiten«, schloß der Artikel, »und wir erwarten voller Zuversicht, daß diese beiden bekannten Beamten alsbald Licht in die Sache bringen werden.«

Sherlock Holmes las diesen Bericht beim Frühstück, und er schien ihm beträchtliches Vergnügen zu bereiten.

»Ich sagte Ihnen, daß, was auch immer passiert, Lestrade und Gregson die Lorbeeren einheimsen«, bemerkte er.

»Das hängt davon ab, wie es ausgeht.«

»Ach, wo denken Sie hin, das spielt nicht die geringste Rolle. Wenn der Mann gefaßt wird, dann wird es ihren Bemühungen zuzuschreiben sein; wenn er entkommt, dann trotz ihrer Anstrengungen. Nach dem Motto bei Kopf gewinne ich, bei Zahl verlierst du. Was sie auch tun, sie werden immer ihre Bewunderer haben. *Un sot trouve toujours un plus sot qui l'admire.*«

»Was in aller Welt ist das?« schrie ich, denn in diesem Moment ertönte das Stampfen vieler Schritte in der Diele und auf den Stufen, begleitet von den lautstarken Bekundungen von Entrüstung von seiten unserer Wirtin. »Holen Sie ihre dreckigen, kleinen Bastarde von meiner blitzblanken Treppe!« zeterte sie. »Oh! Schluß damit! Sie... wagen es! Ah! Mr. Holmes! Mr. Holmes!«

»Das ist die Abteilung Baker Street der Kriminalpolizei«, sagte mein Gefährte lächelnd. Er stand auf und ging zur Tür. »Am besten, ich schaue nach, was sie Mrs. Hudson diesmal angetan haben«, fügte er hinzu. »Im letzten Monat haben sie eine Ratte nach ihr geworfen...«

Bei seinen Worten flog die Tür auf, und ein halbes Dutzend der schmutzigsten, doch hübschesten kleinen Gassenjungen, auf die je mein Blick gefallen war, stürmte herein.

»Was habt ihr mit Mrs. Hudson gemacht?« fragte Holmes streng. Er schaute sich um und zwinkerte mir zu, da das Geheul der Wirtin noch immer im Treppenhaus widerhallte.

»Wir haben nur ein, zwei Pferdeäpfel nach ihr geschmissen«, sagte der eine.

»Und noch ganz frisch vom Pferdehintern«, kicherte ein anderer.

»Nun, Schluß jetzt! Das reicht, verstanden?« rief Holmes.

Die Knaben nickten und stellte sich in gerader Reihe auf.

»Ach-tung!« schrie Holmes scharf, und die sechs kleinen Strolche standen in einer Reihe wie ebenso viele unansehnliche, kleine Statuetten. »In Zukunft schickt ihr Wiggins alleine zum Rapport, und wenn ich nicht ausdrücklich nach euch schicke, warten die übrigen auf der Straße.« Auf den Gesichtern mehrerer Knaben erschien ein süffisantes Grinsen, als Holmes dies sagte, aber er ignorierte es und fuhr fort. »Habt ihr es gefunden, Wiggins?«

»Nein Sir, ham 'wer nich'«, sagte der größte und attraktivste von ihnen.

»Das habe ich auch kaum erwartet. Ihr müßt weitersuchen, bis ihr es habt. Hier ist euer Lohn.« Er gab jedem einen Shilling. »Und jetzt ab«, sagte er, wobei er dem, der ihm am nächsten stand, einen Klaps versetzte, »und kommt beim nächstenmal mit besseren Nachrichten.«

Er wedelte mit der Hand, und sie trappelten die Treppe hinunter wie die Ratten, was einen neuerlichen Ausbruch von Mrs. Hudson nach sich zog. Kurz darauf hörten wir ihre halbwüchsigen Stimmen auf der Straße.

»Durch einen von diesen kleinen Tagedieben kann man mehr herausbekommen als durch ein Dutzend Polizisten«, bemerkte Holmes. »Der bloße Anblick einer offiziell aussehenden Person versiegelt den Leuten die Lippen. Diese Jungen jedoch kommen überall hin und hören alles. Sie sind wendig wie Katzen und schlängeln sich oft in Lücken, die – nun ja, das können Sie sich ja selbst ausmalen.«

»Den schnippischen Bemerkungen gerade nach zu urteilen«, entgegnete ich, »würde ich sagen, Sie haben sich nicht nur ihrer Augen und Ohren bedient.«

Holmes zuckte die Achseln. »Ein Mann muß für sein Vergnügen sorgen, wann und wo er es findet. Momentan nutze ich ihre Talente für den Brixton Road Fall, da es da noch etwas gibt, dessen ich mich vergewissern möchte. Es ist lediglich eine Frage der Zeit. Holla! Gleich werden wir ein paar gewaltige Neuigkeiten zu hören bekommen! Da kommt Gregson über die Straße und grinst wie ein Honigkuchenpferd. Eindeutig zu uns. Ja, er bleibt stehen. Und da ist er!«

Es läutete heftig, und wenige Sekunden später kam der blonde Detektiv drei Stufen gleichzeitig nehmend die Treppe herauf und stürzte in unser Wohnzimmer.

»Mein lieber Freund!« rief er, umarmte Holmes und küßte ihn stürmisch auf die Lippen. Dann versuchte er in seiner Begeisterung mit meinem Freund durchs Zimmer zu tanzen. »Gratulieren Sie mir!« schrie er. »Durch mich liegt der Fall klar wie der hellichte Tag.«

Ein Schatten der Furcht schien sich über die Züge meines Gefährten zu stehlen.

»Sie meinen, Sie sind auf der richtigen Spur?« fragte er.

»Die richtige Spur! Ha, mein Hoppelhase, der Mann sitzt hinter Schloß und Riegel!«

»Und wie heißt er?«

»Arthur Charpentier, Unterleutnant in der Marine Ihrer Majestät!« schrie Gregson großspurig, wobei er meinen Gefährten spielerisch zwischen den Beinen zwickte und sich, ein Bein über die Lehne geschwungen, im Sessel breit machte.

Holmes stieß einen Seufzer der Erleichterung aus und lächelte entspannt.

»Erzählen Sie«, sagte er. »Wir sind begierig zu hören, wie Sie es angestellt haben. Möchten Sie eine Zigarre – Whiskey oder Wasser?«

»Könnte nichts schaden«, antwortete der Detektiv. »Die gewaltigen Anstrengungen der letzten ein, zwei Tage haben mich ausgelaugt. Nicht so sehr die körperliche Anstrengung, Sie verstehen, als die geistige Anspannung. Sie werden das einzuschätzen wissen, Mr. Sherlock Holmes, da wir ja beide Arbeiter des Geistes sind.

»Zu viel der Ehre«, sagte Holmes würdevoll. »Jetzt lassen Sie uns hören, wie Sie zu diesem erfreulichen Ergebnis gekommen sind.«

Der Detektiv paffte selbstgefällig an seiner Zigarre. Dann klopfte er sich plötzlich in einem Anfall von Heiterkeit auf den Schenkel. »Der Witz ist«, schrie er, »daß dieser Tölpel Lestrade, der sich für so schlau hält, auf dem völlig falschen Gleis ist. Er ist hinter Stangerson, dem Sekretär, her, der so wenig mit dem Verbrechen zu tun hat wie ein ungeborenes Baby. Ich zweifle nicht, daß er ihn inzwischen gefaßt hat.«

Der Gedanke belustigte Gregson so sehr, daß er lachte, bis er keine Luft mehr bekam.

»Und wie sind Sie auf Ihre Lösung gekommen?« drängte Holmes.

»Ah, ich werde es Ihnen sagen. Natürlich, Dr. Watson, muß das strikt unter uns bleiben. Die erste Schwierigkeit, der wir uns gegenübersahen, war, die Vorgeschichte dieses Amerikaners herauszufinden. Mancher hätte auf die Antworten auf die Inserate gewartet, oder darauf, daß jemand freiwillig Angaben gemacht hätte. Das ist nicht die Arbeitsweise von Tobias Gregson. Sie erinnern sich natürlich an den Schlüpfer aus lavendelfarbener Spitze.«

»Natürlich«, sagte Holmes, »er war von Lady Underwood and Hamm, Camberwell Road 129.«

Gregson wirkte ganz geknickt. »Ich hatte keine Ahnung, daß Ihnen das aufgefallen war«, sagte er. »Waren Sie dort?«

»Nein.«

»Ha!« schrie Gregson erleichtert, »man sollte sich nie eine Chance entgehen lassen, so klein sie auch scheinen mag.«

»Für einen großen Geist gibt es nichts Kleines«, zitierte Holmes.

»Nun, ich ging also zu Lady Underwood und fragte sie, ob sie einen Schlüpfer in dieser Größe und Ausstattung an einen Herrn, namentlich einen amerikanischen Herrn, verkauft habe. Sie schaute in ihren Büchern nach und stellte es sofort fest. Sie hatte den Schlüpfer an einen Mr. Drebber, wohnhaft in Charpentiers Gästehaus, Torquai Terrace, geschickt. Auf diese Weise kam ich zu seiner Adresse.«

»Schlau – sehr schlau!« murmelte Sherlock Holmes.

»Als nächstes suchte ich Mrs. Charpentier auf«, fuhr der Detektiv fort. »Ich fand sie sehr bleich und durcheinander vor. Ihr jüngerer Sohn war ebenfalls im Zimmer – ein ungewöhnlich hübscher Junge. Seine Augen wirkten rot, und seine Lippen zitterten, während ich mich mit ihnen unterhielt, was mir nicht entging. Ich begann, den Braten zu riechen. Sie kennen das Gefühl, Mr. Holmes, wenn man den richtigen Riecher hat – eine Art Nervenschauer, der von den Eiern hochzukochen scheint – wenn Sie das unverblümte Wort entschuldigen, Doktor – den Hoden«, fügte er mit einem Glucksen hinzu. ›Haben Sie von dem mysteriösen Tod ihres letzten Gastes, Mr. Enoch J. Drebber aus Cleveland, gehört?‹ fragte ich.

Die Mutter nickte. Sie schien zu keinem Wort fähig. Der Sohn brach mit einem Mal in Tränen aus. Ich hatte mehr denn je das Gefühl, daß diese Leute etwas über die Sache wußten.

›Um wieviel Uhr verließ Mr. Drebber Ihr Haus, um den Zug zu erreichen?‹ fragte ich.

›Um neun Uhr‹, sagte sie, wobei sie sich räusperte, um ihre Aufregung zu unterdrücken. ›Sein Sekretär, Mr. Stangerson, sagte, es gebe zwei Züge – einen um 9.15 Uhr und einen um 11. Er wollte den ersten erreichen.‹

›Und dies war das letzte Mal, daß Sie ihn gesehen haben?‹

Bei dieser Frage verzerrten sich die Züge der Frau auf schreckliche Weise. Es dauerte einige Sekunden, bevor sie auch nur ein einziges ›Ja‹ herausbekam – und dies in einem heiseren, unnatürlichen Ton.

Einen Augenblick lang war es still, und dann sprach ihr Sohn mit klarer, ruhiger Stimme.

›Aus Falschheit erwächst nie Gutes, Mutter‹, sagte er. ›Wir wollen offen zu dem Herrn sein. Wir haben Mr. Drebber noch einmal gesehen.‹

›Gott vergebe Dir!‹ schrie Madame Charpentier, warf die Hände hoch und sank in ihren Stuhl zurück. ›Du hast deinen Bruder ermordet.‹

›Es wäre Arthur lieber, wenn wir die Wahrheit sagen‹, antwortete der Knabe entschlossen.

›Am besten, Sie erzählen mir jetzt alles‹, sagte ich. ›Halbe Bekenntnisse sind schlimmer als gar keine. Außerdem wissen Sie nicht, wieviel wir wissen.‹

›Es komme über dein Haupt, Alec!‹ rief seine Mutter; und dann zu mir gewandt: ›Ich werde Ihnen alles sagen, Sir. Glauben Sie nicht, daß meine Aufregung über meinen älteren

Sohn daher rührt, ich fürchtete, er habe etwas mit dieser fürchterlichen Angelegenheit zu tun. Er ist vollkommen unschuldig. Meine Sorge ist jedoch, daß er in Ihren wie auch in den Augen anderer als belastet erscheinen könnte. Dies aber ist unzweifelhaft ausgeschlossen. Sein edles Gemüt, sein Beruf, seine Herkunft würden das gänzlich verbieten.‹

›Vielleicht solltest du uns besser alleine lassen, Alec‹, sagte sie, worauf ihr Sohn sich zurückzog. ›Nun, Sir‹, fuhr sie fort, ›ich hatte nicht die Absicht, Ihnen all das zu erzählen, da aber mein armer Junge es enthüllt hat, habe ich keine andere Wahl. Und da ich nun einmal beschlossen habe, zu sprechen, werde ich ihnen alles berichten, ohne eine Einzelheit auszulassen.‹

›Das ist das Allerbeste‹, sagte ich.

›Mr. Drebber war fast drei Wochen bei uns. Er und sein Sekretär, Mr. Stangerson, hatten den Kontinent bereist. Ich bemerkte einen Aufkleber aus Kopenhagen auf ihren Koffern, der verriet, das dies ihr letzter Aufenthalt gewesen war. Stangerson war ein zurückhaltender Mensch, sein Arbeitgeber jedoch war, wie ich leider sagen muß, völlig anders. Zu allem Übel nahm er rasch die gleiche Haltung gegenüber meinem jüngsten Sohn Alec an und sprach in einer Weise zu ihm, die der Junge in seiner Unschuld nicht verstehen konnte. Einmal zog er tatsächlich den Knaben an sich, um ihn zu umarmen – eine Ungezogenheit, die seinen eigenen Sekretär veranlaßte, ihn für sein unmännliches Verhalten zu rügen.‹

›Aber wieso haben Sie das alles geduldet?‹ fragte ich. ›Ich nehme doch an, Sie können sich eines Gastes entledigen, wenn Sie wollen.‹

Mrs. Charpentier errötete ob meiner sachlichen Frage. ›Wollte Gott, ich hätte ihn noch am Tag seiner Ankunft des Hauses verwiesen‹, sagte sie. ›Aber die Versuchung war zu stark. Sie zahlten ein Pfund am Tag – vierzehn Pfund die Woche, und das in der Nebensaison. Ich bin Witwe, und mein Sohn in der Marine hat mich eine Menge gekostet. Es war mir leid um das Geld. Ich wollte nur das Beste. Dieser letzte Vorfall indessen war zu viel, und ich forderte ihn auf zu gehen. Dies war der Grund für seinen Auszug.‹

›Und dann?‹

›Mir wurde leichter ums Herz, als ich ihn abfahren sah. Mein älterer Sohn ist gerade auf Urlaub, aber ich sagte ihm nichts von alledem, denn er ist jähzornig und liebt seinen Bruder leidenschaftlich. Als ich die Tür hinter ihnen schloß, schien meine Seele von einer Last befreit. Aber leider schlafen meine Buben im gleichen Bett, wenn Arthur auf Heimaturlaub ist, und Alec muß ihm berichtet haben, was geschehen war. Daher war mein Ältester über alles im Bilde, als Mr. Drebber eine Stunde nach seiner Abfahrt zurückkehrte.

Mr. Drebber war höchst erregt und, noch schlimmer, betrunken. Mit Gewalt verschaffte er sich Zugang zu dem Zimmer, in dem ich mit meinem jüngeren Sohn saß, und machte eine unbestimmte Bemerkung, er habe seinen Zug versäumt. Darauf wandte er sich an Alec und forderte ihn vor meinen eigenen Augen auf, mit ihm zu gehen. ‘Kümmer dich nicht um das alte Mädchen hier und komm mit. Ein feiner Bursche in deinem Alter sollte ruhig ein bißchen den Arsch hinhalten, und dann lebst du wie ein Prinz – oder eine Prinzessin, ganz wie du willst…’ Auf diese Weise fuhr er fort, bis mein armer Kopf von seinen unglaublichen Worten geradezu hallte und der arme Alec völlig verängstigt war. Er jedoch packte den Knaben am Handgelenk, und ehe ich Einspruch erheben konnte, hatte er ihm die Hose über die Knie hinabgezerrt.

Ich schrie, und gerade als der Wüstling sich anschickte, eben die Handlung zu vollziehen, von der er zuvor gesprochen hatte, betrat mein ältester Sohn, Arthur, das Zimmer. Was dann geschah, weiß ich nicht, denn ich floh mit Alec. Ich hörte Flüche und die wirren Geräusche eines Handgemenges. Darauf war es eine ganze Weile still, bis rasche, schleifende Laute die Stille durchbrachen und ich Arthur etwas von *ein wenig von der eigenen Medizin zu kosten geben* knurren hören konnte. Dann flog die Wohnungstür auf, und Mr. Drebber flüchtete mit schrecklich zerzausten Kleidern über die Straße. Arthur stand lachend in der Tür mit… nun, seine Kleidung war auch nicht ganz… äh… stand hier und da offen.

'Ich glaube nicht, daß dieser feine Herr uns noch einmal belästigt', sagte er. 'Ich gehe ihm nur rasch nach, um zu sehen, ob er sich wirklich davonmacht!' Am nächsten Morgen hörten wir von Mr. Drebbers mysteriösem Tod.‹

Dieser Bericht kam Mrs. Charpentier mit vielen Seufzern über die Lippen. Zuweilen sprach sie so leise, daß ich die Worte kaum erhaschen konnte. Ich stenographierte jedoch mit, was sie sagte, so daß Fehler ausgeschlossen sind.«

»Das ist ja höchst spannend«, sagte Sherlock Holmes mit einem Gähnen. »Was geschah dann?«

»Na, wir nahmen Arthur Charpentier fest«, sagte Gregson.

»Und was genau ist Ihre Theorie?« fragte Holmes.

»Nun, meine Theorie ist, daß er Drebber bis zur Brixton Road folgte. Dort entbrannte ein neuerlicher Streit, im Laufe dessen Drebber einen Schlag – möglicherweise mit einem Stock – höchstwahrscheinlich in die Magengrube erhielt, der ihn tötete, ohne ein Mal zu hinterlassen. Die Nacht war so regnerisch, daß niemand in der Nähe war, so daß Charpentier die Leiche in das leere Haus schleppte. Was die Kerze und das Blut und die Zeichnung an der Wand sowie den Ring betrifft, so könnten dies alles Kniffe gewesen sein, um die Polizei auf die falsche Fährte zu locken.«

»Gut gemacht!« sagte Holmes lobend. »Wirklich, Gregson, Sie schaffen es. Aus Ihnen wird noch einmal etwas.«

»Ich schmeichle mir, die Sache recht sauber erledigt zu haben«, entgegnete der Detektiv stolz. »Der junge Mann machte freiwillig eine Aussage, worin er angab, daß er eine

Droschke genommen habe, da Drebber das gleiche getan hatte. Nachdem er ihm eine Weile gefolgt war und klar war, daß der Schurke nicht zurückkehren würde, entließ der junge Charpentier das Gefährt und machte sich zu Fuß auf den Rückweg – um die zusätzlichen Kosten zu sparen, wie er sagt.«

»Und er wurde von niemandem gesehen?« fragte Holmes.

»Er behauptet, auf dem Heimweg einen alten Freund von der Marine getroffen und einen langen Spaziergang mit ihm gemacht zu haben. Auf die Frage, wo dieser alte Freund wohne, wollte er anfangs nicht antworten. Als deutlich wurde, daß er in ernsten Schwierigkeiten steckte, versuchte er uns schließlich zu überzeugen, er habe den größten Teil der Nacht im Bett des anderen Burschen verbracht.«

»Und versuchten Sie, die Angaben bei dem anderen Mann zu überprüfen?«

»Gewiß, Mr. Holmes, aber da der andere alles abstritt, bis wir ihn überzeugten, daß seine Aussage seinen Freund retten könne, maßen wir seinen Worten keine große Glaubwürdigkeit bei. Nein, ich glaube, der ganze Fall paßt ungewöhnlich gut zusammen. Mich amüsiert nur der Gedanke an Lestrade, der eine völlig falsche Fährte verfolgt. Ich fürchte, es wird nicht viel dabei herauskommen. Aber, potzblitz, hier haben wir unseren Mann ja selbst!«

Es war tatsächlich Lestrade, der während unseres Gesprächs die Treppe heraufgekommen war und der jetzt das Zimmer betrat. Die Zuversicht und Unbeschwertheit, die sonst seine Haltung und Kleidung kennzeichneten, ließen indessen zu wünschen übrig. Sein Gesicht wirkte verstört und besorgt, während seine Kleidung unordentlich und schmutzig war. Er war zweifelsohne gekommen, um sich mit Sherlock Holmes zu beraten, denn der Anblick seines Kollegen schien ihn verlegen und ungehalten zu machen. Er stand inmitten des Zimmers und fummelte unsicher mit dem Hut vor seiner

Scham. »Ein höchst ungewöhnlicher Fall«, sagte er schließlich – »eine äußerst rätselhafte Angelegenheit.«

»Ach, finden Sie, Mr. Lestrade!« schrie Gregson triumphierend. »Ich dachte mir, daß Sie zu diesem Schluß kommen würden. Ist es Ihnen gelungen, den Sekretär, Mr. Joseph Stangerson, zu finden?«

»Der Sekretär, Mr. Joseph Stangerson«, sagte Lestrade ernst, »wurde gegen sechs Uhr früh in Hallydays Private Hotel auf nahezu die gleiche Weise ermordet wie sein verstorbener Arbeitgeber.«

Finsteres Erwachen in Rüschen

Die Information, die Lestrade uns brachte, kam so plötzlich und unerwartet, daß wir alle ziemlich vor den Kopf geschlagen waren. Gregson sprang auf und stürzte den Rest seines Whiskeys hinunter. Ich starrte wortlos zu Sherlock Holmes, dessen Lippen aufeinandergepreßt waren und dessen hübsche Brauen sich schwer über den Augen zusammenzogen.

»Stangerson auch!« murmelte er. »Die Geschichte verdichtet sich.«

»Sie war vorher schon dicht genug«, grollte Lestrade, während er sich einen Stuhl nahm. »Ich scheine in eine Art Kriegsrat eingedrungen zu sein.«

»Sind Sie – sind Sie sich dieses Tatbestandes sicher?« stammelte Gregson.

»Ich komme gerade aus seinem Zimmer«, sagte Lestrade. »Ich habe selbst entdeckt, was geschehen war.«

»Wir haben gerade Gregsons Ansicht der Geschichte gehört«, bemerkte Holmes. »Wären Sie bereit, uns wissen zu lassen, was Sie gesehen und getan haben?«

»Ich habe nichts dagegen«, sagte Lestrade, nahm Platz und zog seine Hose weit nach oben, um zu verhindern, daß sie ihn zwischen den Beinen zwickte »Ich gestehe offen, daß ich der Meinung war, Stangerson sei in Drebbers Tod verwickelt, um so mehr als ich überzeugt war, daß sich ihre Beziehung nicht auf ein einfaches Arbeitgeber-Arbeitnehmer-Verhältnis beschränkte. Diese neue Entwicklung beweist mir, daß ich mich völlig geirrt habe. Besessen von dem einen Gedanken – daß sie nämlich ein Liebespaar und gewissermaßen in einem Ausbruch der Gewalt am Ende des Weges angekommen gewesen seien, machte ich mich daran, herauszufinden, was aus dem sogenannten Sekretär geworden war. Ich dachte mir, daß, da sie sich offensichtlich auf dem Bahnhof getrennt hatten, es natürlich für Stangerson gewesen wäre, irgendwo in der Nähe die Nacht zu verbringen, um am nächsten Morgen wieder am Bahnhof zu sein.«

»Wahrscheinlich hätten sie zuvor einen Treffpunkt vereinbart«, bemerkte Holmes.

»So erwies es sich. Ich verbrachte den gesamten gestrigen Abend mit Nachforschungen, ohne jedes Resultat. Heute morgen fing ich sehr früh an und war um acht Uhr bei Hallidays Privathotel. Meine Frage, ob dort ein Mr. Stangerson wohne, wurde sofort bejaht.

›Zweifellos sind Sie der Mann, den er erwartet hat‹, sagte man mir. ›Er hat zwei Tage lang auf Sie gewartet.‹

›Wo ist er jetzt?‹ fragte ich.

›Oben im Bett. Er wollte um neun Uhr geweckt werden.‹

›Ich gehe hinauf und suche ihn sofort auf‹, sagte ich.

Ich hoffte, mein plötzliches Erscheinen würde ihn verwirren und dazu bringen, etwas Unbedachtes zu sagen. Der Bedienstete brachte mich zu seinem Zimmer; es lag im zweiten Stock und war über einen schmalen Korridor zu erreichen. Der Bedienstete zeigte mir die Tür und wollte schon wieder nach unten gehen, als ich etwas sah, bei dem mir trotz meiner langjährigen Erfahrung übel wurde. Unter der Tür hindurch kringelte sich ein dünnes rotes Band aus Blut, das sich über die Schwelle geschlängelt hatte und entlang der Bodenleiste auf der anderen Seite eine kleine Pfütze bildete. Ich stieß einen Schrei aus, der den Dienstboten zurückholte. Er verlor beinahe das Bewußtsein, als er es sah. Die Tür war von innen verschlossen, aber wir stemmten uns mit den Schultern dagegen und drangen ein. Das Zimmerfenster stand offen, und daneben lag zusammengekrümmt der nackte Leib eines Mannes. Er war mausetot – und das seit einer ganzen Weile, denn seine Glieder waren kalt und steif. Als wir ihn umdrehten, erkannte ihn der Bedienstete sofort als den Herrn, der das Zimmer unter dem Namen Joseph Stangerson gemietet hatte. Die Todesursache war ein tiefer Stich in die linke Leiste, der sich nicht als tödlich erwiesen hätte, wäre das Opfer nicht festgehalten worden, damit der Lebenssaft aus seinem Körper entweichen konnte. Und nun kommt der seltsamste Teil der Geschichte: Was, glauben Sie, lag auf dem Bett, und was, meinen Sie, war an die Wand geschrieben worden?«

Ich bekam eine Gänsehaut und das Vorgefühl kommenden Entsetzens, noch bevor Holmes antwortete. »Die gleiche längliche Figur eines steifen Penis' war mit Blut an die Wand gezeichnet, und auf dem Bett lag ein zweites Spitzenhöschen«, sagte er.

»Haargenau!« rief Lestrade schaudernd; und eine Weile lang schwiegen wir alle.

In den Taten des unbekannten Mörders lag etwas so Methodisches und so Unbegreifliches, daß es seinen Verbrechen erneut etwas Grauenhaftes verlieh. Meine Nerven, die sich auf dem Schlachtfeld als durchaus stark erwiesen hatten, bebten beim Gedanken daran.

»Der Mann wurde gesehen«, fuhr Lestrade fort. »Ein Milchjunge auf dem Weg zur Molkerei kam zufällig des Wegs, der von den Stallungen hinter dem Hotel herunterführt. Er bemerkte, daß eine Leiter, die gewöhnlich dort liegt, an eines der Fenster im zweiten Stock gelehnt war, und daß dieses weit offenstand. Nachdem er vorüber war, schaute er zurück und sah einen Mann die Leiter hinabsteigen. Er kam so still und offen nach unten, daß der Junge glaubte, es handle sich um einen Schreiner oder Tischler, der im Hotel arbeitete. Er achtete nicht weiter auf ihn, außer daß es ihm für einen Mann bei der Arbeit als recht früh erschien. Er hatte den Eindruck, der Mann sei groß gewesen, habe ein rötliches Gesicht gehabt und einen langen, bräunlichen Mantel getragen. Er muß sich noch eine kleine Weile nach dem Mord in dem Zimmer aufgehalten haben, denn wir fanden blutiges Wasser in der Schüssel, in der er sich die Hände gewaschen, und Flecken auf den Laken, an denen er sorgfältig sein Messer abgewischt hatte.«

Bei der Beschreibung des Mörders, die so genau mit der von Holmes übereinstimmte, beobachtete ich meinen Gefährten. Auf seinem Gesicht zeigte sich jedoch keine Spur von Triumph oder Befriedigung.

»Fanden Sie in dem Zimmer nichts, was einen Hinweis auf den Mörder liefern könnte?« fragte er.

»Nichts. Stangerson hatte Drebbers Börse in der Tasche, aber dies erscheint normal. Er erledigte alle Zahlungen. Sie enthielt etwas über achtzig Pfund, aber nichts war entnommen worden. Was immer auch das Motiv dieser außergewöhnlichen Morde sein mag, Raub ist es gewiß nicht. In der Tasche des Toten befanden sich keine Papiere oder Notizen, außer einem einzigen Telegramm, aufgegeben vor etwa einem Monat in Cleveland und mit den Worten ›Hope ist in Europa‹. Die Mitteilung war nicht unterzeichnet, so daß die Person, die ihnen das Telegramm schickte, anonym bleiben muß …«

»Das letzte Glied«, rief Holmes. »Mein Fall ist vollständig.«

Die beiden Detektive starrten ihn verwundert an.

»In meinen Händen halte ich nun«, sprach mein Gefährte zuversichtlich, »alle Einzelheiten, einschließlich des Namens des Mörders, und kann mir die Verbrechen vor Augen rufen, als hätte ich selbst gesehen, wie sie begangen wurden.«

Diese letzte Äußerung erschien mir so verblüffend, daß ich kaum glauben konnte, er sei bei klaren Sinnen. Gleichwohl schienen sich die Nebel von meinem eigenen Verstand nach und nach zu heben, und ich begann eine schwache, verschwommene Vorstellung von der Wahrheit zu bekommen.

»All dies erscheint Ihnen seltsam«, fuhr Holmes fort, »da Ihnen zu Beginn der Untersuchung die Bedeutung des einzigen wirklichen Hinweises, den Sie hatten, entging. Ich hatte das Glück, ihn herauszugreifen, und alles hat seitdem dazu gedient, meine ursprüngliche Annahme zu bestätigen, und war tatsächlich die logische Konsequenz daraus. Es ist ein Fehler, Ungewohntes mit Geheimnisvollem zu verwechseln. Das allergewöhnlichste Verbrechen ist oft das geheimnisvollste, denn es bietet keine neuen oder besonderen Indizien, aus denen man Schlüsse ziehen könnte. Dieser Mordfall wäre unendlich viel schwerer zu lösen gewesen, wäre die Leiche einfach auf der Straße gefunden worden, ohne die *outré* und sensationellen Begleitumstände, die ihn so bemerkenswert machten. Diese ungewöhnlichen Details, weit davon entfernt, den Fall schwieriger zu machen, haben ihn in Wirklichkeit vereinfacht.«

Mr. Gregson, der dieser Ansprache mit sichtlicher Ungeduld gelauscht hatte, konnte nicht länger an sich halten. »Schauen Sie, Mr. Holmes«, sagte er, »wir alle sind bereit anzuerkennen, daß Sie ein kluger Mann sind und Ihre eigenen Arbeitsmethoden haben. Wir wünschten uns an dieser Stelle allerdings etwas mehr als bloße Theorie und Predigten. Es geht darum, den Mann zu fassen. Ich habe meinen Fall gelöst, und es scheint, als hätte ich mich geirrt. Der junge Charpentier kann nichts mit dieser zweiten Sache zu tun haben. Lestrade verfolgte seinen Mann, Stangerson, und auch er scheint sich getäuscht zu haben. Sie haben Andeutungen hier und Andeutungen dort fallen lassen und scheinen mehr zu wissen als wir, aber es ist so weit, daß wir glauben, das Recht zu haben, Sie geradeheraus zu fragen: Was wissen Sie über die Angelegenheit? Können Sie uns den Täter nennen?«

»Ich kann nicht abstreiten, daß Gregson recht hat«, bemerkte Lestrade. »Wir beide haben es versucht und versagt. Seit ich in diesem Raum bin, haben Sie mehr als einmal angedeutet, daß sie alle Beweise haben, die Sie benötigen. Gewiß werden Sie sie nicht länger zurückhalten.«

»Jede Verzögerung bei der Verhaftung des Mörders«, bemerkte ich, »könnte ihm Gelegenheit verschaffen, eine neue Untat zu begehen.«

Auf diese Weise von uns allen bedrängt, zeigte Holmes Anzeichen von Unentschlossenheit. Er fuhr fort, mit auf die Brust gesenktem Kopf und gerunzelten Brauen im Zimmer auf und ab zu gehen, wie er es zu tun pflegte, wenn er angestrengt nachdachte.

»Es wird keine weiteren Morde geben«, sagte er schließlich, blieb abrupt stehen und schaute uns an. »Damit brauchen Sie sich nicht zu befassen. Sie fragten mich, ob ich den Namen des Mörders kenne. Ich kenne ihn. Sie verfügen nun über ein greifbares Indiz, um diesen Namen mit seinen Opfern zu verbinden. Die bloße Kenntnis seines Namens ist indessen wenig im Vergleich zur Handhabe, seiner habhaft zu werden. Diese zu bekommen, erwarte ich in kürze. Ich bin recht zuversichtlich, daß es mir aufgrund meiner Vorkehrungen glückt …«

Er wurde von einem Klopfen an der Tür unterbrochen, und der Sprecher der Gassenstrolche, der junge Wiggins, trat in zerlumpter, aber ansprechender Gestalt vor uns. »Bitte, Sir«, sagte er mit einem Griff an seine Stirnlocke. »Die Droschke warten unten.«

»Guter Junge«, sagte Holmes freundlich. »Warum führen Sie dieses Ding eigentlich nicht bei Scotland Yard ein?« fuhr er fort, wobei er ein Paar stählerner Handschellen aus einer

Schublade nahm. »Sehen Sie, wie wunderbar die Feder funktioniert. Sie schließen sich im Nu.«

»Die alten sind gut genug«, bemerkte Lestrade, »wir brauchen nur den Mann zu finden, dem wir sie anlegen können.«

»Sehr gut, sehr gut«, lächelte Holmes. »Der Kutscher kann mir auch mit meinem Gepäck helfen. Bitte ihn doch kurz herauf, Wiggins.«

Ich war überrascht, daß mein Gefährte sprach, als wollten wir uns auf eine Reise begeben, denn er hatte mir nichts davon gesagt. Im Zimmer befand sich ein kleiner Handkoffer, den er hervorholte und zu verschnüren begann. Er war angestrengt damit beschäftigt, als der Kutscher eintrat.

»Helfen Sie mir doch bitte mit dem Riemen, Kutscher«, sagte er über seine Arbeit gebeugt und ohne den Kopf zu wenden.

Der Bursche trat auf eine etwas mißmutige, widerwillige Weise näher und streckte die Hände aus, um zu helfen. In diesem Augenblick ertönte ein scharfes Klicken, das Klirren von Metall, und Sherlock Holmes sprang wieder auf die Füße.

»Meine Herren, rief er blitzenden Auges, »erlauben Sie mir, Ihnen Mr. Jefferson Hope vorzustellen, den Mörder von Enoch Drebber und Joseph Stangerson.«

EINE STUDIE
IN LAVENDELFARBENER SPITZE

2. TEIL

Die Gehängten

und die mit dem grossen Gehänge

Im mittleren Teil des großen nordamerikanischen Kontinents liegt eine ausgedörrte Wüste, die sehr lange Zeit ein Hindernis für das Fortschreiten der Zivilisation darstellte. Eine salzige Oase inmitten dieser weiten, lautlosen Wildnis bildet ein großer Salzsee, an dessen Ufer eine Gemeinde zu wachsen begann. Sie entsprang dem Samen der ursprünglichen Siedler, die seine Gestade im Jahre 1847 erreichten. Diese Menschen nannten sich ›Die Heiligen‹ und waren die Jünger vom Gesetze Moses', wie es ihrem Gründervater Joseph Smith auf den Goldenen Tafeln übergeben worden war.

Zu ihnen stieß John Ferrier, ein hagerer, ausgezehrter Mann, den der Treck von Brigham Young auf dem Weg von Nauvoo am Straßenrand entdeckt hatte. Zum Austausch dafür, daß sie für seinen materiellen Unterhalt sorgten, gelobte er, ihre Gesetze zu achten. Er und sein kleiner Adoptivsohn Lucius waren die einzigen, die von einem anderen Treck übriggeblieben waren, den Indianer angegriffen und vernichtet hatten. In der Herde Der Erwählten aufgenommen, erwies sich der ehemals Ausgestoßene – wegen seiner Kenntnisse und Fertigkeiten als Pionier – als ein solcher Gewinn für die Gemeinde, daß er mit ausgedehnten Ländereien belohnt wurde. Hier baute er sein Heim und zog sein Kind auf, viele Jahre lang im Frieden mit sich und der Welt.

Nur in einem einzigen Punkt lehnte John Ferrier sich gegen die Gesetze der Erwählten auf, und dies war die Frage der Gestaltung seiner häuslichen Verhältnisse. Während es bei den Mormonen Sitte war, daß ein Mann so viele Frauen behütete und unterhielt, wie es sein Haushalt gestattete, blieb dieser Neuling in ihrer Mitte ledig und beschäftigte in Haus und Farm ausschließlich männliche Bedienstete.

Sein Sohn Lucius wuchs zu einem solchen Exemplar körperlicher Schönheit und Vollkommenheit heran, daß er das Interesse von nicht wenigen Fahrensmännern auf der Straße, die an Ferriers Farm vorbeiführte, erregte. Jahr um Jahr war er größer und stärker geworden, seine Wangen rosiger und sein Schritt federnder. Der Anblick des hübschen Jungen erweckte so manchen vergessenen Gedanken in Ferriers Geist, wenn er die schlanke, männliche Gestalt des Burschen im Glanze muskulöser Herrlichkeit auf seinem dahinstürmenden Mustang beobachtete.

Es war jedoch nicht der Vater, der als erster entdeckte, daß das Kind zu einem jungen Mann herangewachsen war. Die wundersame Verwandlung erfolgt zu unmerklich und zu allmählich, um erfaßt werden zu können. Am allerwenigsten weiß der Knabe es selbst, bis der Klang einer anderen Stimme oder der Druck einer Hand sein Herz im Innersten erbeben läßt. In einer Mischung aus Stolz und Furcht gewahrt er dann, daß eine neue und größere Natur in ihm erwacht ist. Im Falle Lucius Ferriers war der Anlaß dazu für sich ernst genug, abgesehen von den künftigen Auswirkungen auf sein Schicksal und das vieler anderer.

Es war an einem warmen Junimorgen, und die Heiligen Der Letzten Tage waren fleißig wie die Bienen, deren Stock sie zu ihrem Wahrzeichen erkoren hatten. Auf den Feldern und in den Straßen ertönte das gleiche Summen menschlicher Geschäftigkeit. Auf den staubigen Straßen zogen Trecks schwer bepackter Maultiere in Richtung Westen. In Kalifornien war das Goldfieber ausgebrochen, und die Route führte durch die Stadt der Erwählten. Auch diese wimmelte von Schafen und Ochsen, die von den Weiden draußen kamen, und Strömen von erschöpften Einwanderern, Menschen und Pferden, beide von ihrer endlosen Reise geschwächt.

Durch dieses kunterbunte Gewirr bahnte sich mit der Geschicklichkeit eines geübten Reiters Lucius Ferrier, das Gesicht vor Anstrengung gerötet, seinen Weg; sein Hut war an der Kordel nach hinten gerutscht und enthüllte sein gelocktes, kastanienbraunes Haar. Er war im Auftrag seines Vaters in der Stadt und stürmte wie schon so oft voran, im Kopf einzig seine Aufgabe und wie sie zu erledigen sei. Die von der Reise schmutzigen Abenteurer starrten ihm verblüfft nach, und selbst die stoischen Indianer, die mit ihren Fellen gekommen waren, ließen ihre gewohnte Reglosigkeit fahren und bewunderten die Schönheit des gutgebauten jungen Bleichgesichts.

Er war bis zum Stadtrand gekommen, als die Straße von einer großen Rinderherde versperrt wurde, die von einem halben Dutzend verwegen aussehender Reiter aus der Prärie hereingetrieben wurde. Ungeduldig versuchte er, das Hindernis zu überwinden, indem er sein Pferd in eine vermeintliche Lücke lenkte. Er war jedoch kaum so weit gekommen, als die Tiere sie hinter ihm schlossen und er sich von dem fließenden Strom glutäugiger, langhörniger Rinder völlig eingekreist sah. An den Umgang mit Vieh gewöhnt, war er über seine Lage nicht beunruhigt, ergriff aber jede sich bietende Gelegenheit, um sein Pferd weiterzutreiben, in der Hoffnung, durch die Kavalkade hindurchstoßen zu können. Unglücklicherweise kamen die Hörner eines der Tiere, versehentlich oder absichtlich, in heftigen Kontakt mit der Flanke seines Mustangs, was diesen wahnsinnig machte.

Augenblicklich bäumte er sich mit wütendem Schnauben auf den Hinterhufen auf, bockte und sprang derart, daß er einen weniger geschickten Reiter abgeworfen hätte. Bei jedem Sprung des erregten Pferdes stieß es erneut gegen die Hörner, was seine Wut von neuem entfachte. Nur mit Mühe konnte sich der Junge im Sattel halten. Von der aufsteigenden Staubwolke und dem Dampf, der von den widerspenstigen Tieren aufstieg, erstickt, drohte er das Gleichgewicht zu verlieren, als eine freundliche Stimme von der Seite ihm Hilfe versprach. Ein sehniger, brauner Arm umfing den schlaksigen Burschen um die Hüfte, zog ihn von seinem verängstigten Pferd und brachte ihn auf dem Sattel seines Retters in Sicherheit.

»Ich hoffe, du bist nicht verletzt«, sagte sein Beschützer.

Der Junge schaute dem Mann in das düstere, wilde Gesicht und lachte unbehaglich. »Erschreckt hat es mich schon ein bißchen«, gestand er. »Wer hätte je gedacht, daß Poncho solche Angst vor ein paar Kühen hat!«

»Gott sei Dank bist du im Sattel geblieben«, sagte der andere ernst. Er war ein großgewachsener, verwegen aussehender Bursche, der auf einem kräftigen Rotschimmel saß und in das rauhe Wildleder eines Jägers gekleidet war. »Ich nehme an, du bist der Sohn von John Ferrier«, bemerkte er. »Ich habe dich von seinem Haus wegreiten sehen. Wenn du ihn siehst, frage ihn, ob er sich an die Jefferson Hopes aus St. Louis erinnert. Wenn er derselbe Ferrier ist, dann waren mein Vater und er dicke Freunde.«

»Wollen Sie nicht lieber mitkommen und ihn selbst fragen?« fragte der Junge. Sein Blick war an dem schlanken, festen Leib des Fremden hinabgeglitten, und in seinem Innern verspürte er eine prickelnde Erregung, wie er sie noch nie erlebt hatte. Der Mann berührte ihn jetzt nicht mehr, und Lucius war sich nur noch des Wunsches bewußt, die Kraft der Arme des anderen um sich zu spüren.

Der junge Bursche schien von Lucius' Einladung angetan, und seine dunklen Augen funkelten vor Vergnügen. »Das mache ich«, sagte er. »Wir waren zwei Monate lang in den Bergen und sind nicht ganz im Zustand, wie er sich für einen Gast geziemt. Ich hoffe, dein Vater nimmt uns so, wie wir sind.«

»Ich bin sicher, es macht ihm nichts aus«, sagte der Junge. »Außerdem wäre mein Vater nie darüber hinweggekommen, wenn diese Kühe mich zertrampelt hätten.«

»Ich auch nicht«, sagte der andere.

»Sie! Also, ich weiß ja nicht, was Sie das groß scheren sollte. Sie sind ja nicht einmal ein Freund von uns.«

Das finstere Gesicht des jungen Jägers wurde bei dieser Bemerkung so bekümmert, daß Lucius Ferrier laut auflachte.

»Na, so hab' ich's doch nicht gemeint«, sagte er. »Natürlich sind Sie jetzt ein Freund. Sie müssen uns besuchen kommen.« Damit stieg der Junge wieder auf sein Pferd und ritt mit einem lässigen Winken zu seinem neuen Freund davon. In seinem Herzen aber bewahrte er das Wissen um ein neues, geheimnisvolles Erwachen. Er schaute zu dem hübschen Fremden zurück, der mit Blicken die sich entfernende Gestalt verfolgte. »Hoffentlich kommt er«, flüsterte Lucius seinem Pferd zu. »Er muß uns einfach besuchen!«

Düster und wortkarg ritt der junge Jefferson Hope mit seinen Kameraden weiter. Sie waren zusammen in den Bergen von Nevada gewesen, um Silber zu suchen, und nach Salt Lake City zurückgekehrt, in der Hoffnung, genug Kapital auftreiben zu können, um ein paar Adern ausbeuten zu können, die sie gefunden hatten. Er war bis zu dieser unvermuteten Begegnung, die seine Gedanken in andere Bahnen gelenkt hatte, ebenso versessen auf das Geschäft gewesen wie die anderen. Der Anblick des hübschen Jungen, frisch und erquickend wie eine Brise in der Sierra, hatte sein aufbrausendes, unbändiges Herz bis ins Innerste aufgewühlt. Als der

Junge außer Sicht gewesen war, hatte er erkannt, daß sein Leben an einen Wendepunkt gekommen war. Weder die Aussicht auf Silber noch irgend etwas anderes könnte ihm so wichtig werden wie dieses neue und allumfassende Gefühl. Die Liebe und die Sehnsucht, die in seinem Herzen und seinen Lenden erblüht waren, waren nicht das plötzliche, launische Verlangen eines Jungen, sondern vielmehr die wilde, ungestüme Leidenschaft eines willensstarken Mannes. Jefferson Hope, ein Mann von herrischem Wesen, war es gewohnt, in allem, was er unternahm, Erfolg zu haben, und er gelobte sich, auch hier nicht zu versagen, sofern menschliches Streben und menschliche Beharrlichkeit ihm zum Erfolg verhelfen konnten.

Er suchte John Ferrier noch am gleichen Abend und danach noch sehr oft auf, bis sein Gesicht auf der Farm vertraut war. John, im Tal eingesperrt und von seiner Arbeit in Anspruch genommen, hatte in den letzten zwölf Jahren wenig Gelegenheit gehabt, Neues aus der Außenwelt zu erfahren. All dies vermochte Jefferson Hope ihm auf eine Weise zu berichten, die Lucius ebenso fesselte wie seinen Vater. Die bedeutsameren Momente für die beiden jungen Männer kamen jedoch, wenn John Ferrier mit der Aufsicht über die Arbeit auf den Feldern beschäftigt war und die beiden sich selbst überließ. Ihr Austausch fand indessen keineswegs im geheimen oder verborgenen statt. Was zwischen John Ferrier und dem älteren Jefferson Hope vor so vielen Jahren geschehen war, wiederholte sich nun bei ihren Söhnen. Wenngleich Ferrier es nicht sicher wußte, so hoffte er doch, es möge so sein, und trug Sorge, daß er die beiden jungen Leute so wenig wie möglich unterbrach oder störte.

In einiger Entfernung vom Farmhaus gab es einen Gebirgsfluß, und zu einer verborgenen Lichtung am Ufer dieses schäumenden Wasserlaufes pflegte Lucius seinen Gefährten zu führen. Dort, im kühlen Schatten einer Birke, entledigten sich die beiden jungen Männer ihrer Kleider und sprangen nackt ins Wasser. Gefiltertes Sonnenlicht blitzte auf ihren jungen, anmutigen Leibern. Jefferson Hope, von vielen Stunden der Arbeit in den Bergen im Westen bis zur Hüfte gebräunt, stand groß und aufrecht da – schlank, aber stark gebaut, zeichnete sich unter seiner Haut jede Einzelheit seines muskulösen Körpers ab. Die Querwellen auf seinem Bauch wurden in der Mitte durch eine natürliche Schranke symmetrisch geteilt. Winzige Büschel rostroten Haares glänzten wie poliertes Kupfer auf Brust und Unterarmen, während die Stelle an seinem Unterleib dunkler, fast schwarz erschien. Und diesem dichten, urtümlichen Dschungel entwuchs das pralle, mächtige Merkmal rauher Männlichkeit, das seine makellose Gestalt kennzeichnete.

Jefferson Hopes Schwanz war dick und sehnig wie seine Oberarme und seine Brust. Winzige Adern zuckten in knotigen, blauen Linien unter der Oberfläche und schienen selbst in entspanntem Zustand zu pulsieren, besonders aber, wenn sein Fleisch auf Lucius' Anwesenheit ansprach. Dann dehnte sich seine erstaunliche Länge, wuchs wie ein mythische Schlange. Der knollige, glänzende Kopf reckte sich aus den schweren Falten von Vorhaut, und sein einzelnes Auge öffnete und dehnte sich, als reagiere es auf das strahlende Sonnenlicht hinter dem Dach aus Laub.

Lucius, nicht ganz so voll entwickelt, bildete ungeachtet dessen ein prächtiges Gegenstück zu diesem gewaltigen Exemplar von Mannestum. Ein halben Kopf kleiner als sein Mentor war Lucius' Körper fest und rund, mir einem rosigen Versprechen kaum verhüllter robuster Männlichkeit. Seine Haut hatte von Natur aus eine etwas hellere Tönung, war aber gänzlich zu einer leichten Kupferfarbe gebräunt. Anfangs hatte Jefferson Hope dies bezweifelt, Lucius jedoch hatte rasch sein Geheimnis enthüllt.

»Ich komme her, so oft es geht«, sagte er, »und lege mich

nackt auf den Felsvorsprung da über uns. Ich scheine immer leicht auf die Sonne anzusprechen, und deshalb bin ich braun, sobald es anfängt, warm zu werden.«

»Ich hoffe, das erfährt niemand sonst«, sagte Jefferson Hope. »Die Vorstellung, dich in den Armen eines anderen Mannes zu sehen, wenn ich weggehen muß, gefällt mir nicht.«

»Keine Angst«, flüsterte Lucius und rückte näher zu ihm. Sie waren eben aus dem Fluß gestiegen, und auf ihren noch nassen Leibern hinterließ hier und da ein winziges Rinnsal seine Spur auf festem, straffem Fleisch.

Lucius spürte, wie die schwere Schwanzspitze des anderen sanft über seine Lenden strich, und bevor noch einer etwas sagen konnte, hatte er den großen, schlanken Waldläufer an den Armen gepackt und zog seinen Leib eng an sich heran. Als ihre Lippen sich trafen, durchflutete beide das Gefühl schwerer Süße, und welche Zweifel oder Hemmungen auch immer das Erblühen ihrer Liebe gehindert haben mochten, so schienen sie nun wie der Schnee des Winter dahinzuschmelzen. Für Jefferson Hope war es, als hätte er den Schatz gefunden, nach dem er sein Leben lang gesucht hatte. Für Lucius Ferrier war es das Erwachen reifer Männlichkeit, die alles an Liebe und Leidenschaft enthielt, was die Natur in seinen Leib eingepflanzt hatte.

Zwischen ihnen drängten zwei harte, mächtige Glieder fast schmerzhaft nach Entladung. Lucius hielt den Älteren in stürmischer Umarmung umklammert, wand aber den Unterleib, bis sich ihre prallen Schwänze zu voller Erektion gereckt hatten und jetzt zwischen zwei Mauern harten, lebendigen Fleisches gegeneinandergepreßt wurden.

»Hast du je… ich meine, bin ich der erste…?« fragte Jefferson Hope.

»Der erste und einzige«, flüsterte Lucius.

Der hochgewachsene Pionier bettete seinen Gefährten auf das kühle, dichte Moos und ließ das volle, schwere Gewicht seines Leibes auf ihm ruhen. Ihre Münder waren wieder in rückhaltloser Besitznahme verschweißt, während beide gegen das flimmernde Licht die Augen geschlossen hielten und nur ihren Körpern gestatteten, die Berührung des erhitzten Fleisches des anderen zu genießen. Eine verzehrende Liebe band sie immer fester aneinander, so daß sich die körperlichen Liebesbekundungen in tiefe und leidenschaftliche Inbrunst verwandelten.

Lucius spürte den steifen Mast des anderen ungeduldig an seinem Bauch pulsieren, die pralle Eichel und den massiven Schaft auf seiner Haut wie heißes, glühendes Eisen. Instinktiv und ohne auf Anleitung durch seinen erfahreneren Partner zu warten, zog Lucius die starke, schwere Gestalt nach oben über seinen Oberkörper, bis Jefferson Hope quer auf der Brust des Jungen saß. Dann nahm Lucius das grausame, fordernde Glied in die Hände und führte die apfelgroße Spitze an seine Lippen. Die geschmeidige Eichel liebkoste ihn und hinterließ auf seiner gierigen, willfährigen Zunge einen winzigen Tropfen. Lucius schluckte ihn, kostete den schwachen Salzgeschmack der Flüssigkeit. Diese wiederum wirkte wie ein Aphrodisiakum, so daß er nach oben schnellte und den gesamten zuckenden Bolzen in sich aufzunehmen versuchte.

Jefferson Hope blickte nieder auf die jungen, hübschen, unter der gewaltigen Mühsal verzerrten Züge. Seine Reaktion war eine Mischung aus Belustigung und echter Sorge. Er beugte den Oberkörper nach vorn und stützte sich mit den Händen ab, um dem Jungen leichteren Zugang zu seinem enormen Glied zu gewähren. Sanft kreiste er mit den Hüften, wodurch die große Eichel aus- und einfuhr, ohne nur ein einziges Mal ihre wütende Kraft gegen das empfindsame Gewebe in der Kehle des jungen Mannes zu rammen. Eine Weile lang befriedigte dies beide. Ihr Beisammensein war jedoch so erregend, daß keiner sich endlos zurückhalten konnte. Lucius schlang die Arme um die Hüften des anderen und brachte ihn gerade so lange aus dem Gleichgewicht, daß die gewaltige Rute noch weiter in ihn eindrang und ihm den Atem nahm, seinen Leib indessen mit solcher Befriedigung erfüllte, daß er die Anstrengung kaum empfand. Was Jefferson Hope betrifft, so sandte ihm das jähe Verschlucktwerden Schauer der Wollust durch die Eingeweide, und ohne an die möglichen üblen Folgen zu denken, rammte er seine Erektion noch tiefer in klaffende Öffnung. Lucius war nun nahe daran, an ihm zu ersticken, aber er ließ in seinem Eifer nicht nach. Hopes Schwanz glitt auf dem von seinem rohen Eindringen hervorgebrachten Schleim, was auf beiden Seiten zu noch wilderem Ungestüm führte. Der kolossale Pfahl fuhr zur Gänze in die Kehle, während die krausen, schwarzen Haare in den Lenden des Mannes Lucius' weiche Lippen wundscheuerten.

Mehrere Sekunden lang verharrten sie in ihrer Stellung äußerster Penetration, bis der schwarze Wirbel der Leidenschaft abebbte und Jefferson Hope eilig sein Geschlecht zurückzog. Halb ohnmächtig schaute der Junge, gegen die Tränen anblinzelnd, die der dicke Schaft hervorgerufen hatte, zu ihm auf.

»Geht es dir gut?« fragte Jefferson.

»Hm, besser denn je«, seufzte Lucius. Erneut packten die Finger seiner beiden Hände das mächtige Glied, und noch ehe sein Gefährte etwas sagen oder ihn auf andere Weise davon abbringen konnte, hatte er sich die Hälfte des Schaftes wieder in die Kehle gestopft. Trotz seiner Beschützerinstinkte und zärtlichen Rücksichtnahme entfachte die Anstachelung seiner lange verleugneten Sexualität eine fast tierische Lust in den Lenden Jefferson Hopes. Er bockte gegen Lucius' Mund, wobei seine wilde Leidenschaft seiner tiefen, ewigen Liebe Ausdruck verlieh.

Die sie umgebende majestätische Natur spornte beide an, und die benachbarte Gruppe von Pinien schien sie von der übrigen Welt abzuschirmen. Es war ihr ganz persönlicher

Ort, ein Stück Land, das nur ihnen gehörte. Als Jefferson Hope über dem ranken Jungen kniete, wußte er, daß er endlich den letzten, fehlenden Baustein in seinem Leben gefunden hatte. Es war das notwendige Element, um seine einsame Existenz als Pionier in die vollständige, reiche Beziehung zu verwandeln, die er im Lauf seiner endlosen, rastlosen Wanderungen bei anderen beobachtet und um die er sie beneidet hatte. Schließlich zog er seinen steifen Pfahl zurück und drückte einen zärtlichen Kuß auf Lucius' Lippen.

Dieser antwortete mit einer feurigen Leidenschaft, die den Pionier überraschte und erfreute. Daß dieser kleine, geschmeidige Körper eine solche physische Kraft auszuüben vermochte, verwirrte ihm die Sinne. Daß Lucius seine Liebe tatsächlich teilen könnte, war fast mehr, als er zu hoffen wagte. Die Lippen des jungen Mannes teilten sich, und seine Zunge fuhr über Reihen kräftiger, weißer Zähne. Die süße Essenz seiner unschuldigen, erblühenden Mannbarkeit ließen im anderen keinen Zweifel aufkommen, daß seine Neigung erwidert wurde.

»Ich möchte, daß du mich liebst«, flüsterte der Jüngere.

»Das tue ich… von ganzem Herzen«, antwortete Hope .

»Ich weiß… ich weiß, daß du das tust«, keuchte Lucius, »aber ich meinte… mehr. Ich möchte, daß du mich mit dieser Liebe so ausfüllst, daß ich sie bis auf den Grund meiner Seele spüre.«

Einen Augenblick lang war Jefferson Hope von den Worten des jungen Mannes verwirrt, aber nach und nach dämmerte ihm die volle Bedeutung, und der Gedanke an eine solche körperliche Erfüllung überwältigte seine Sinne. »Ich könnte dich verletzen«, erwiderte er.

»Du könntest mich niemals verletzten«, versicherte ihm der Junge. Dann löste er den Griff um den größeren Mann und machte sich vorübergehend von dem geliebten Körper frei, um sich auf den straffen, flachen Bauch zu drehen. Die rosig-warmen Umrisse seiner Hinterbacken streiften die tiefhängenden Hoden des anderen, worauf die offene Einladung augenblicklich verstanden wurde. Es gab keinen Zweifel mehr, was der junge Mann gemeint hatte, und Jefferson Hope beugte sich nieder, um ihm einen weiteren Kuß zu geben... diesmal auf die Spalte, die die verborgene Grube seines Geliebten beschützte. Mit der Zunge zeichnete er ihren Verlauf nach und stieß ab und an in die Tiefe zwischen den beiden Hügeln festen, glühenden Fleisches vor. Er verspürte die angesammelte Feuchtigkeit, die leidenschaftliche Hitze, die aus der Tiefe harrender, jungfräulicher Bereitschaft aufstieg. Angesichts der zarten Erwartung der schimmernden, flaumigen äußeren Hülle fühlte er sich beinahe schuldig, brutal und plump, wenn er sich den Akt vorstellte, zu dem ihn sein Geliebter so freimütig ermutigt hatte. Die kochende Begierde in seinen Lenden jedoch machte ihn kühn und spornte ihn an, das dargebotene Zeichen der Liebe anzunehmen.

Behutsam befeuchtete er die Pforte und den Tunnel und lockerte so die Spannung des zusammengezogenen Muskelringes, bis er sich vergewissert hatte, daß der Weg genügend vorbereitet war.

Erst dann hob er seine Lenden über die erwartungsvoll hochgereckten Hügel und führte seine gewaltige, klopfende Eichel gegen das zarte Fleisch. Mit einem sanften Stoß seiner Hüften brachte er den massiven Bolzen ins Zentrum, drückte ihn gegen die Pforte und drang kurz ein erstes Stück ein. Er fühlte, wie sich der Schließmuskel eng um ihn spannte, und verspürte die vom Schmerz hervorgerufenen Spasmen, die als Antwort darauf durch den erwartungsvollen Leib fuhren, der unter ihm auf dem Bauch lag.

Das Wissen um die Qual, die er seinem Liebling zufügte, ließ ihn innehalten, und Jefferson Hope senkte die Brust auf den glatten Rücken des jungen Mannes. »Ich möchte dir nicht wehtun«, flüsterte er.

»Das tust du nicht«, versicherte ihm der Junge. »Das tust du nicht, und wenn doch, dann will ich es. Ich möchte dir alles geben, was ich geben kann.«

Diese erneute Versicherung der Hingabe ermutigte den größeren Mann. Mit stetigem Druck trieb er den schweren Kolben durch den widerstrebenden Ring aus Fleisch. Das gleichmäßige Stöhnen köstlicher, genußvoller Pein rief eine seltsame Erregung in ihm hervor. Als er spürte, wie die Hitze, die vom Leib des jungen Mannes aufstieg, ihn einhüllte, stieß er seine Lanze ganz in die Tiefe der Zuneigung des Jungen hinein. Lucius' schmale Gestalt wurde hart und steif unter dem Zugriff seines Liebhabers, aber zwischen erstickten Lauten äußerster Qual vernahm der Mann gestammelte Worte der Ermutigung. »Bitte, nimm mich. Laß mich dich ganz in mir spüren! Komm ganz in mich rein; zeig mir deine Liebe… deine ganze Liebe…«

Als sich schließlich die krausen, dunklen Haare des Mannes fest gegen die weichen, runden Backen preßten, hörte er, wie die wimmernden Schreie verstummten und sich in ein kehliges Stöhnen verwandelten. Die Worte der Zuneigung und der Ermutigung ertönten weiterhin, während die vollständige, auszehrende Umklammerung die Essenz der Männlichkeit selbst aus Jefferson Hopes Innerstem zu saugen drohte. Lucius hatte sich gezwungen, die unbezweifelbare Qual der Penetration zu erdulden, und lag nun still in Erwartung dessen, was kommen würde. Seine Worte fuhren indessen fort, seinen Gefährten zu beruhigen, und es war klar, daß nichts ihn von seinem Vorsatz abbringen konnte. Das allmählich nachlassende Beben verkündete das Einverständnis seines Leibes mit den mündlichen Bekundungen.

Langsam begann Jefferson Hope, mit den Lenden über dem kleinen, runden Hinterteil zu kreisen. Sein großes Glied glitt immer schneller und tiefer durch den Tunnel. Eine Woge aufpeitschender Wärme drang nach außen, erhitzte seine

Haut, die über den Leib des andern fegte. Lucius mußte die pfählenden Stöße bis in alle Zehen- und Fingerspitzen spüren. Er verkrampfte sich, als ihre allumfassende Macht jeden Teil in seinem Körper ansprach. Mit immer neuen ekstatischen Stöhnen reagierte er auf den hämmernden Anprall des Älteren. Niemals hatte er eine solch ungeminderte Erfüllung erfahren, noch ein solches Gefühl absoluter Einheit mit einem anderen Menschen. Sein eigenes Geschlecht war ein aufgeblähte Masse gesteigerter, pochender Empfindsamkeit, und in den Windungen seines Gehirns vernahm er den donnernden Takt des ewigen Liedes der Liebe.

Jefferson Hope schlang die Arme noch fester um den Jungen und nahm die kleinen, starren Punkte seiner Brustwarzen zwischen die Finger. Er knetete sie, zwirbelte und zupfte daran, bis er eine Reaktion spürte, das lustvolle Stöhnen, das dazukam und die erfüllte Wonne des anderen anzeigte. Die zustoßenden Lenden und der tief eingebettete Mast bildeten eine Brücke zwischen ihnen, ein Bindeglied, durch das die geteilten Emotionen strömten, in dem die Liebe selbst durch die Macht fleischlicher Penetration verkörpert schien.

Der größere Mann hob seine Brust und den Oberkörper und starrte hinab durch den Tunnel, der durch seine Haltung geformt wurde. Er sah die dunkle, schimmernde Form seines Schwanzes, der in der Bewegung innehielt. Die Spitze und der halbe Kolben lagen in Lucius vergraben, dessen helleres Fleisch und rosig-weiße Hinterbacken sich fest um den dunkelroten Schaft klammerten. Der Mann verspürte in Wellen einen Druck aus seinen Hoden, der das bevorstehende Ende der köstlichen Ekstase ankündigte. Er versuchte, sich zurückzuhalten, das Letzte hinauszuzögern und seine Lust um ein paar weitere Sekunden zu verlängern. »Wenn du ihn nur sehen könntest«, flüsterte er dem Jungen zu. »Wenn du nur sehen könntest, wie dieser Pfahl in dir steckt!«

»Ich kann es fühlen«, keuchte der Junge. »Ich kann die

Hitze und die Kraft fühlen, jedesmal, wenn du ihn reinrammst… jedesmal…«

Jefferson Hope ließ seinen Körper wieder auf den Knaben sinken und seine pulsierende Manneszierde durch den saugenden Kanal gleiten. Er stöhnte und stieß schwer den Atem gegen das Ohr des jungen Mannes aus. »So gut«, murmelte er. »Das tut so gut!«

»Liebe…« war die zärtliche Antwort.

»Ja, Liebe!« schrie der Mann unerwartet heftig. »Ja, verdammich, Liebe! Ich liebe dich, Lucius, liebe dich so, wie ich niemals ein anderes lebendes Wesen geliebt habe… niemals!«

»Versprichst du mir, Jefferson… versprichst du mir, daß du mich jetzt und für immer liebst?«

»Für immer«, erwiderte der Mann. Ein Schauer lief ihm durch den gesamten Körper. Diese Regung trieb seine Lenden noch fester gegen die saftige, samtige Haut. Seine Arme klammerten sich fest um den weichen Torso des anderen, der von seinem Griff umschlossen lag. Sachte, noch immer versuchend, den Augenblick gesteigerter körperlicher und geistiger Befriedigung auszudehnen, bewegte er kaum merklich den Unterleib, ließ sein langes Glied fast reglos in seiner zarten Hülle ruhen. Er spürte, wie der junge Mann sich unter ihm regte. Er wußte, das jähe Aufbäumen der Hinterbacken war das Flehen, er möge ihn noch mehr in Besitz nehmen.

»Mehr«, flüsterte der Knabe schließlich. »Bitte, Jefferson… laß mich ihn in mir spüren. Gib mir deinen Samen. Laß mich dieses letzte Stück von dir bei mir behalten.« Lucius, der die Kraft aufbrachte, die Schenkel noch ein Stück weiter zu spreizen, damit der dicke Bolzen des Mannes noch ein winziges Stück tiefer vordringen konnte, stöhnte auf, als der schwere Sack seines Geliebten tiefer in die klaffende Spalte einsank. Die Hoden klatschten gegen ihn, als der Mann seinem gekeuchten Befehl nachkam.

In der anschwellenden Lust des kommenden Höhepunktes ließ Jefferson Hope seinen Schaft in langen, tiefen Stößen kreisen. Durch sein Gehirn schossen die Wonnen und Leidenschaften eines Mannes, der jenes einzigartigste aller Gefühle neu kennenlernt. Das Lied hallte in seinen Lenden wider, und seine Genitalien wurden zum Verkünder seiner Zuneigung. Die behagliche Wärme des Jungen stieß gegen die seine und verriet dem Mann, daß da kein Schmerz mehr war, der die volle Ekstase ihrer Vereinigung schmälern konnte.

All seine Kraft schien sich in seinem Unterleib zu sammeln. Er verspürte die Hitze und die geballten Energien der kommenden Erleichterung. Sein gesamtes Empfinden konzentrierte sich in dem Teil, das im Innern des Knaben ruhte, und daneben nahm er nur noch den Druck war, den Brust und Bauch auf die glatte, feste Fläche von Lucius' schmalem Rücken ausübte. Jefferson Hope, der das kochende Drängen ertrug, das er gerne zurückgehalten hätte, weinte beinahe in der vereinten Ekstase aus bevorstehender Entladung und dem Wissen, daß diese höchste Seligkeit ihr eigenes Ende bedeutete. Das körperliche Empfinden bekräftigte jedoch seine Liebe, und an diesem Gedanken hielt er fest, bis er alles andere beherrschte, während er seinen sprudelnden Samen entlud.

Lucius schien es zu spüren, mit gleicher Leidenschaft zu reagieren, als der Pionier sich wild in den Zuckungen der Lust wand. Ihre nackten Leiber zuckten und schlangen sich noch enger ineinander, bis die überwältigende Euphorie allmählich verebbte und in beiden wieder das Gefühl aufkam, daß sie, getrennt und doch eins, unter der göttlichen Pracht des offenen Himmels und hochragender Kiefern zu einer Einheit in einem höheren Sinn geworden waren. Eine sanfte Brise, die ihnen aus den Baumkronen zuzuflüstern schien, erfüllte beide mit der sicheren Gewißheit, daß sie im Einklang mit der Natur handelten.

Und so entwickelte sich ihre Beziehung fort. Wann immer die Möglichkeit sich bot, zogen sich die beiden jungen Männer an ihren heimlichen Ort am Fluß zurück und versicherten sich ihrer Liebe durch die innige Vereinigung ihrer Leiber. Rasch legte Lucius ein Geschick an den Tag, das seiner Leidenschaft entsprach, bis keine Variante erotischen Ausdrucks mehr in ihrem Repertoire fehlte. Der junge Mann hatte gelernt, den monströsen Schaft seines Geliebten ohne das geringste Unbehagen aufzunehmen, und der Ältere hatte es dem Knaben gestattet, seinen Körper auf die gleiche Weise zu erkunden. Nur durch wirkliche Gegenseitigkeit, in der es jedem freistand, den Leib des anderen wie den eigenen zu gebrauchen, war es ihnen möglich, der ganzen Tiefe ihrer gegenseitigen Zuneigung Ausdruck zu verleihen.

Diese wuchs derart, daß sie vor John Ferrier nicht geheimgehalten werden konnte; dazu gab es auch überhaupt keinen Grund. Lucius' Pflegevater hegte die größte Achtung und Bewunderung für Jefferson Hope, besonders wenn er sich an die Momente seiner eigenen Jugend erinnerte, die er in den Armen des Vaters des jungen Mannes verbracht hatte. Sein größtes Bedauern – und der eigentlich Grund für seinen Rückzug aus der menschlichen Gesellschaft – war das Scheitern jener früheren Beziehung. Der ältere Hope war außerstande gewesen, seine tieferen Neigungen zu akzeptieren, und war eine trostlose Ehe eingegangen, deren einziges glückliche Ergebnis sein Sohn gewesen war. Als dies offenbar wurde, war John Ferrier abgereist und befand sich außerhalb der Reichweite des älteren Hope.

Nun, da er die offenkundige Liebe zwischen seinem Sohn und dem Nachkommen seines früheren Geliebten sah, verspürte John Ferrier ein Aufflammen seiner lange unterdrückten Gefühle. Er freute sich mit ihnen an ihren Wonnen und erwartete sehnsüchtig den Augenblick, da der eine oder andere sein Geheimnis enthüllen würde. Die Furcht, dem Vater möglicherweise zu mißfallen, hinderte Jefferson Hope jedoch. Und Lucius schwieg ebenfalls, besonders über den Punkt, der ihn am tiefsten beunruhigte. Jefferson war vor ihrem Zusammentreffen einige Verpflichtungen eingegangen. Er würde eine Weile unterwegs sein müssen, um seine Geschäfte zu regeln. Er besaß einen Anteil an einer Mine, die erst jetzt einen Ertrag abzuwerfen begann, und diesen Anteil wollte er verkaufen, um dann wieder in das Tal zurückzukehren. Dann würden er und Lucius die Mittel besitzen, die sie brauchten, um sich zusammen auf einem Stück Land außerhalb des Einflußbereichs der Heiligen niederzulassen.

Derart wurde die köstliche Lust der beiden Liebenden durch die bevorstehende Trennung beeinträchtigt. Als der Zeitpunkt der Abreise seines Freundes jedoch näherrückte, verspürte Lucius das Bedürfnis, sich seinem Vater anzuvertrauen. Eines Nachmittags, als Jefferson Hope in der Stadt war, um seine Beteiligung an einem Wagentreck nach Westen auszuhandeln, ging Lucius zögernd auf John Ferrier zu. Nach anfänglichen Hemmungen bekannte er, was sich zwischen ihm und seinem Geliebten zugetragen hatte.

»Ich hatte es vermutet«, antwortete der ältere Ferrier, »und zu sagen, ich sei erfreut, klänge zu ernsthaft, um meine Gefühle auszudrücken.«

Bei diesen Worten wurde dem jungen Mann so froh ums Herz, daß er sich seinem Pflegevater in die Arme warf und ihn auf die wettergegerbte Stirn küßte. Obgleich ihn die Aussicht betrübte, die Gesellschaft des Burschen, den er als sein eigen Fleisch und Blut ansah, zu verlieren, mußte John Ferrier sich, ob er wollte oder nicht, der unverhüllten Freude des anderen anschließen. »Aber da gibt es noch ein Problem«, sagte er schließlich. Mit den Händen an den kräftigen Schultern drückte er den Jungen von sich. »Du mußt deinem Jefferson einschärfen, wie wichtig es ist, daß er so schnell wie möglich zurückkommt. Ich wurde bereits von den Tempelältesten auf deine Heirat angesprochen, und obwohl ich eine Entscheidung in dieser Sache noch eine begrenzte Zeit hinauszögern kann, so wird die Zeit kommen…«

Lucius' Gesicht wurde weiß; die Aussicht, der Hirte einer Herde Frauen zu werden, war ihm so zuwider, daß ihm beinahe übel wurde. Noch entsetzlicher war die Erkenntnis, daß dies auch bedeutete, daß er mit ihnen würde schlafen und ihre sexuellen Gelüste befriedigen müssen. »Mein Gott, Vater«, stöhnte er auf. »Ich glaube nicht, daß ich ein solch grauenvolles Leben ertragen könnte.«

»Ich fühle ganz genauso«, erwiderte der Ältere, »aber obgleich es mir gelungen ist, mich dieser widerwärtigen Pflicht zu entziehen, ist das Gesetz der Erwählten sehr streng. Wenn du anstatt des zugemessenen Kontingents an Zuchtvieh deinen Jefferson Hope haben willst, muß du für seine schnelle Rückkehr sorgen.«

John Ferrier und die Jünger des Propheten

Drei Wochen waren verstrichen, seit Jefferson Hope und seine Gefährten Salt Lake City verlassen hatten. Ferriers Herz wurde schwer, wenn er an die Rückkehr des jungen Mannes und den bevorstehenden Verlust seines Adoptivkindes dachte. Dennoch versöhnte ihn das strahlende, fröhliche Gesicht des Jungen. Tief in seinem Herzen war er stets entschlossen gewesen, niemals zuzulassen, daß sein Sohn die Last einer Mormonenehe auf die Schultern nehmen müsse. Er erkannte eine solche Ehe überhaupt nicht als Ehe an, selbst für einen Mann nicht, der sich zu dieser Art von Beziehung hingezogen fühlte. Nun, da er über die wahren Neigungen seines Pflegesohns Gewißheit erlangt hatte, erwartete er die Rückkehr von Jefferson Hope ebenso sehnsüchtig und gespannt wie Lucius.

Und trotzdem war es eine gefährliche Sache – jedwede Abirrung von den Gesetzen der Heiligen. Jähe Vergeltung traf alle, die es wagten, den Geboten des eigenen Gewissens zu folgen, wenn diese von den vorgeschriebenen Regeln abwichen. Die Opfer von Verfolgung hatten sich selbst in Verfolger der schrecklichsten Art verwandelt. Weder der spanischen Inquisition, noch dem deutschen Fehmegericht, noch den italienischen Geheimgesellschaften war es je gelungen, eine reibungslosere Maschinerie in Gang zu setzen, als jene, die ihre Schatten über den Staat Utah warf.

Ihre Unsichtbarkeit und das Geheimnis, das sie umgab, machte diese Organisation doppelt fürchterlich. Sie schien allgegenwärtig und allmächtig und war dennoch weder zu sehen noch zu hören. Auf welche Weise die diabolischen Wachhunde des Gesetzes Des Propheten das wahre Verhältnis zwischen Jefferson Hope und Lucius Ferrier erahnten, wurde niemals vollständig geklärt. Vielleicht hatte ein unbedachtes Wort den Verdacht einer neidischen Seele erregt, oder möglicherweise war einer von John Ferriers Dienstboten als Spion für die Ältesten Des Tempels auf das Anwesen angesetzt worden. Wie auch immer, schon wenige Tage nach Jefferson Hopes Abreise setzte der Terror der Diener des Propheten ein.

Eines schönen Morgens, als John Ferrier zu seinen Weizenfeldern aufbrechen wollte, hörte er den Riegel am Tor und sah beim Blick durchs Fenster einen untersetzten, rotblonden Mann mittleren Alters den Weg herankommen. Das Herz sprang ihm bis zum Hals, denn es handelte sich um keinen Geringeren als den großen Brigham Young persönlich. Zitternd – denn er wußte, daß ein solcher Besuch nichts Gutes zu bedeuten hatte – eilte Ferrier zur Tür, um den Führer der Mormonen zu begrüßen. Dieser jedoch empfing seinen Gruß kühl und folgte ihm mit ernstem Gesicht ins Wohnzimmer.

»Bruder Ferrier«, sagte er, wobei er Platz nahm und den Farmer scharf unter hellen Wimpern hervor musterte, »die wahren Gläubigen waren Euch gute Freunde. Wir nahmen Euch auf, als Ihr in der Wüste verhungertet, wir teilten unser Essen mit Euch, führten Euch sicher in das Gelobte Tal, gaben Euch ein großes Stück Land und gestatteten Euch, unter unserem Schutz wohlhabend zu werden. Ist es nicht so?«

»So ist es«, entgegnete John Ferrier.

»Für all dies stellten wir nur eine einzige Bedingung: daß Ihr den wahren Glauben annehmen und in jeder Weise seine

Gebräuche befolgen solltet. Ihr verspracht, dies zu tun, und dies habt Ihr, wenn es stimmt, was die Leute sagen, versäumt.«

»Und wie habe ich es versäumt?« fragte Ferrier, indem er protestierend die Hände ausstreckte. »Habe ich nicht zu den gemeinsamen Rücklagen beigetragen? Bin ich nicht in den Tempel gegangen? Habe ich nicht...?«

»Wo sind Eure Frauen?« fragte Young und schaute sich um. »Ruft sie herein, damit ich sie begrüße.«

»Es stimmt, ich habe nicht geheiratet«, antwortete Ferrier. »Aber es gab nur wenig Frauen, und es gab viele, die größere Ansprüche hatten. Ich war nicht alleine; ich hatte meinen Sohn und etliche Knechte, um meine Bedürfnisse zu befriedigen.«

»Über diesen Sohn wollte ich mit Euch sprechen«, sagte der Mormonenführer. »Er ist zu einem der hübschesten jungen Männer in Utah erblüht und hat in den Augen von vielen jungen Töchtern hochgestellter Väter Gefallen gefunden.«

John Ferrier stöhnte im Innern auf.

»Es sind Geschichten über ihn im Umlauf, die ich zu glauben mich weigere – Geschichten, er sei nackt in der Wildnis herumgetollt und habe seinen Leib hingegeben – nicht nur den Händen eines anderen, sondern habe einem Mann den Gebrauch seines Fleisches gestattet. Ich versichere Euch, daß dies das Gerede böser Zungen ist, aber ich würde meine Pflichten als Führer der Erwählten vernachlässigen, würde ich nicht heftig auf eine deutliche Tat dringen, um solchen Verleumdungen entgegenzutreten.«

Ferrier schwieg eine kleine Weile mit gerunzelten Augenbrauen. »Ihr müßt uns Zeit geben«, sagte er schließlich. »Mein Sohn ist noch sehr jung – kaum in dem Alter, um zu heiraten.«

»Unter den Umständen ist es strengstens geboten, daß er die nötigen Schritte unternimmt, um sein beschädigtes Ansehen wiederherzustellen«, sagte Young ernst. »Er soll einen Monat haben, um sich seine erste Braut auszusuchen.« Der Führer erhob sich und blickte John Ferrier auf düstere, fast bedrohliche Weise an. »Nach Ablauf von dreißig Tagen muß er seine Antwort geben.«

Beim Hinausgehen drehte er sich mit gerötetem Gesicht und flammenden Augen auf der Schwelle um. »Es wäre besser für Euch, John Ferrier«, donnerte er, »wenn Ihr und er als bleiche Gerippe in der Sierra Blanco läget, als wenn ihr Euren schwachen Willen gegen die Gebote der Vier Heiligen erhöbet!«

Mit einer drohenden Gebärde wandte er sich von der Tür, und Ferrier hörte seine schweren Schritte auf den Kieselsteinen davonstapfen.

Mit den Ellbogen auf den Knien saß er da und dachte nach, wie das Problem am besten zu lösen sei. Er fragte sich, ob wohl die geringste Möglichkeit bestände, daß Jefferson Hope zurückkehrte, bevor Lucius von der Anordnung des Propheten unterrichtet werden mußte. Unvermutet legte sich eine kräftige, sonnengebräunte Hand auf seine Schulter. Als er aufschaute, sah er, daß sein Sohn neben ihm stand. Ein einziger Blick in sein bleiches, verängstigtes Gesicht bewies, daß er alles gehört hatte.

»Ich konnte nichts dagegen tun«, beantwortete er den Blick seines Vaters. »Seine Stimme dröhnte durchs ganze Haus. Ach, Vater, was sollen wir nur tun?«

»Hab keine Angst«, erwiderte dieser, zog den Jungen an sich und streichelte mit breiter, rauher Hand über sein kastanienbraunes Haar. »Irgendwie schaffen wir es.

Morgen bricht eine Gruppe nach Nevada auf, und ich werde Jefferson benachrichtigen, in welcher Klemme wir stekken. Wenn ich den jungen Mann nur ein wenig kenne, dann wird er in einem Tempo zurück sein, mit dem er noch den elektrischen Telegraphen schlägt.«

Lucius, der, um die Wahrheit zu sagen, bei der begründeten Aussicht, eine Einheirat in eine der ansässigen Familien über sich ergehen lassen zu müssen, an der Schwelle der Tränen gestanden hatte, blinzelte seine Augen trocken und erwiderte die Umarmung seines Vaters.

»Wenn Jefferson zurückkommt, wird er uns den besten Rat geben«, fuhr der ältere Ferrier fort, »aber ich fürchte mehr für dich als für mich. Man hört… man hört so Entsetzliches von denen, die sich gegen den Propheten wenden; immer stößt ihnen etwas Schreckliches zu.«

»Aber noch haben wir uns nicht gegen ihn gewandt«, bemerkte Lucius.

»Trotzdem müssen wir vorsichtig sein«, warnte sein Vater. »Sie haben uns einen Monat gegeben, aber ich glaube, das wird keine friedliche Zeit werden. Nein, ich denke, wir sollten uns am besten aus Utah davonmachen, bevor unsere Gnadenfrist verstrichen ist.«

»Utah verlassen!«

»Das wird es letzten Endes sein.«

»Aber die Farm?«

»Wir werden soviel wie möglich zu Geld machen und den Rest fahren lassen. Offen gesagt, Lucius, denke ich nicht zum ersten Mal daran. Ich denke nicht daran, mich unter irgend jemanden zu ducken, wie diese Leute unter ihren verfluchten Propheten. Ich bin ein freier Amerikaner, und das alles ist neu für mich. Schätze, ich bin zu alt, um dazuzulernen. Wenn er noch einmal auf dieser Farm herumschnüffelt, kann es sein, daß er einer Ladung Schrot begegnet, die in die andere Richtung will.«

»Aber sie werden uns nicht fortlassen«, wandte sein Sohn ein.

»Warte, bis Jefferson kommt, mein Junge, und laß dich nicht einschüchtern. Es gibt nichts, wovor wir uns fürchten müßten, und es besteht nicht die geringste Gefahr.«

John Ferrier äußerte diese tröstenden Worte in sehr entschiedenem Ton, aber es entging dem Jungen nicht, daß er an diesem Abend die Türen ungewöhnlich sorgfältig verriegelte und daß er die rostige, alte Flinte, die in seinem Schlafzimmer an der Wand hing, gewissenhaft reinigte und lud.

Am Morgen nach der Unterredung mit dem Mormonenpropheten ging John Ferrier nach Salt Lake City, und nachdem er seinen Bekannten, der in die Berge von Nevada wollte, gefunden hatte, vertraute er diesem die Botschaft an Jefferson Hope an. Darin unterrichtete er den jungen Mann von der drohenden Gefahr und wie wichtig es sei, daß er zurückkam. Danach fühlte er sich leichter, und er kehrte mit freudigerem Herzen heim.

Als er sich der Farm näherte, war er überrascht, an jedem der beiden Torpfosten ein Pferd angebunden zu sehen. Er erkannte das eine als das des jungen Joseph Stangerson und das andere als das Lieblingspferd von Enoch, dem Sohn des älteren Drebber. Mit wachsender Sorge eilte John Ferrier ins Haus. Er rief nach Lucius, erhielt jedoch keine Antwort. Eine rasche Durchsuchung der Räume ergab, daß das Haus leer war, die Unordnung im Wohnzimmer aber – ein umgestürzter Stuhl und eine zerschmetterte Vase am Boden – ließ in seinen Schläfen die Angst pochen. Er stürzte durch die Hintertür und warf einen Blick zu den Weizenfeldern, wo seine Knechte in einiger Entfernung vom Haus bei der Arbeit waren. Das Tor zur Scheune stand offen, und zu deren dunklem Innern lenkte John Ferrier seine eiligen Schritte.

Näher an der Tür erschreckte ihn ein gedämpftes Stöhnen, gefolgt von einem Schluchzen höchster Pein. Furcht und wachsenden Zorn unterdrückend, die seine natürliche Vorsicht zu besiegen drohten, schlich Ferrier zum Tor und spähte durch den Spalt. Dort, wo die Strahlen der Sonne auf den Fußboden aus Lehm fielen, gewahrte John Ferrier etwa so Entsetzliches, daß er nur mit Mühe einen Schrei der Verzweiflung zu unterdrücken vermochte. Lucius, sein über alles geliebter Sohn, kniete im Staub und Schmutz, nackt bis auf einen zerfetzten Ärmel an einem Arm und ein eng geknotetes Taschentuch um den Hals. Er wandte dem älteren Ferrier die Seite zu. Dadurch enthüllte er durch seine verzweifelten Bewegungen, wenn er von einem seiner Gegner zum anderen blickte, abwechselnd die Striemen einer Peitsche auf seinem Rücken und auf dem vorderen Teil seines Leibes. Mehrere Schnitte und Wunden brannten in zornigem Rot, und die Wut seiner Gegenwehr wurde außerdem von den zahlreichen Streifen von Schmutz auf seiner sonst sauberen Haut belegt.

Die vierschrötigen Burschen, beide in Jeans und Stiefeln, standen zu beiden Seiten ihres Opfers. Enoch Drebber, der kräftigere der beiden, war nackt bis zur Hüfte und hielt einen zusammengerollten Ochsenziemer in Händen. Der andere, Stangerson, stand demonstrativ vor dem knienden Gefangenen und starrte, die Daumen in seinen breiten, schwarzen Gürtel gehakt, nieder auf das monströse Genital, das in der vorne offenen Hose zu sehen war. Er hatte die gesamte Masse hervorgezerrt, so daß das volle Gewicht seines langen, tiefhängenden Sacks gegen die Innenfläche der blaugekleideten Schenkel schlug. Sein Penis, ein einzigartig breites, bösartig ausschauendes Instrument, ragte wie eine blitzende Lanze aus der dunkellockigen Masse, die durch die Öffnung seiner Bekleidung im Schritt hervorquoll.

»Jetzt zeig mir, welche Scheußlichkeiten du mit dem Mann getrieben hast«, sagte er drohend. Er machte einen Schritt auf die erbarmungswürdige Gestalt seines Opfers zu, schürzte grausam die Lippen und ging in die Knie, um seine aufgeblähte Erektion auf eine Höhe mit den Lippen des jungen Mannes zu bringen.

»Niemals!« schrie Lucius Ferrier. »Ich habe gelobt, nur einem einzigen Mann treu zu sein, und meine Lippen werden niemals…« Seine Proteste erstarben als der schwere Riemen aus geflochtenem Leder auf seinen Rücken traf. Die Kraft von Drebbers Schlag riß ihn beinahe nieder, und ohne die Hilfe seiner Arme konnte er nur mit Mühe verhindern, daß er in Stroh und Kehricht stürzte.

»Deine Lippen gehen dorthin, wo ich es sage, und sie machen, was ich sage!« schrie Stangerson. Mit diesen Worten ergriff er den gebundenen, hilflosen Jungen, indem er ihn mit beiden Händen im Nacken packte und Lucius' Gesicht fest gegen seinen Unterleib zwang.

»Nimm ihn, wie du den von dem Kerl genommen hast!« erscholl die rauhe Stimme von Enoch Drebber. »Nimm den Kolben eines wahren Gläubigen und laß seine Segnung deine frühere Verunreinigung wegwischen!« Beide lachten ob dieser Blasphemie, und Drebber trat hinter den nackten Jungen, um seinem Kumpan dabei zu helfen, Lucius' Lippen auseinanderzuzwingen.

Der Anblick dieser beiden Widersacher, die seinen zarten Liebling einer solch rohen und qualvollen Mißhandlung unterwarfen, brachte die Gefühle John Ferriers zum Überschäumen. Er hatte versäumt, seine Flinte mitzunehmen, als er durchs Haus gehetzt war, und einen Augenblick lang überlegte er, zurückzugehen, um sie zu holen. Hätte er es getan, hätte vielleicht alles einen anderen Ausgang nehmen können. So jedoch machte ihn sein Zorn so blind, daß keine Vernunft ihn hindern konnte. Mit seiner breiten, knotigen Pranke packte er die Kante des Tores und riß es mit einem Ruck auf. Sonnenlicht brach ins Halbdunkel ein und erhellte die Szene boshafter Grausamkeit. Daß ihre Niedertracht dem hellen Tageslicht ausgesetzt wurde, schien das Entsetzen noch zu steigern und den Unterschied zwischen der Unschuld des knienden Jungen und den scheußlichen Anblick seiner Folterer zu betonen.

Mit einem wütenden Schrei warf sich John Ferrier gegen

Enoch Drebbers Rücken, und die Kraft des Aufpralls riß beide Männer zu Boden. Im ersten Moment war der Vorteil der Überraschung auf Seiten des Farmers, der auf den bulligen Burschen eintrommelte und ihn vielleicht tüchtig verprügelt hätte, wäre sein Kumpan nicht wieder zu Sinnen gekommen und hätte sich ins Gemenge geworfen. Sobald die beiden John Ferrier zwischen sich hatten, gelang es ihnen rasch, seine Arme zu packen und sie ihm auf den Rücken zu zwingen. Trotz seiner Jahre fuhr der alte Mann fort, eine solch heftige, wütende Gegenwehr zu leisten, daß sie ihn nur mit Mühe bändigen konnten.

Während des Handgemenges war es dem jungen Lucius gelungen, auf die Beine zu kommen. Mit den fest gefesselten Händen blieb ihm nichts anderes übrig, denn als hilfloser Zuschauer beim Angriff auf seinen Pflegevater und dessen schließliche Niederlage abseits zu verharren. Durch den Hagel von Schlägen, die nun sein Gesicht und seinen Körper trafen, sah John Ferrier seinen Sohn, dessen Unversehrtheit seine größte Sorge galt.

»Lauf, Lucius!« rief er. »Raus hier. Rufe die Landarbeiter zu Hilfe!«

Der Junge zögerte, aber der Farmer wiederholte seinen Befehl. Die Verzweiflung in der Stimme seines Vaters verlieh dem jungen Mann Flügel. »Ich hole Hilfe!« schrie Lucius. »Ich rufe die Männer zu Hilfe!« Mit diesen Worten stürmte er durch die Tür.

Weder Stangerson noch Drebber wagten es, ihr tobendes, um sich tretendes Opfer loszulassen. Es erforderte die Kraft beider, ihn festzuhalten, und gemeinsam gelang es ihnen schließlich, ihn in einen Zustand benommener, blutüberströmter Wehrlosigkeit zu prügeln. Nun erst waren sie in der Lage, den sich noch immer wehrenden Körper zu einem Pfosten neben dem Tor zu zerren, an den sie ihn in halb aufrechter Haltung festbanden.

Inzwischen hatte die Schreie des angstbebenden, nackten Jungen die Arbeiter von den Feldern zusammengerufen. Alle vier Knechte stürzten zur Scheune, Lucius ihnen voraus. »Am besten nichts wie raus, solange wir noch können!« sagte Drebber unter mühsamem Keuchen.

»Nicht nötig«, sagte Stangerson grimmig lächelnd. Der heimtückische, pervertierte Anstifter des Anschlags stand breitbeinig im Scheunentor. Noch immer baumelten seine geblähten Genitalien, infolge der Anstrengung nun schlaff, schwer aus seiner geöffneten Kleidung. Er traf indessen keine Anstalten, sich zu bedecken, sondern schien aus der obszönen Zurschaustellung seiner Potenz einen gewissen Stolz zu ziehen.

Beim Anblick der beiden Männer, die neben der gebundenen, halb ohnmächtigen Gestalt seines Vaters in Eingang standen, verlangsamte Lucius seine Schritte, bis die Arbeiter zu ihm aufgeschlossen hatten. Alle vier waren stramme, kräftige jungen Männer mit von der täglichen Arbeit gestählten Muskeln und nackter, von Utahs Sonne braungebrannter Brust. Mit den vier Männern, die er für seine Verbündeten hielt, hinter sich trat Lucius seinen Widersachern kühner entgegen.

»Ihr haut besser ab, wenn ihr wißt, was gut für euch ist«, rief er den beiden Eindringlingen zu. Vom Lauf schwer atmend hielt er ein paar Schritte vor ihnen an. Seine nackte Haut glühte und war mit einer dünnen Schicht aus Schweiß bedeckt. Dieser ließ die schmutzigen Streifen zu winzigen schwarzen Bächen zusammenlaufen, die ihm über Brust und Bauch rannen, um sich in seinem Schoß zu sammeln und wie Tropfen tintengetrübten Samens von der Spitze seines pendelnden Penis zu fallen.

Seine Worte hatten jedoch nichts weiter als ein wissendes Grinsen auf den Lippen von Joseph Stangerson hervorgerufen. Nun, da die Arbeiter näher auf ihn zukamen, schon langsamer, da sie offensichtlich etwas ahnten, erhob Stangerson den Arm mit flach nach oben gerichteter Handfläche. Es war die allgemein bekannte Aufforderung, anzuhalten; und noch bevor er sprach, zeigten die näherkommenden Männer eine noch größere furchtsame Unsicherheit. Beide Eindringlinge waren natürlich gut bekannt, und die Macht, über die ihre jeweiligen Väter verfügten, war nicht so leicht zu unterschätzen.

»Halt!« schrie Stangerson schließlich. »Wollt ihr etwa Hand an Enoch Drebber oder mich legen? Kennt ihr die Strafe für Widersetzlichkeiten gegen die Diener der Heiligen Vier?«

Die Männer waren inzwischen vollends stehengeblieben, und Lucius wandte sich verzweifelt zu ihnen um. »Mein Vater!« flehte er. »Helft ihm! Denkt doch daran, wie anständig er euch behandelt hat… euch alle!« Das Schreckliche begann dem Jungen jedoch zu dämmern. Mit noch immer fest auf dem Rücken verschnürten Händen, umgeben von geschworenen Feinden auf der einen, von den in ihrer Loyalität schwankenden eigenen Knechten auf der anderen Seite befand er sich bereits an der Schwelle der Verzweiflung.

»Euer Herr hat sich gegen die Gebote des Propheten versündigt«, fuhr Stangerson, direkt an die Arbeiter gewandt, fort. »Das, womit wir ihn hier heimsuchen, ist nur seine gerechte und angemessene Strafe. Daß er sich erdreistet hat, uns körperlichen Widerstand zu leisten, verschärft sein Verbrechen nur und vergewissert uns seiner größeren Schuld.«

»Was verlangt ihr von uns?« fragte einer der Männer.

»Dieser«, sagte Enoch Drebber und deutete mit ausgestrecktem, klobigem Finger auf die gekrümmte Gestalt von Lucius Ferrier, »dieser da hat schwer gegen die heiligen Gesetze verstoßen, und darin wurde er von seinem Vater ermutigt und begünstigt. Wir wissen nicht, welch abscheuliche und verbotene Dinge zwischen den beiden vorgefallen sein mögen. Aber wir sind bereit, das Opfer auf uns zu nehmen, denjenigen, die vom Wahren Pfad abgewichen sind, die Erleuchtung zu bringen.« Bei der letzten Worten grinste Stangerson grausam, bedachte den nackten, hilflosen Jungen mit einem tückischen Blick und schaute die Männer ringsum an. Daß seine Worte ein zynischer Vorwand für die Befriedigung seiner Lust war, war allen klar. Hätten sie indessen die Wahrheit gekannt, keiner hätte sich der beinahe zerbrechlichen Schönheit von Lucius erbarmt. Stangersons Pose versprach die Erfüllung jener finsteren Gelüste, die alle im Herzen hegten. Als sie die fragwürdige Rechtfertigung aus dem Mund solch eines anerkannten Führers hörten, fühlten sich die unwissenden Arbeiter ermutigt zu handeln, als seien sie von ihrer Lust, nicht von Vernunft geleitet.

»Nein!« ertönte die schwache, zitternde Stimme John Ferriers. »Ihr dürft nicht auf diesen schlechten Menschen hören! Er sucht nur seine eigene Befriedigung und bemäntelt sein Ruchlosigkeit mit…«

Die Worte des Farmers wurden durch einen brutalen Tritt Enoch Drebbers mit dem Stiefel abgeschnitten. Der kräftige Stiernacken zog den Fuß zu einem zweiten Tritt zurück, als Lucius sich auf ihn stürzte, sich in ihn verbiß wie ein Terrier, der einen Bären anfällt, und den größeren Mann trat und biß.

»Ergreift ihn!« rief Stangerson, und nach kurzem Zögern stürzten zwei der Arbeiter gehorsam nach vorn.

Lucius Ferrier wurde unsanft auf dem stroh- und kehrichtübersäten Boden auf den Bauch geworfen. Noch immer auf Befehl von Stangerson und Drebber banden die vier Knechte Lucius' Füße an zwei Pfosten. Sobald er unten gefesselt war, ließen sie seine Hände los und befestigten sie an einem weiteren Paar aufrechter Pfosten, so daß der hilflose Junge mit gespreizten Armen und Beinen in Ruß und Staub lag.

»Nun«, sprach Stangerson, »können wir in unserer Züchtigung und Reinigung fortfahren.« Bei diesen Worten grinste er die anderen offen an, was keinen Zweifel ließ, daß seine Absichten ausschließlich von seinen wütend brennenden Begierden motiviert waren.

Nun, da sein Sohn den Übergriffen und Demütigungen von sechs Männern ausgesetzt war, blieb John Ferrier nichts anderes übrig, als zuzuschauen und ab und an ein Stoßgebet gen Himmel zu richten, diese Ruchlosigkeit möge gesühnt werden. Obwohl der Tritt von Drebbers Stiefel seinen Kiefer zerschmettert hatte, bewerkstelligte es der alte Mann, die Taten entmenschter Brutalität zu verfluchen. Jedes seiner Worte rief indessen bei Stangerson und Drebber lediglich ein neuerliches brüllendes Gelächter hervor. Unter Anleitung der beiden Unholde wurde der junge Lucius eben jenen Akten unterworfen, über die die beiden Heiligen sich so zu empören vorgaben.

Alle sechs Männer hatten sich ihrer Kleidung entledigt und nur die Stiefel anbehalten, um ihre Füße vor spitzem Stroh und anderem Unrat auf dem Fußboden zu schützen. Daß Lucius platt darübergeworfen worden war, schien keinen von ihnen zu scheren. Enoch Drebber hatte aus seiner Satteltasche eine Flasche Whiskey hervorgeholt – eine weitere Tat, die keineswegs im Einklang mit den mormonischen Bräuchen stand – was zur Folge hatte, daß, nachdem alle von dem Schnaps getrunken hatten, ihre Handlungen immer roher und brutaler wurden.

Während ein kräftiger Mann vor Lucius kniete, ihm den Kopf nach hinten hielt und seinen feuerroten Schaft zwischen die Lippen seines Opfers zwang, lag ein anderer mit dem Unterleib über dem festen, runden Hinterteil und versuchte, seinen aufgeblähten Schwanz zwischen die flaumigen Backen zu treiben. Diese schmerzhafte Attacke war für Lucius überaus qualvoll, und der Umfang des Penis', der sich in seinen Mund und seine Kehle bohrte, knebelte ihn. Er war unfähig, Einspruch zu erheben. Nur am heftigen Zittern und Beben seines Leibes ließ sich sein Widerwille ablesen, aber diese Bewegungen wurden völlig ignoriert.

Drebber und Stangerson standen zu beiden Seiten, während die bulligen Männer ihre steifen Pflöcke in das weiche Fleisch des zarten, hilflosen Lucius versenkten. Gelegentlich entfuhr ihm ein ersticktes Stöhnen, das alsbald abgewürgt wurde, wenn der Mann, der zwischen seinen gespreizten Armen kniete, seinen schweren Bolzen völlig in den Hals hineintrieb und Lucius zwang, nach Luft zu schnappen und ächzend nach Atem zu ringen. Die untrüglichen Anzeichen von Schmerz und Verzweiflung erschütterten weiterhin seinen kleinen, muskulösen Körper. Tränen strömten ihm übers Gesicht, während Staub und Schmutz auf der Schweißschicht auf seinem Rücken und seinen Hinterbacken klebten. Sein Stöhnen und wimmerndes Schluchzen blieben ungehört, übertönt vom kehligen, tierischen Stöhnen der Befriedigung der Peiniger, die sein Fleisch mißhandelten. Der Mann, dessen gewaltiger Schwanz zwischen den Backen des Jungen vergraben war, zog ihn nun fast gänzlich heraus, legte seine knorrigen Hände auf die festen, runden Kugeln und schaute durch den Spalt zwischen den beiden Leibern hinab. Seine breite Brust und sein gewellter Bauch schwebten düster über dem gleichmäßigen, kupfernen Schimmern des Knaben. Der tiefere Ton seines glänzenden, feuerroten Pfahls wuchs wie eine hineingetriebene Stange aus den verborgenen Tiefen. Der Mann grunzte vor Lust und Genuß. Schon lange hatte er das Erblühen dieser zarten Schönheit beobachtet, und wenngleich er unter anderen Umständen vielleicht niemals versucht hätte, sein Verlangen zu stillen, empfand er bei dem um seinen Schaft gekrampften Muskelring ein außerordentliches Behagen. Er senkte seine Lenden und spürte die köstliche Hitze in sich höher steigen. Niemals hatte er eine solch totale körperliche Erfüllung erfahren. Er rammte seinen

Pfahl noch tiefer und bohrte die drahtigen Stoppeln seiner Scham gegen das erhitzte Fleisch des Jungen, genoß den Kitzel unbeschränkter Inbesitznahme.

Lucius war nicht mehr in der Lage, den vollen Umfang der Mißhandlungen wahrzunehmen. Angst und Schrecken, denen sein Verstand ausgesetzt gewesen war, hatten ihn abgestumpft; nun senkte sich Furcht gemischt mit Schmerz über ihn, um seine Sineswahrnehmungen noch weiter zu dämpfen. Doppelt gepfählt war er nahe davor, an dem einen zu ersticken – erkannte unbestimmt, daß sein Leib von dem anderen in der Mitte gespalten wurde. Weit weg, mit den Überresten seines schwindenden Bewußtseins, hörte er die wütenden Proteste der schrillen Stimme seines Pflegevaters.

»Laßt ihn los!« schrie John Ferrier. »Macht mit mir, was ihr wollt, aber laßt den Jungen in Frieden.«

»Fürwahr, es ist beinahe ein Genuß, den Willen des Propheten durchzusetzen!« Diese Worte kamen in gepreßten, hervorgestoßenen Lauten von dem Mann, der seinen Schaft tief in Lucius' Anus trieb. Das Gesicht des Burschen war bereits im bevorstehenden Höhepunkt verzerrt, und seine Lippen entblößten grausam seine schartigen, gelben Zähne. Als die Wucht sich in seinen Lenden zu sammeln begann, ließ er sich tiefer auf den Rücken des Jungen absinken, wobei er die Streifen von Schmutz und die tiefroten Striemen mit seinem behaarten, schweißüberströmten Leib bedeckte. Er spürte die pochende Hitze um seinen Schwanz, den Druck seines eigenen Gewichts, das seine Hoden zwischen seine und Lucius' Schenkel trieb. Selbst die farblose, samtige Haut auf Lucius' Rücken und Hinterteil schien ihn willkommen zu heißen, ihn mit einem warmen Glühen einzuhüllen.

Der erste der Kerle war in aufrechter Position erstarrt. Sein geblähter Schwanz zitterte nun vom ersten Schwall sahniger Essenz, die sich stoßweise in die gefolterten Tiefen des Opfers ergoß. Lucius hustete und versuchte zu schlucken; der massive Schwanz hatte sich jedoch tief in seine Kehle gesenkt, wo er unter Ausstoßen seiner Fluten an- und abschwoll und ihm die Luft abschnitt, bis eine schwarze Woge ihn überwältigte. Eine Weile lang bewahrte eine gnädige Ohnmacht Lucius davor, die schreckliche Mißhandlung, der sein Fleisch unterworfen wurde, wahrzunehmen. Erst als das eingedrungene Glied sich völlig entleert hatte und zurückgezogen worden war, stöhnte der junge Mann, und seine Lider zitterten. Inzwischen hatte der nächste Peiniger seinen Platz eingenommen, und der Mann, der ihn von hinten ritt, keuchte in den Klauen vollkommener Ekstase.

Während die sengende Entladung direkt in seine Eingeweide abgeschossen wurde, wurde ihm ein neuer strammer Penis an die Lippen gestoßen. Diesmal war das bullige Organ jedoch noch in halbsteifem Zustand. »Mach ihn hart«, grollte der Mann. »Lutsch ihn, und mach ihn hart.«

Lucius rollte die Augen in die Höhe und starrte hilflos seinem ehemaligen Freund und Mitarbeiter ins Gesicht. Der Bursche war ebenso stark und kräftig wie die anderen. Sein Name war Elias, und er hatte stets außerordentlich feinfühlig gewirkt – in seinem Benehmen John Ferriers Sohn gegenüber beinahe wie ein Beschützer. »Elias«, brachte Lucius in einem heiseren Flüstern hervor. »Willst auch du mir das antun?« Ungehindert strömten die Tränen über die Wangen des jungen Mannes, nunmehr ebensosehr hervorgerufen durch die menschliche Enttäuschung wie durch die unsägliche Qual, die seinen Körper marterte.

Der Bursche schien einen Augenblick innezuhalten und nachzudenken. Dann blickte er sich furchtsam um, ob sein Zögern als ein Zeichen von Widerwillen oder der Mißbilligung der Rache des Propheten aufgefaßt würde. Lucius konnte nicht sehen, was sich zwischen Elias und den beiden Vertretern der Heiligen Vier abspielte. Alles, was er wußte, war, daß die schwere Fleischröhre sich weiterhin gegen seine

Lippen preßte und daß nun zwei Hände seinen Kiefer packten, um ihn aufzuzwingen. Das heiße, weiche Glied lag in ihm, und Elias' Stöße mit der Hüfte trieben seinen Schwanz durch den Kanal, den der Erguß seines Vorgängers schlüpfrig und empfangsbereit gemacht hatte. Fast augenblicklich begannen die Schwellkörper sich zu füllen. Der monströse Pflock wurde steif, während durch die seidige Scheide ein inneres Feuer zu rasen schien.

Lucius' Augen waren in der stachligen Fläche krauser Schamhaare vergraben, und seine Nüstern rochen die Ausdünstung von arbeitsrauhen Händen über seinen Ohren und an den Seiten seines Gesichts. Dann verlor er das Bewußtsein der Mißhandlungen völlig, denn der Mann, der gegen sein sanft gerundetes Hinterteil gestoßen hatte, zog sein Glied mit einem plötzlichen Ruck zurück, der Schauer der Qual durch den Körper des Opfers sandte. Kaum hatte sich dieser Widersacher erhoben, als sich der nächste fest im Sattel der Hinterbacken des jungen Mannes niederließ. Lucius zerrte erneut an seinen Fesseln, als er spürte, wie eine neuerliche Woge der Agonie auf ihn eindrang. Es war der vierte der Männer, die ihm von den Feldern gefolgt waren, noch einer, der vom Verbündeten zum Peiniger geworden war und der nun versuchte, seine Eichel durch die verkrampfte Öffnung zu zwängen.

Als der furchterregende Schaft schließlich in ihn eingedrungen war und das ganze Spektrum schmerzhafter Empfindungen sein Gehirn überflutete, hätte Lucius vor Todespein aufgeschrien. Der andere Pfropf war jedoch bis zum Schlund ausgefahren und hatte ihm jede Möglichkeit lautlicher Äußerung genommen. Die einzig verbleibende Reaktion auf seine Mißhandlung war daher das furchtsame Beben seiner Gliedmaßen und seines Leibes oder das innere Rasen seiner sich überstürzenden Gedanken. *Warum?* fragte er sich. *Warum wenden sich diese Männer gegen mich? Warum benutzen sie meinen Leib, als hätten sie mich nie gekannt oder als Freunde zu mir gesprochen?*

Diese Überlegungen währten jedoch nur kurz. Als mit der Gewalt des Ansturms auf sein Hinterteil die Pein wuchs, gewährte ihm die zustoßende Säule in seiner Kehle den einzig verbliebenen Ausweg – das dunkle Vergessen der Ohnmacht... und über diese hinaus, den endgültigen Frieden des Todes selbst.

Als John Ferrier sah, wie sein geliebter Junge erschlaffte und sein Leib aufhörte, sich zu verkrampfen oder auf andere Weise gegen seine Fesseln zu kämpfen, verspürte er in Herz und Geist ein jähe Schwäche. Mit der Intuition eines Vater erkannte er, daß die Wellen der Finsternis, die den Jungen jetzt einhüllten, mehr waren, als nur ein vorübergehendes Aussetzen des Bewußtseins. Wie von Sinnen bäumte er sich auf und zerrte an den Stricken, die ihn banden, war aber nicht in der Lage, sich zu befreien. Er kreischte und rief weitere Verwünschungen auf die Häupter der grausamen und niederträchtigen Männer herab. Keiner von ihnen würdigte ihn mehr als eines boshaften Kicherns von Stangerson und Drebber und eines Grunzens tierischer Lust von einer der menschlichen Bestien, die ihre Instrumente so gnadenlos in das weiche, sterbende Fleisch versenkten.

Es dauerte ein Weile, bevor Enoch Drebber oder Joseph Stangerson bemerkten, daß ihre Jagdbeute ihnen unversehens entschlüpft war. Beide hatten bis zuletzt abgewartet, in der Hoffnung den schönen, vor ihnen liegenden Jungen der endgültigen Demütigung zu überantworten. Danach hatten sie ihn frei ziehen lassen wollen, überzeugt, daß weder Sohn noch Vater es je wagen würden, das Wort gegen sie zu erheben. Weder hatten sie das gegenwärtige, endgültige Resultat ihrer Verderbtheit erwartet, noch waren sie bereit, es anzuerkennen, als ihnen dämmerte, was geschehen war.

Voller Schrecken zog Elias seinen erschlaffenden Schaft

zurück und fiel zurück auf den Lehmboden. »Er… er is' tot!« keuchte der Arbeiter.

Der andere Peiniger, bis zu diesem Augenblick in Unkenntnis von Lucius' Ende, zog sein Glied ebenfalls voll ängstlicher Verblüffung zurück. Drebber und Stangerson begannen, hastig ihre Kleider aufzuraffen und in ihre Hosen zu fahren, ohne die Stiefel auszuziehen. Und während all dessen regneten die schrecklichen Flüche des Vaters auf sie herab, die der Unwirklichkeit der Szene eine Atmosphäre dämonischer Wut hinzufügten.

Jefferson Hope und der Zorn der Vergeltung

Er war zum Eingang von John Ferriers Farm gekommen, bis zu eben der Tür, hinter der die Finsternis lag wie ein endloses Leichentuch. Kein Laut antwortete seinen Rufen, außer dem Wind in den nahen Espen und dem Quietschen eines zerbrochenen Fensterladens. Sie mußten ihn, überlegte er, sehnsüchtig erwarten und sich, besorgt, er könne ein Feind sein, im Schatten verborgen haben. Seit seiner Abreise waren fast sechs Tage vergangen, und Jefferson Hope war im Galopp zurückgeritten, wobei er im verzweifelten Versuch, rechtzeitig an Ort und Stelle zu sein, bevor über Lucius und seinen Vater eine Katastrophe hereingebrochen war, fast sein Pferd zu Tode gehetzt hatte. Daß die Stille unheilverkündend und das Haus offensichtlich verlassen war, weigerte er sich zur Kenntnis zu nehmen. Die Ferriers waren hier irgendwo und warteten auf seine Rückkehr. Es durfte nicht anders sein.

Er drückte die Klinke und fand die Tür offen. Als sie schwer in ihren Angeln zurückschlug und der düstere Innenraum vor ihm lag, verspürte er den ersten wirklichen Angstschauer. Obwohl er dagegen ankämpfte, begann er, sich im Geist die schrecklichen Möglichkeiten auszumalen. Vielleicht war schon vor der festgelegten Frist eine Braut für Lucius ausgesucht worden, und der Junge konnte sie ausgeschlagen haben. Er und sein Vater waren in diesem Augenblick vielleicht im Tempel. Oder schlimmer, der Junge konnte gezwungen worden sein, eine oder mehrere Schafe aus dem Stall der Propheten zu ehelichen und lag nun vielleicht im Bett in den Armen von…

Bei diesem Gedanken wurde Jefferson Hope so übel, daß er ihn gewaltsam abschüttelte. Diese Möglichkeit war zu ungeheuerlich… zu entsetzlich, um darüber nachzudenken. Er eilte durch das Haus, steckte den Kopf in jedes Zimmer, rief mit größerer Entschlossenheit und immer stärkerer Angst. Aber da war keine honigsüße Stimme, die ihm antwortete, nur das Rascheln des Windes und gelegentlich das ferne Heulen von Kojoten oder Wölfen. Er trat durch die Hintertür nach draußen, und noch bevor er den Schauplatz des Gemetzels erreicht hatte, schlug ihm das Herz bis zum Hals, und das Blut pulste in eisigen Strömen durch seine Adern. Das Scheunentor stand offen und schwang in einer gebrochenen Angel quietschend langsam hin und her, wobei es jedesmal knarrend gegen die verwitterte Wand schlug. Dahinter lauerte der riesige Schlund der Finsternis, und ganz weit hinten gewahrte er den unregelmäßigen Fleck von etwas Hellem. Er stürzte vor und fiel neben den armen, unglücklichen Überresten seines Geliebten auf die Knie. Die zarte Haut war von der Sonne ausgebleicht, der schlanke Leib aufgedunsen und vom Tod und der Gewalt der Elemente entstellt.

Tränen des Kummers strömten dem Trapper aus den Augen, noch bevor seinem bedrängten Verstand die volle Wahrheit bewußt wurde. Nicht bemerkt hatte er die ausgemergelte, verrenkte Gestalt, die noch immer an den Pfosten gleich bei der Schwelle gefesselt war. John Ferrier stöhnte, und zuerst hielt Hope den Laut für das Quietschen der Torangel. Als jedoch das kehlige Ächzen ein zweitesmal an sein Ohr drang, sprang er katzengleich auf und duckte sich, um sich gegen jeden Schrecken, der in der Finsternis auf ihn lauern mochte, zu verteidigen. Dann sah er die Gestalt am Pfosten und stürzte zu dem Farmer hin. Der ältere Ferrier war noch immer mit einem starken Strick gebunden, der um seine Hüfte geschlungen und außerhalb seiner Reichweite auf der Rückseite des Pfahls verknotet war. Jefferson Hope stieß sein Messer unter die grausame Fessel und trennte sie mit einem Streich. Der alte Mann taumelte nach vorn, und einen Augenblick lang fürchtete Hope, auch er sei verschieden.

Der jüngere Mann sprang auf, um etwas Wasser von der nahen Quelle zu holen, als John Ferrier erneut aufstöhnte und schwach etwas flüsterte. »Nein«, keuchte er. »Keine Zeit! Hör zu... hör...«

Die ersterbende Stimme war verstummt, und Jefferson Hope sank auf die Knie, um das Ohr an den Mund des Sterbenden zu pressen. »Wer hat euch das angetan?« fragte er. »Sagt mir, was geschehen ist!«

»Stangerson... Joseph Stangerson... Enoch Drebber... unsere eigenen vier Leute... Strafe für...« Erneut verstummten die krächzenden Worte, und Ferrier sog mit geschlossenen Augen in schweren rasselnden Zügen den Atem ein. Hope wiegte den Kopf des alten Mannes in seinen Armen, wie um das Leben in ihn zurückzuzwingen, fast summend, so etwa wie eine Mutter, die ihr Kind tröstet.

Schließlich öffneten sich zitternd die Augen des alten Mannes, und er starrte seinen vermeintlichen Retter in verwirrter Ratlosigkeit an, in seiner dumpfen Wirrnis unfähig, ihn zu erkennen. »Jefferson«, murmelte er endlich. »Geh«, flüsterte er. »Gib Lucius und mir ein anständiges Begräbnis und sprich ein christliches Gebet über unseren Gräbern. Dann geh! Sie... sie werden dich auch bestrafen... versuchte zu retten... sah, daß Lucius... daß er tot war...« Die zitternden Augen wollten Tränen bilden, aber der ausgemergelte Leib enthielt nur noch wenig Flüssigkeit. Statt dessen stieß er ein ersticktes Schluchzen aus und erklärte Jefferson Hope, was geschehen war, schilderte zuletzt, daß die gemeinen Täter über Lucius' Tod sehr erschrocken waren und daß sie gewiß jeden ermorden würden, der drohte, ihre Niedertracht aufzudecken. »Geh«, seufzte er erneut. »Versuch nicht, uns zu rächen. Geh, Jefferson, und rette dich selbst.« Er blickte dem jungen Mann noch einen Augenblick ins Gesicht, dann umwölkten sich seine Augen, und das schwache Pochen seines Herzens erstarb zu einem Nichts.

Lange Zeit verharrte Jefferson Hope leicht hin und her schwankend auf den Knien, während er noch immer die Schulter des Toten mit dem Bein abstützte und den leblosen Kopf zärtlich im Arm hielt. Endlich erhob er sich, nahm einen Spaten und grub zwei Gräber unter den Espen, die hinter dem Haus wuchsen. Sanft bettete er den Leib seines Geliebten und den des aufrechten alten Mannes zu ihrer letzten Ruhe. Als die Erde wieder an ihrem Platz war, stand er mit im Gebet gesenktem Kopf über ihnen, um ihre Seelen dem Höchsten zu empfehlen, und sagte alle christlichen Gebete aus seiner Kindheit auf, an die er sich erinnern konnte.

Schwer nur brachte er es über sich, den Ort zu verlassen; als aber schließlich die Morgendämmerung über die Hügel im Osten hereinbrach, wandte er sich ab und ging mit schleppendem Schritt zu dem Pfosten, an den sein Pferd angebunden war. Er klopfte dem treuen Tier den Hals, schwang sich in den Sattel und ritt der aufgehenden Sonne entgegen. Jefferson Hope wußte zu diesem Augenblick noch nicht, was er tun oder wohin er sich wenden würde. Sein Geist war so sehr von Kummer überwältigt, daß er zu einem größeren Plan außerstande war. Nach einer Weile kam er zu der Lichtung, wo er und Lucius sich in Liebe vereinigt hatten; hier stieg er aus dem Sattel und warf sich zur Erde. Er weinte, bis er einschlief. Sein einziger bewußter Gedanke galt dem unwiderruflichen Schicksal seines Geliebten und seiner eigenen

Ohnmacht, ungeschehen zu machen, was sich ereignet hatte. Er wünschte sich, zusammen mit dem alten Farmer und dem zarten Jüngling selbst in ihrer letzten, friedlichen Ruhestätte zu liegen.

Er schlief den ganzen Tag über den Schlaf der Erschöpfung und der Verzweiflung. Als jedoch die kühlen Abendschatten auf ihn fielen, regte er sich. Sein tatkräftiger Geist schüttelte die Lethargie ab, und trotz der letzten Beschwörungen des alten Mannes wußte er, daß ihm nichts weiter blieb, als sein Leben der Vergeltung zu widmen. Neben unerschütterlicher Geduld und Beharrlichkeit besaß Jefferson Hope die Kraft eines unbeugsamen Vergeltungswillens, den er von den Indianern, unter denen er gelebt hatte, gelernt haben mochte. Zerstreut fachte er ein Feuer an, um seine magere Ration zu kochen, und während er so vor den kümmerlichen Flammen stand, spürte er, daß das einzige, was seinen Kummer besänftigen konnte, die unerbittliche und vollständige, mit eigener Hand verübte Rache an seinen Feinden war. Sein starker Wille und seine unermüdliche Tatkraft sollten, so beschloß er, diesem einen Ziel gewidmet sein. Mit grimmigem, bleichem Gesicht packte er seine wenigen Habseligkeiten zusammen, um sie in den Satteltaschen zu verstauen. Als ob das Schicksal seinen letzten Schlag bis jetzt aufgespart hätte, strauchelte sein stämmiges Roß unter der zusätzlichen Last. Dann, mit einem verzweifelten Zurückwerfen des Kopfes, versuchte es, das Gleichgewicht wiederzuerlangen, aber einen Augenblick darauf brach das edle Tier in den Knien ein, warf seinem Herrn einen letzten Blick zu und fiel tot zur Seite.

Fünf Tage lang schleppte sich Jefferson Hope erschöpft und mit wunden Füßen durch Einöden, die an Siedlungen der Mormonen grenzten. Nachts warf er sich zwischen die Felsen, um ein paar wenige Stunden zu schlafen; vor Tagesanbruch jedoch machte er sich immer wieder auf den Weg. Er wußte, daß er beim Betreten des Tals von den Wachen gesehen worden war und daß die Jünger des Propheten nach ihm suchten. Aber die Angst konnte seine Waffe ebenso sein wie ihre. Stangerson und Drebber waren Grobiane, und er wußte, daß es keine größeren Feiglinge gab. Sein unmittelbares Problem war es, die vier Knechte auszumachen, die sich so grausam gegen ihre früheren Arbeitgeber gewandt hatten. Mann für Mann würde er sie vernichten. Die Art ihres Todes würde die Herzen der eigentlichen Schurken derart in Schrecken versetzen, daß sie, noch bevor die selbst dem Racheengel gegenüberstanden, in beständiger Todesangst leben würden.

Der erste der Rohlinge, den er suchte, lebte auf der Farm eines Mannes namens Cowper, dessen Ländereien, am äußeren Rand der bebauten Flächen lagen. Tagsüber lag Jefferson Hope im Buschwerk, das an die Farm grenzte, und beobachtete den Mann bei der Arbeit im Maisfeld. Als am Abend die Dunkelheit hereinbrach, kroch der hagere, abgezehrte Trapper heimlich zu dem kleinen Zimmer an der Rückseite des Hauses, wo der Entdeckte schlief. Mit der Spitze der Klinge am Hals des Arbeiters rüttelte Jefferson Hope diesen wach und befahl ihm, sich flach auf den Bauch zu legen. Als der Mann gehorchte, schnürte der hagere Trapper seine Hände auf dem Rücken fest zusammen und zwang ihn, ihm voraus in den Wald zu gehen.

Dort band er sein schlotterndes Opfer an einen Baum. Der Arbeiter hatte nur in seiner Unterwäsche geschlafen, die ihm Jefferson Hope kurzerhand mit der Klinge vom Leib fetzte. Kaum ein Wort war zwischen beiden gefallen, da Hope zu Anfang Schweigen geboten hatte. Die Furcht des Burschen, der wußte, daß ein schreckliches Schicksal ihn erwartete, tat ihr übriges. Nun, da er gebunden und nackt am Baumstamm stand, blickte er voller Entsetzen starr auf die bedrohliche Gestalt, die ihn aus den Schatten heraus musterte. Hopes

Bart war gewachsen, und sein Haar stand wirr um seinen Kopf wie eine Matte aus verdorrtem Laub. Seine Augen waren tief eingefallen und glühten wie vor Irrsinn.

»Weißt du, wer ich bin?« fragte er den Knecht.

Bis zu diesem Augenblick war der andere sich nicht sicher gewesen. Nun jedoch dämmerte seinem schwerfälligen Verstand die Wahrheit, und er nickte. »Du bist Jefferson Hope«, sagte er.

»Und du weißt, warum du hier bist?«

Der Gefangene ließ seinen Kopf nach vorn fallen, und seine Stimme wurde zu einem heiseren Stammeln. »Ja«, antwortete er elend. Die eigene Scham über das, was er getan hatte, und nun die Furcht vor der so nahen Vergeltung hatte ihm nahezu die Stimme gelähmt. Er schaute nicht auf, bis er die rauhen Hände des Trappers auf der nackten Haut spürte... wagte es nicht, das furchterregende Phantom anzublicken. Seine Haut zuckte unter der Berührung, und er wäre zurückgewichen, wäre er nicht fest an den Baum gefesselt gewesen. Ein Strick war um seinen Hals, ein weiterer um seine Hüfte geschlungen, während seine Füße zusammengebunden und ebenfalls am Stamm befestigt waren. Der Trapper beugte seine Gefangenen nach vorn, wodurch die Fesseln um Kehle und Brust enger wurden, und ließ das Messer unter die Schnüre gleiten, die die Handgelenke fesselten.

Als der Bursche spürte, daß seine Hände frei waren, blickte er seinen Gegner überrascht an. »Wieso... was hast du vor?« fragte er. Er rieb sich die Handgelenke, und einen Moment lang ging ihm der Gedanke durch den Kopf, er könne sich irgendwie befreien und den sichtlich ausgehungerten und geschwächten Mann, der ihn bedrohte, überwältigen. Die Knoten, mit denen die anderen Seile verschlungen waren, befanden sich jedoch außerhalb seiner Reichweite; und obgleich seine Hände frei waren, war sein übriger Körper so eingeschnürt, daß an Flucht nicht zu denken war.

»Nimm deinen Schwanz in die Hand«, sagte Jefferson Hope, »und wichs deinen Schwengel, bis ich halt sage.«

Von dieser unerhörten Forderung verblüfft starrte der Bursche seinen Überwältiger an, bis der Befehl wiederholt wurde, diesmal begleitet vom Druck des Messers an der Kehle. Der gefesselte kräftige Leib erzitterte. Eine rauhe Hand stahl sich zum Unterleib und packte den schlaffen, vor Furcht geschrumpften Penis. Er befreite seine Hoden, die vom Angstschweiß am Leib klebten, und allmählich erweckte seine Hand den Schaft zum Leben. Die große purpurrote Eichel füllte sich. Sie stieß gegen die Falten der Vorhaut und brach klobig durch die Umhüllung ins Freie. Trotz seiner Furcht packte ein Gefühl der Lust die massige Gestalt des Mannes, und im Nu kämpfte er gegen seine Fesseln an, während sein aufgeblähter Schwanz in kühner, stolzer Erektion in die Höhe ragte. Die schweren Muskeln seines kraftstrotzenden Leibes verkrampften sich im Zustand höchster Anspannung. Seine Handfläche bewegte sich schneller über den massiven Bolzen, wobei sie ihn derart quetschte, daß seine eisenharte Masse mit Gegendruck antwortete. Das irrsinnige Tempo ließ seinen angeschwollenen Sack in saftigem Takt gegen seine behaarten Schenkel klatschen.

Jefferson Hope, der diese Szene abartiger Verirrung schweigend beobachtete, mußte gegen seinen Willen die Gestalt seines Gefangenen bewundern. Der Bursche war jung und nicht unattraktiv. Sein Gesicht war breit und männlich und von der Sonne verbrannt, so daß die rauhe, wettergegerbte Haut ihm das Aussehen eines freien und selbstbewußten Mannes verlieh. Die Sehnen, die sich deutlich unter der straffen Haut spannten, deuteten ebenfalls auf echtes Mannestum hin, und einen Augenblick lang empfand der Rächer einen solchen Ansturm von Reue, daß er beinahe in seinem Vorhaben wankend geworden wäre. Aber seine Gedanken kehrten zu der entsetzlichen Tat zurück, an der dieser

Mann Anteil gehabt hatte, und Jefferson Hope gedachte des zarten Jünglings, mit dem ihn Liebe verbunden hatte. Erneut schoß ihm die Zornesröte ins Gesicht, und er hielt seinen Gefangenen zu größerem Eifer an.

Die rasende Hand schlug noch fester gegen den behaarten Unterleib, und der geschwollene Schwanz stand noch strammer Habacht. Das Gesicht des Gefangenen wurde rot, während sich seine Züge als Zeichen der stürmischen Leidenschaften, die seine Gestalt erschütterten, verkrampfte. Schließlich fühlte er den Samen im Innern hochkochen, und im Höhepunkt der Lust warf er den Kopf an den Stamm zurück, bleckte die Zähne und verströmte explosionsartig seine Säfte.

Dies war das Zeichen gewesen, das Jefferson Hope so sehnsüchtig erwartet hatte. Mit der Geschmeidigkeit eines sprungbereiten Pumas stürzte er nach vorn, packte den Sack des Gefangenen, kastrierte den Mann mit einem einzigen Streich seiner Klinge und schleuderte die pulsierenden Kugeln zu Boden.

Die Bewegung war so schnell gewesen, daß der Mann – der kein Mann mehr war – mehrere Sekunden brauchte, um zu begreifen, was ihm widerfahren war. Inzwischen war sein Gegner zurückgetreten und beobachtete aus den Schatten heraus, wie sich die schauerliche Erkenntnis über die Züge des anderen ausbreitete. Langsam weiteten sich die Augen des Gefangenen vor Entsetzen, und sein Mund zuckte wie wahnsinnig im Bemühen, Worte für das namenlose Grauen zu finden, das seine Seele ergriffen hatte. Mit einer Hand hielt er noch immer das nunmehr nutzlose Organ gepackt, während aus der offenen Wunde das Blut strömte.

Sein Hirn erfaßte die volle Bedeutung des Geschehens, und die Kraft seines entweichenden Lebens ergriff Besitz von seiner Kehle. Er schrie vor Schmerz und Entsetzen, röhrte wie ein Stier im Schlachthaus. Sein Verstand war zu fassungslos, um einen zusammenhängenden Satz zu bilden. Er kreischte nur noch in hilflosem, ohnmächtigem Grauen. »Sag ihnen, es sei der Rächende Engel gewesen«, sagte Jefferson Hope mit bösartigem Kichern. »Und sag ihnen, daß ich nicht eher ruhen werden, bis jeder der Männer für seinen Teil an dem Verbrechen bezahlt hat.« Damit verschwand er in den finsteren Schatten und ließ sein Opfer schreiend und den Himmel um Mitleid anflehend zurück.

Da Hope sein Opfer nicht weit vom Farmhaus entfernt gestellt hatte, weckten die klagenden Schreie nun den Farmer und seine Rinderherde. Weil jedoch in den Lauten etwas furchterregendes lag, wagte keiner, das Haus zu verlassen. Jeder wußte von den Jüngern des Propheten, und es gab keinen Grund zu der Annahme, der Lärm könnte durch etwas anderes hervorgerufen worden sein. Daher erfuhren Cowper und seine Familie erst nach Tagesanbruch vom Schicksal des Opfers, und die Geschichte wurde lediglich durch die letzten Seufzer des Opfers bekannt.

Die Worte verbreiteten sich wie ein Lauffeuer durch die Mormonensiedlungen. Die Empörung der Ältesten war so groß, als sie erfuhren, daß ihre Söhne eine solch fürchterliche Tat an John Ferrier und seinem Sohn verübt hatten, daß Enoch Drebber und Joseph Stangerson nur mit Mühe ihr nacktes Leben retten konnten. Auf der Flucht, nunmehr nicht alleine vor dem glutäugigen Trapper, dem sie ein solches Unrecht zugefügt hatten, sondern auch vor der Macht des Propheten, wandten sich die beiden Männer nach Osten, wo sie versuchten, in den Menschenmassen unterzutauchen.

Jefferson Hope war unterdessen im Tal der Heiligen geblieben, stets den offiziellen Behörden einen kleinen Schritt voraus. Es dauerte einen Monat, bis er sein zweites Jagdwild gefunden und auf gleiche Weise getötet hatte. Das dritte war leichter auszumachen, da es versucht hatte, sich in den Wäldern zu verstecken, wo er dem pirschenden Rächer zur leichten Beute wurde. Der vierte war Elias, der wegen seiner anfänglichen Freundschaft und des folgenden Verrats schuldigste der Gruppe. Die Wahrheit war inzwischen den Heiligen zu Ohren gedrungen. Während sie anfangs geglaubt hatten, die einzige Schuld liege bei Stangerson und Drebber, wurde es immer klarer, daß die Hand des Schicksals die anderen Arbeiter nicht so schwer getroffen hätte, wenn sie nicht größere Schuld auf sich geladen hätten, als dem Ende ihres ehemaligen Arbeitgebers tatenlos zuzusehen.

Es war deshalb nun an Elias, die Siedlungen der Mormonen zu fliehen wie vor ihm seine Anstifter. Und er befand sich auf dem Weg nach Westen, als es Jefferson Hope endlich gelang, ihn zu ergreifen und seinen Leib der gleichen Strafe zu unterwerfen wie die anderen. Daraufhin ging er kaltblütig daran, den Hauptmissetätern den Prozeß zu machen. Drebber und Stangerson jedoch hatten sorgsam darauf geachtet, keinen Hinweis auf ihr Verbleiben zu hinterlassen. Es wurde gemunkelt, Drebber sei es gelungen, einen großen Teil seines Besitzes zu Geld zu machen; und er sei als wohlhabender Mann abgereist, während sein Gefährte Stangerson, vergleichsweise arm war. Von ihrem Aufenthalt fand sich indessen keine Spur.

Angesichts solcher Schwierigkeiten hätte wohl mancher, wie beharrlich auch immer, jeden Gedanken an Rache fahren lassen; Jefferson Hope jedoch schwankte keinen Augenblick. Mit dem geringen Vermögen, das er besaß und das durch gelegentliche Anstellungen gestreckt wurde, reiste er auf der Suche nach seinen Widersachern von Stadt zu Stadt quer durch die Vereinigten Staaten. Jahr folgte auf Jahr; sein schwarzes Haar ergraute, aber er wanderte weiter, ein menschlicher Bluthund, dessen Gedanken vollständig auf die eine Sache gerichtet waren, der er sein Leben gewidmet hatte. Und schließlich wurde seine Ausdauer belohnt. Es war nicht mehr als ein kurzes Erhaschen eines Gesichts in einem Fenster, aber dieses kurze Erhaschen belehrte ihn, daß die beiden Männer, die er verfolgte, sich in Cleveland, Ohio, aufhielten. Mit vollständig ausgearbeitetem Racheplan kehrte er zu seiner armseligen Behausung zurück. Zufällig jedoch hatte Drebber beim Blick aus dem Fenster den Landstreicher auf der Straße erkannt und in seinen Augen Mordlust gelesen. Begleitet von Stangerson, der sein Privatsekretär geworden war, eilte er zu einem Friedensrichter und teilte diesem mit, daß durch die Eifersucht und den Haß eines alten Rivalen ihr Leben bedroht sei. Noch am gleichen Abend wurde Jefferson Hope in Haft genommen und, da er keine Sicherheiten bieten konnte, mehrere Wochen festgehalten. Als er schließlich freigelassen wurde, fand er Drebbers Haus verlassen vor und erfuhr, daß dieser und sein Sekretär nach Europa aufgebrochen waren.

Erneut war die Rache vereitelt worden, und erneut drängte sein unnachgiebiger Haß ihn, die Verfolgung fortzusetzen. Da ihm dazu jedoch die Mittel fehlten, mußte er eine Weile Arbeit annehmen, um jeden Dollar für die bevorstehende Reise zu sparen. Kaum hatte er genug angesammelt, brach er nach Europa auf und folgte seinen Feinden von Stadt zu Stadt, kämpfte sich in niedrigsten Stellungen voran, holte die Flüchtlinge jedoch nie ein. Als er in Sankt Petersburg ankam, waren sie nach Paris abgefahren; und als er ihnen dahin folgte, erfuhr er, daß sie gerade nach Kopenhagen aufgebrochen waren. In der dänischen Hauptstadt war er wiederum einige Tage zu spät, da sie nach London weitergereist waren, wo es ihm schließlich gelang, sie niederzustrecken. Was die dortigen Ereignisse betrifft, so halten wir uns am besten an die Schilderung des alten Jägers selbst.

Fortsetzung des geheimen Tagebuchs von John Watson, M. D.

Die wütende Gegenwehr unseres Gefangenen beinhaltete keinerlei Feindseligkeit uns gegenüber, denn als er sah, daß er machtlos war, lächelte er liebenswürdig und gab der Hoffnung Ausdruck, niemanden von uns während des Handgemenges verletzt zu haben. »Ich nehme an, Sie wollen mich zur Polizei schaffen«, bemerkte er zu Sherlock Holmes. »Meine Droschke steht vor der Tür. Wenn Sie mir die Beine freigeben, gehe ich hinunter. Ich bin nicht mehr so leicht zu tragen wie früher.«

Gregson und Lestrade wechselten Blicke, als hielten sie dieses Ansinnen für reichlich kühn; Holmes jedoch nahm den Gefangenen augenblicklich beim Wort und löste das Handtuch, das wir ihm um die Knöchel geschlungen hatten. Er stand auf und streckte die Beine, als wolle er sich versichern, daß sie wieder frei seien. Ich erinnere mich, daß ich, während ich ihn musterte, bei mir dachte, daß ich kaum je einen kräftiger gebauten Mann gesehen hatte; und sein dunkles, sonnenverbranntes Gesicht trug einen Ausdruck von Entschlossenheit und Tatkraft, der ebenso erstaunlich war wie seine körperliche Stärke.

»Falls eine Stelle für einen Polizeichef frei sein sollte, sind Sie wohl der richtige Mann, schätze ich«, sagte er, indem er meinen Geliebten mit unverhüllter Bewunderung anschaute. Sein Blick fiel auf die beachtliche Beule zwischen Sherlock Holmes' Beinen, und er schien bei sich zu lächeln. »Die Art, wie Sie meine Spur aufgenommen haben, war eine Meisterleistung«, fügte er hinzu, während er sich zwang, seinem Überwältiger wieder ins Gesicht zu sehen.

»Sie kommen besser mit«, sagte Holmes zu den beiden Detektiven.

»Ich kann Sie fahren«, flötete Lestrade unbedacht, was seine Weibischkeit seltsam enthüllte.

»Gut! Und Gregson kann mit drinnen sitzen. Sie auch, Doktor. Sie haben Anteil an dem Fall genommen und können ebenfalls mitkommen.« Die letzten Worte kamen so beiläufig, daß sie wohl jeden entwaffnet hätte, der einen Verdacht bezüglich der Art unserer Beziehung haben mochte, ohne mit allen Einzelheiten vertraut zu sein.

Natürlich stimmte ich erfreut zu, und wir gingen zusammen treppab. Unser Gefangener unternahm keinen Fluchtversuch, sondern stieg ruhig in die Droschke, die die seine gewesen war, und wir folgten. Lestrade erklomm den Kutschbock, gab dem Pferd die Peitsche und brachte uns im Nu ans Ziel. Wir wurden in eine kleine Kammer gewiesen, wo ein Inspektor den Namen unseres Gefangenen und die Namen der Männer, deren Ermordung ihm zur Last gelegt wurde, aufnahm. Der Beamte war ein bleicher, hölzerner Mensch, der seine Pflicht in stumpfsinniger, mechanischer Art versah. »Der Gefangene wird im Laufe der Woche dem Haftrichter vorgeführt werden«, sagte er. »Gibt es inzwischen etwas, Mr. Jefferson Hope, das Sie zu sagen wünschen? Ich muß Sie darauf aufmerksam machen, daß Ihre Worte niedergeschrieben werden und gegen Sie verwendet werden können.«

»Ich habe eine ganze Menge zu sagen«, sagte unser Gefangener bedächtig. »Ich möchte den Herren alles berichten.«

»Wollen Sie sich das nicht lieber für den Prozeß aufsparen?« fragte der Inspektor.

»Der findet wahrscheinlich niemals statt«, antwortete er. »Sie brauchen gar nicht so zu schauen«, fügte er hinzu. »Ich denke nicht an Selbstmord. Sind Sie Arzt?« Bei dieser Frage wandte er mir seine finster glühenden Augen zu.

»So ist es«, antwortete ich.

»Dann legen Sie Ihre Hand hierher«, sagte er lächelnd und führte seine gefesselte Hand an seine Brust.

Ich gehorchte und bemerkte im Innern augenblicklich ein ungewöhnliches Pochen und Lärmen. Die Wände seines Brustkastens schienen zu zittern und zu beben wie ein baufälliges Haus, in dessen Innern eine starke Maschine läuft. In der Stille des Zimmers konnte ich ein dumpfes Summen und Brummen hören, das derselben Quelle entstammte.

»Mein Gott«, rief ich, »Sie haben eine Herzerweiterung!«

»So heißt es wohl«, sagte er gelassen. »Letzte Woche habe ich deswegen einen Arzt aufgesucht, der mir sagte, es werde in wenigen Tagen bersten. Es verschlimmert sich schon sein Jahren. Ich habe es mir infolge von Unterkühlung und Unterernährung in den Salt Lake Mountains zugezogen. Jetzt habe ich meine Aufgabe erfüllt, und mir ist gleich, wann ich abtrete, aber ich möchte einen Bericht über meine Geschichte hinterlassen. Ich möchte nicht, daß man sich meiner als eines gewöhnlichen Halsabschneiders erinnert.«

(Nach einigen Diskussionen zwischen den Polizeibeamten wurde beschlossen, den Mann seine Geschichte erzählen zu lassen, und die früheren Teile seines Berichts habe ich benutzt, um die jetzige Schilderung einzuleiten. Hier lasse ich lediglich den bereits vom Ablauf her passender beschriebenen Zeitabschnitt aus.)

»Sie waren reich und ich arm«, fuhr Jefferson Hope mit Bezug auf seine Opfer fort, »daher war es nicht einfach, sie zu verfolgen. Als ich in London ankam, waren meine Taschen nahezu leer, und ich sah mich gezwungen, etwas für meinen Lebensunterhalt zu tun. Da Kutschieren und Reiten für mich ebenso natürlich sind wie Gehen, wandte ich mich an einen Fuhrunternehmer, der nach anfänglichem Zögern, einen Ausländer einzustellen, schließlich der Versuchung erlag,...« Er führte seine Hand zwischen die Beine und streichelte die beachtliche Erhebung entlang seines Oberschenkels. Er führte nicht weiter aus, wie er zu seiner Stellung gekommen war, aber die Anspielung war uns nicht entgangen.

»Am schwersten war es«, fuhr er fort, »mir die Wege einzuprägen, denn von allen je ersonnenen Irrgärten erscheint mir diese Stadt als der verwirrendste. Ich besaß allerdings einen Stadtplan, und als ich erst einmal die wichtigsten Hotels und Bahnhöfe ausgemacht hatte, kam ich sehr gut zurecht.

Es dauerte geraume Zeit, bis ich herausfand, wo meine beiden Gentlemen wohnten; aber ich forschte so lange, bis ich schließlich auf sie stieß. Sie befanden sich in einem Gästehaus in Camberwell, am anderen Flußufer. Sobald ich sie entdeckt hatte, wußte ich, daß sie mir auf Gedeih und Verderb ausgeliefert waren. Ich hatte mir einen Bart wachsen lassen, so daß sie mich unmöglich erkennen konnten. Ich wollte ihnen nachspüren und sie verfolgen, bis ich meine Chance gekommen sah. Ich war entschlossen, daß sie mir nicht wieder entkommen sollten.

Dennoch wäre ihnen dies fast gelungen. Wohin sie auch gingen, ich war ihnen stets auf den Fersen. Manchmal folgte ich ihnen auf meiner Droschke, manchmal zu Fuß; aber ersteres war am besten, denn dann konnten sie mir nicht entwischen. Etwas verdienen konnte ich nur am frühen Morgen oder spät nachts, so daß ich mich mit meinem Arbeitgeber überwarf. Was mich allerdings nicht störte, solange ich der Männer, die ich wollte, habhaft werden konnte.

Diese waren jedoch sehr gerissen. Sie müssen geahnt haben, daß sie verfolgt wurden, denn sie gingen niemals alleine aus und niemals nach Einbruch der Nacht. Zwei Wochen lang fuhr ich täglich hinter ihnen her, ohne sie je getrennt zu sehen, außer wenige Male, wenn Drebber das Damenbekleidungsgeschäft aufsuchte. Aber selbst dann blieb Stangerson nahe beim Eingang und hätte einen fürchterlichen Aufruhr verursacht, wenn ich versucht hätte, ihn zu packen. Was mich verblüffte, war, daß Drebber sich überhaupt darin aufhielt, denn ich wußte, daß keiner der beiden während all der Jahre, in denen ich sie verfolgte, etwas mit Frauen zu tun gehabt hatte. Als ich begriff, daß er die Damenhöschen für sich selbst erwarb, begann mein Plan seine endgültige Gestalt anzunehmen.

Ich hatte begonnen, im Gebiet um Torquai Terrace, die Straße, in der sie wohnten, zu patrouillieren, und wurde Zeuge der Sorgen, die sie ihrer Vermieterin wegen deren Jüngstem bereitet hatten. Ich brauchte nur abzuwarten, denn Drebber betrank sich während der halben Zeit, und ich war sicher, daß er in diesem Zustand einen Vorstoß unternehmen würde, der den Jungen ängstigen würde.

Schließlich sah ich, als ich eines Abends durch die Straße fuhr, eine Droschke vor ihrer Tür anhalten. Bald darauf wurde Gepäck herausgetragen, und nach einiger Zeit folgten Drebber und Stangerson und fuhren davon. Ich gab meinem Pferd die Peitsche, um in Sichtweite zu bleiben, wobei ich sehr gelassen war, denn ich wußte, daß sie dabei waren, ihre Unterkunft zu wechseln, was mir wahrscheinlich die Gelegenheit verschaffen würde, auf die ich wartete. Anstatt sich jedoch an einen neuen Wohnsitz zu begeben, hielten sie vor der Euston Station, und als ich ihnen nach drinnen folgte, hörte ich, wie sie sich nach dem Zug nach Liverpool erkundigten und der Schaffner antwortete, daß gerade eben einer abgefahren sei und der nächste erst in einigen Stunden führe. Stangerson schien davon niedergeschmettert, aber Drebber war eher erfreut. In dem Gedränge kam ich ihnen so nahe, daß ich jedes Wort hören konnte, das sie wechselten. Drebber sagte, er habe noch eine persönliche Angelegenheit zu regeln und daß er bald wieder zu dem anderen stoßen werde, wenn dieser auf ihn warten wolle. Stangerson erhob Einspruch, Drebber jedoch setzte sich durch, und ich eilte davon, um rechtzeitig wieder auf meiner Droschke zu sitzen und bereit zu sein, wenn er heraustrat.

Der Augenblick, auf den ich so lange gewartet hatte, war endlich gekommen. Ich hatte meine Feinde in der Gewalt. Gemeinsam konnten sie sich gegenseitig beschützen, einzeln jedoch waren sie mir ausgeliefert. Ich handelte indessen nicht übereilt. Meine Pläne standen bereits fest. Die Rache bietet keine Befriedigung, wenn der Widersacher nicht die Zeit hat, zu erkennen, wer ihn trifft und warum die Vergeltung über ihn hereinbricht. Einige Tage zuvor war mir aufgefallen, daß eines der Häuser in der Brixton Road für meine Zwecke ideal war. Während meiner Arbeit spät am Abend hatte ich gelegentlich Paare junger Herren in die Gegend gefahren, die einen Ort suchten, wo sie für ein Stündchen ungestört waren. Daher handelte es sich lediglich darum, Drebber in die Droschke zu bekommen und ihn zu dem Ort, den ich ausgesucht hatte, zu bringen.

Als er aus dem Bahnhof kam, rief er sich keine Droschke, wie ich geglaubt hatte, sondern ging zu einem nahegelegenen Pub. Er verweilte dort eine gute Stunde, und ich mußte nun das schwierige Problem lösen, wie ich Drebber zu diesem Haus schaffen sollte. Er verließ den Pub, und noch ehe ich an der Haltestelle Aufstellung nehmen konnte, hatte er ein anderes Fahrzeug bestiegen. Ich folgte ihnen, und zu meiner großen Verwunderung, fuhren sie vor dem gleichen Gästehaus vor, das ich sie kurze Zeit zuvor hatte verlassen sehen.

Er trat ein, während ich vor dem Haus wartete, nachdem die andere Droschke weggefahren war. Ich konnte durch das Vorderfenster sehen, hinter dem offensichtlich etwas im

Gange war. Ich sah die Wirtin auf und ab gehen und einmal im Protest gegen ihren ungebetenen Besucher beide Hände in die Höhe werfen. Von Drebber sah ich nur Schulter und Hinterkopf, aber er mußte zu dem jungen Burschen gesprochen haben, der dort wohnt. Plötzlich schoß der Junge in mein Gesichtsfeld, und angesichts der Art seiner Bewegung schien es, als werde er behindert – durch seine Hosen, wie ich vermutete, denn ich konnte ihm zwischen die Beine sehen, wo sein Pimmelchen zwischen den Hemdszipfeln hervorhüpfte.

Dann betrat der ältere Junge das Zimmer. Das konnte ich deutlich sehen, denn er kam von der gegenüberliegenden Seite und ging quer durchs Zimmer. Er packte Drebber am Kragen und wandte sich um, um etwas zu seinem Bruder und der Wirtin zu sagen. Kurz darauf gingen sie hinaus und schlossen die Tür hinter sich. Dann stieß der ältere Junge – ebenfalls ein recht hübscher Bursche… dunkle Locken und ein Gesicht, nach dem eine griechische Statue hätte gemeißelt werden können – Drebber auf die Knie und versetzte ihm ein paar saftige Ohrfeigen. Dann öffnete er die Doppelreihe von Knöpfen und zog seinen Penis aus der Matrosenhose. Na, von schlechten Eltern war der nicht! Er hatte einen Schwanz von solcher Länge, daß er zu Hause einem Hengst Ehre gemacht hätte, und er hielt ihn mit einer Hand, während er mit der anderen Drebbers Gesicht über ihn schob.

Ich nehme an, er wollte Drebber bestrafen, so wie der Kopf des Mannes jedoch zwischen den Beinen des Matrosen auf und nieder hüpfte, glaube ich nicht, daß es ihm sonderlich unangenehm war. Ich sah den langen, dicken Bolzen, der sich zwischen seine Lippen bohrte, sah die Tränen, die sich in Drebbers Augen sammelten, als er versuchte, das ganze Ding zu schlucken und fast daran erstickte. Ich hoffte nur, der Matrose würde ihn nicht erwürgen, bevor ich Gelegenheit hatte, Hand an ihn zu legen. Aber schließlich sah ich, daß der junge Mann anfing, seinen Unterleib gegen Drebbers Gesicht zu rammen, und an seinen Eiern, die prall an der Wurzel seines Ständers klebten, erkannte ich, daß er kurz vor dem Ende stand. Dann zerrte er Drebber mit beiden Händen hart gegen seine Lenden und hielt ihn so fest, während er seine Ladung verströmte, um ihn schließlich von sich zu stoßen, so daß er außerhalb meiner Sicht zu Boden fiel.

Kaum eine Minute später öffnete sich die Haustür, und Drebber hastete nach draußen. Der Matrose stand etwa einen halben Meter außerhalb vom Schein der Laterne neben der Tür. Aber ich sah, daß sein Schwanz noch immer aus der Hose hing, schlaff inzwischen, aber immer noch schlüpfrig glänzend von dem, wozu er Drebber gezwungen hatte. Er rief etwas wie, ihm einen Löffel seiner eigenen Medizin zu schmecken geben, aber in diesem Moment erreichte Drebber meine Droschke und sprang hinein. ›Fahren Sie mich zu Hallidays Privathotel‹, sagte er.

Als ich ihn endlich wirklich in meiner Droschke hatte, machte mein Herz vor Freude einen solchen Satz, daß ich fürchtete, meine Herzerweiterung könne mich umbringen. Ich fuhr langsam und dachte nach, was jetzt das beste sei. Ich hätte geradewegs mit ihm aufs Land fahren und dort auf einem einsamen Feldweg mein letztes Verhör mit ihm anstellen können. Wir waren so weit von der Brixton Road entfernt, daß ich fürchtete, ihn niemals ins Haus locken zu können, ohne seinen Verdacht zu erregen. Aber Drebber löste das Problem für mich. Die Gier nach etwas zu Trinken hatte ihn wieder gepackt, und er befahl, vor einer Ginschenke anzuhalten. Er ging hinein und wies mich an, auf ihn zu warten. Er blieb bis Ladenschluß, und als er herauskam, war er so betrunken, daß ich wußte, ich hatte ihn in der Hand.

Es ging schon auf ein Uhr, eine wilde, rauhe Nacht mit brausendem Sturm und strömendem Regen. So erbärmlich es draußen auch war, innerlich war ich froh – so froh, daß ich hätte vor Begeisterung schreien mögen. Wenn einer der Herren sich je etwas gewünscht und sich viele Jahre lang danach gesehnt hat, und es dann plötzlich in Reichweite sieht, so kann er mich vielleicht verstehen. Ich zündete eine Zigarre an und paffte sie, um die Nerven zu beruhigen, aber meine Hände zitterten, und meine Schläfen pochten vor Erregung. Auf der Fahrt sah ich den alten John Ferrier und den süßen Lucius mich aus der Finsternis ansehen und mir zulächeln, so deutlich wie ich Sie in diesem Zimmer sehe. Sie waren die ganze Strecke vor mir, auf jeder Seite des Pferdes einer, bis ich vor dem Haus in der Brixton Road anhielt.

Es war weder eine Seele zu sehen noch ein Laut zu hören, außer dem Plätschern des Regens. Als ich durch die Scheibe blickte, sah ich Drebber im Schlaf der Trunkenheit zusammengekauert. Ich schüttelte ihn am Arm. ›Zeit zum Aussteigen‹, sagte ich.

›In Ordnung, Kutscher‹, antwortete er.

Ich nehme an, er glaubte, wir seien beim Hotel angekommen, denn er stieg ohne ein weiteres Wort aus und folgte mir durch den Garten. Ich mußte neben ihm gehen, um ihn zu stützen, denn er schwankte noch immer ein bißchen. Als wir zur Tür kamen, öffnete ich diese und führte ihn in die Diele. Ich gebe Ihnen mein Wort, daß Vater und Sohn uns den ganzen Weg vorangingen.

›Ist ja höllisch finster‹, meinte er stolpernd.

›Bald haben wir Licht‹, sagte ich, zündete ein Streichholz an und führte es zu einer Wachskerze, die ich mitgebracht hatte. ›Nun, Enoch Drebber‹, fuhr ich fort, wandte mich ihm zu und hielt das Licht an mein Gesicht, ›wer bin ich?‹

Er starrte mich einen Moment lang mit trüben, trunkenen Augen an, und dann sah ich, das Entsetzen in ihm auflodern und seine sämtlichen Züge verzerren, was mir bewies, daß er mich erkannte. Mit wildem Blick taumelte er zurück, und ich sah, wie ihm über der Braue der Schweiß ausbrach. Bei diesem Anblick lehnte ich mich gegen die Tür zurück und stieß ein lautes, langes Gelächter aus. Ich hatte immer gewußt, daß die Rache süß sein würde, aber keiner der anderen, derer ich mich angenommen hatte, hätte mir je die Befriedigung verschaffen können, die ich mir von diesem erwartete.

›Du Hund!‹ sagte ich. ›Ich habe dich von Salt Lake City nach St. Petersburg gehetzt, und stets bist du mir entkommen. Nun hat dein Umherwandern endlich ein Ende!‹ Damit zog ich ein Jagdmesser unter meiner Weste hervor und drückte es ihm an die Kehle. Ich zwang ihn, sich auszuziehen, ließ ihn jedoch innehalten, als ich sah, daß er unter seiner Hose einen Damenschlüpfer trug. Daß ihn sein Schicksal in einem solchen Aufzug ereilen sollte, erschien überaus passend! Hier stand die schändliche Kreatur, die unter dem erbärmlichen Vorwand der Liebe, die der Knabe mir entgegenbrachte, den Tod meine geliebten Lucius herbeigeführt hatte – stets unter Vorspiegelung, er sei der Hengst in einer Herde von Stuten. Nun saß er auf einer Couch, bekleidet mit dem Zeichen der eigenen Perversität.

Drebber schien indessen das Vergnügen, das ich daraus zog, ihn in Lavendelspitzen zu sehen, zu spüren. Mit einer plötzlichen, schnellen Drehung des Handgelenks riß er sich das Höschen von den Hüften und warf es auf den Haufen seiner anderen Kleider. Zuerst wurde ich wütend, aber bei nüchterner Betrachtung erkannte ich, daß dies meine Aufgabe vereinfachen würde, da ich fest entschlossen war, ihn ebenso zu kastrieren, wie ich es mit den anderen getan hatte.

Erneut preßte ich ihm das Messer an die Kehle und zwang ihn, sich flach auf die Couch zu legen. Ich setzte mich auf seine nackte Brust und öffnete mit der anderen Hand die Knöpfe meiner Hose. Zu Beginn wollte ich ihn lediglich zwingen, meinen Penis in den Mund zu nehmen und in dieser flehentlichen Haltung zu verharren, während ich ihn für seine Niedertracht schmähte. Es schien angemessen, ihn seine letzten Augenblicke derart verbringen zu lassen, und es war etwas, das sein Bewußtsein für seine ungeheuerliche Missetat verstärken würde.

Drebber hatte in den Jahren des Exils eine Vorliebe für Schwänze entwickelt. Kaum hatte ich mein erschlafftes Glied in die Hitze seines Mundes versenkt, entflammte eine solch wütende Leidenschaft, daß ich, wie ich gestehen muß, vorübergehend von meinem Vorhaben abgelenkt wurde. Noch immer mit dem Messer an seiner Kehle zog ich seinen Kopf tiefer zwischen meine Schenkel und rammte ihm das Gesicht gegen meinen Leib. Mein Schwanz steckte vollständig in ihm, so daß sich die Muskeln in seiner Gurgel krampfhaft um den Schaft schlossen und das Innerste nach außen kehren zu wollen schienen. Ich hatte ein solches Gefühl tierischer Lust niemals verspürt. Es war nicht die zarte Empfindung, wie ich sie von Lucius kannte, noch das Vergnügen, das jene Männer mir bereitet hatten, mit denen ich mich körperlich eingelassen hatte, bevor ich meinen Geliebten kennengelernt hatte. Hier paarte sich die Erregung körperlicher Lust mit dem Bewußtsein meiner Macht.

Mit Schwung trieb ich ihm den Pfahl zwischen die Lippen. Ich ließ meine Eier frei zwischen den Beinen pendeln und klatschte sie ihm gegen das Kinn, so oft ich meine Rute von Mal zu Mal kräftiger in ihn hineinrammte. Ich hörte seine erstickten Proteste und spürte den Schleim, der aufstieg und meinen Schaft bedeckte. Ich hatte jedoch keinen Anlaß, Rücksicht zu zeigen, und meine überkochenden Leidenschaften vernebelten jedes Gefühl für Vernunft. Außer zur Erreichung meines gegenwärtigen Ziels hatte ich keinen anderen je berührt, seitdem dieser Widersacher mir Lucius genommen hatte. Daher hätte die plötzliche sinnliche Erregung fast dazu geführt, mich zu blenden und von meinem eigentlichen Weg abzubringen. Ich spürte, wie die unkontrollierbaren Wogen der Erregung anschwollen, um mich zu überschwemmen, und ich erzitterte am ganzen Leib, als der Samen aus meinem aufgeblähten Schwanz zu schießen begann.

Während all dieser letzten Phasen unseres Beisammenseins hatte Drebber deutliche Anzeichen von Unbehagen gezeigt. Er würgte und kämpfte so gut er konnte, gegen meine Beine an, die ihm die Arme an die Seiten hefteten. Meine Schamhaare verdeckten ihm vollständig Nase und Augen, während mein zuckender Spieß sich ihm tief in die Kehle bohrte, die mein Sperma in Schwällen durchströmte.

Erst als ich wieder zur Besinnung kam, erkannte ich, daß er tot war, erstickt von der Masse meines Geschlechts, die ihm die Atemwege versperrt hatte. Dann merkte ich, wie viel angemessener dies war, da ja auf die gleiche Weise mein geliebter Lucius zu Tode gekommen war. Ich wurde derart von Emotionen überwältigt, daß mir das Blut aus der Nase zu strömen begann – eine weitere Auswirkung meiner körperlich schlechten Verfassung. Ich trat von der Leiche des Enoch Drebber zurück und tauchte, noch immer im Bann des Hochgefühls, einen Finger ins eigene Blut und zeichnete an die Wand ein Abbild des Werkzeuges zu seinem Tod.

Daraufhin bekleidete ich Drebbers Leib wieder mit dem Spitzenhöschen und ging. Ich war ein kurzes Stück zu meiner Droschke gegangen, als sich meine Finger wie so oft in meine Westentasche verirrten. Sie müssen wissen, daß ich, bevor ich Lucius begrub, ihm den Ring vom Finger genommen hatte, denselben, den mein eigener geliebter Vater zu tragen pflegte und den ich dem Knaben als Unterpfand meiner Liebe gegeben hatte. Als ich die Tasche leer fand, wußte ich, daß ich ihn in dem Haus verloren haben mußte, wahrscheinlich, als ich das Messer unter dem Tuch hervorgezogen hatte. Ich riß die Droschke herum und hetzte wie ein Wahnsinniger zurück zu dem Haus.

Beim Näherkommen sah ich einen Polizisten vor dem Gebäude patrouillieren. Flugs lenkte ich meine Droschke in eine Seitengasse und schwankte die Straße entlang, als sei ich betrunken. Obwohl ich hoffte, der Wachtmeister sei inzwischen weg, wollte ich dennoch sichergehen, nicht von ihm angesprochen zu werden, da es wohl unwahrscheinlich schien, daß ich verbrecherische Absichten hegte. Ich hatte schon fast den Torweg erreicht, als ich Auge in Auge dem Polizisten gegenüberstand, der weggegangen und bei meinem Anblick zurückgekehrt sein mußte. Aus der Nähe erkannte ich, daß es derselbe Bursche war, der die Räumlichkeiten in der Vergangenheit mehreren meiner Kunden zu nutzen gestattet hatte; da ich alleine war, konnte ich freilich nicht zu einer ähnlichen Ausrede Zuflucht nehmen. Ich war mir sicher, daß er mich nicht als den Kutscher erkannte, der die anderen hergebracht hatte, aber er machte keine Anstalten zu gehen, und in einem letzten Versuch, ihn zum Verschwinden zu bewegen, lockte ich ihn in eine dunkle Gasse und fiel vor ihm auf die Knie.

Er schien einen Moment zu zögern, ehe er mir weiterzumachen erlaubte, aber nachdem er sich hastig umgeblickt hatte, erhob er keinen Einspruch. Ich öffnete ihm die Hose und nahm seinen Penis in die Hand. Es war ein prachtvolles Gerät, und trotz meiner Konfusion fand ich Gefallen an meinem Tun. Sein Schwanz besaß einen sehr großen Umfang, war jedoch etwas kurz. Als er aber sein volles Ausmaß erreichte, füllte er meinen Mund recht gut aus, und ich setzte ihm kräftig zu. Vielfältige und unterschiedliche Gedanken gingen mir durch den Kopf. Die Erinnerung an meinen süßen Geliebten wurde von jedem Stoß seines Glieds durch den zupackenden Druck meiner Lippen neu belebt. Ich sah Lucius' zarte Gestalt vor mir und stellte mir vor, ich kniete zwischen seinen Beinen und hielte seinen süßen, geliebten Penis in meinem Mund. Ich genoß seine Liebe und seine Fülle, den schwellenden Druck seines Schwanzes, während der Wachtmeister mich am Kopf packte und anfing, mir seine Leisten gegen das Gesicht zu hämmern. Ich konnte das gleiche reine Aroma von sauberen Linnen und Seife riechen, den leicht würzigen Duft seiner Lenden und die schiere Männlichkeit, die ich in mir bewahrte. Ich schloß die Augen und war für wenige Sekunden wieder in Utah, unter den hohen Kiefern, und umschloß mit der Zunge die Liebe meines Teuren.

Als dann der Polizist seiner Flut freien Lauf ließ, verstärkte sich der Eindruck noch. Der leicht salzige Strom schlug mir hinten an die Kehle, breitete sich im Mund aus und erfüllte mich mit der Freude, die ich vergessen geglaubt hatte. Ich hielt seinen Schaft weit länger, als es ihm angenehm sein mochte, denn schließlich zog er sein erschlafftes Glied sanft zurück und sagte mir, ich solle besser gehen. Ich war so gebannt gewesen, so sehr in meiner Erinnerung verloren, daß ich den Grund für meine Rückkehr vergessen hatte. Der Wachtmeister jedoch machte keine Anstalten zu gehen, und ich fragte mich, ob er wohl ein Stelldichein hatte, das ihn aufhielt. Im Bewußtsein der Gefahr, in der ich schwebte, sollte er das Haus betreten und Drebbers Überreste finden, und auch in Erinnerung, daß ich mich noch um Stangerson zu kümmern hatte, ging ich meines Wegs ohne weiteren Versuch, den Ring zurückzuerlangen.

Auf diese Weise fand Enoch Drebber sein Ende. Mir blieb nur noch, Stangerson zu finden und mit ihm genauso zu verfahren. Ich wußte, daß er sich in Hallydays Privathotel aufhielt, denn dies war Drebbers Ziel gewesen. Sie hatten zweifellos beschlossen, dort auf den Liverpool Express zu warten. Ich blieb den ganzen Tag über dort, aber er kam kein einziges Mal heraus. Ich vermute, er war argwöhnisch geworden, als Drebber nicht mehr aufgetaucht war. Er war schlau, dieser Stangerson, und stets auf der Hut. Wenn er glaubte, er könne mich abschütteln, indem er im Haus blieb, irrte er sich gewaltig. Bald hatte ich herausgefunden, welches das Fenster zu seinem Schlafzimmer war, und machte mich im Morgengrauen zu seinem Zimmer auf. Ich weckte ihn und sagte ihm, die Stunde sei gekommen, da er für die Leben, die er vor so langer Zeit genommen hatte, Rechenschaft ablegen müsse. Ich schilderte ihm Drebbers Tod und hielt ihm, während ich sprach, mein Messer an die Kehle.

Stangerson war charakterfester als sein Gefährte und offensichtlich noch talentierter in der Ausübung von Fellatio. Ich zwang ihn, das Nachthemd auszuziehen und benutzte ihn auf die gleiche Weise wie Drebber. Obgleich ich jedoch eine zweite Ejakulation zustande brachte und meinen Phallus weit länger in seiner Kehle stecken ließ, atmete Stangerson immer noch, und ich glaube, daß er sogar genoß, was ich ihm antat. Schließlich versetzte ich ihm einen Schlag an die Schläfe und wollte ihn, im Glauben, er sei ohnmächtig, gerade kastrieren und ihn still verbluten lassen. Statt dessen kam er zu Bewußtsein, als ich das Messer zwischen seinen Beinen angesetzt hatte, und infolge der plötzlichen Bewegung stieß ich es ihm in den Leib. Daraufhin hielt ich ihn auf der Matratze fest, während ihm der Lebenssaft entströmte. Ich denke, ich hatte vor, ihn später zu zeichnen, als sein Kopf jedoch auf das Kissen zurückfiel und seine Augen sich im Tode schlossen, glaubte ich, die zärtliche Hand von Lucius auf der Schulter zu spüren. Ich hörte, wie er mit sanfter Stimme zu mir sprach... mir sagte, sein Tod sei gerächt, und er harre meiner auf der anderen Seite.

Ich stand auf, tauchte einen Finger in Stangersons Blut und zeichnete noch einen aufgerichteten Penis an die Wand. Dann stieg ich die Leiter hinab und kehrte zu meiner Droschke zurück. Ich hegte keinen wirklichen Gedanken an Flucht, Mr. Holmes, außer dem, der dem natürlichen Selbsterhaltungstrieb entspringt. Mein eigenes Ende ist besiegelt, und es ist nur eine Frage von Tagen, bis ich mich in alle Ewigkeit mit meinem geliebten Lucius vereine.«

Sherlock Holmes hatte während des gesamten Berichts geschwiegen und nur gelegentlich genickt, wenn ein Punkt in der Erzählung seine früheren Schlußfolgerungen bestätigte. Nun beugte er sich nach vorn; seine Augen schienen heller zu glänzen als gewöhnlich, was mir bewies, daß er die Tränen zurückhielt, die die Geschichte unseres unglücklichen Gefangenen hervorgerufen hatten. »Ein Punkt«, sagte er gebrochen flüsternd. »Ihr Komplize, der den Ring abholte?«

Jefferson Hope zuckte die Achseln. »In den letzten Stunden meines Lebens«, antwortete er sanft und tief bekümmert, »trat das Unmögliche ein. Nachdem ich Drebber in der Brixton Road zurückgelassen hatte, traf ich auf ein verlassenes Kind, das weinend am Straßenrand saß. Ich nahm den Kleinen herein, und zu meinem äußersten Erstaunen..., als ich den Schmutz weggewischt hatte, stieß ich auf die lebende Verkörperung meiner eigenen einzigen Liebe. Der Bursche war bei mir geblieben, im vollen Wissen, daß mir nur noch kurze Zeit blieb, und er war es, der den einzigen irdischen Besitz, der einen Wert oder eine Bedeutung für mich besitzt, zurückholte.« Damit zog er den schlichten goldenen Ring aus der Westentasche und hielt ihn zur Betrachtung hoch.

»Dies ist«, fuhr Jefferson Hope fort, »in der Tat die einzige Bitte, die ich an die Polizei habe. Wenn mir gestattet wird, diesen Ring zu behalten, werde ich viel leichter von diesem Leben scheiden, denn mir wird dann scheinen, mein Geliebter stehe mir irgendwie an meinem Lager zur Seite.«

Gregson versuchte, ihm zu antworten, aber die Worte schienen in seiner Kehle festzustecken, und er wandte das Gesicht ab, um die tiefe Rührung zu verbergen, die sich so offen in seinen Zügen widerspiegelte. Lestrades Mund bewegte sich einen Augenblick, bevor er zu sprechen in der Lage war. »Ja«, keuchte er heiser. »Selbstverständlich behalten Sie den Ring.« Er warf einen Blick zu dem Inspektor, der zustimmend nickte.

»Danke«, sagte Jefferson Hope sanft.

DER SKURRILE FALL
DES GRIECHISCHEN DOLMETSCHERS

Während meiner intimen Bekanntschaft mit Mr. Sherlock Holmes hatte er mir weder von seinem Bruder Mycroft noch von seinem Erzfeind, dem infamen Professor Moriarty, etwas gesagt. Bis fast ein Jahr nach dem Fall, den ich »Eine Studie in lavendelfarbenen Spitzen« genannt habe, war mir keiner dieser Namen zur Kenntnis gelangt. Obgleich sie wahrscheinlich nicht von großer Bedeutung sind, schildere ich hier die Begleitumstände, damit der Leser der Entwicklung in der Beziehung zwischen Holmes und mir logischer folgen kann. [Wir haben an dieser Stelle einige Fälle ausgelassen, die sich von Dr. Watsons früher veröffentlichten Berichten nur unwesentlich unterscheiden – Anm. d. Hrsg.]

Es war an einem Sommerabend nach dem Tee, und ich rekelte mich mit Holmes im Bett. Mein Gefährte war in außergewöhnlich romantischer Stimmung gewesen, und seine Lippen hatten meinen Penis eine gute Stunde lang nicht losgelassen. Ich war seit langem vollständig ausgetrocknet, so glaubte ich wenigstens, da ich nicht weniger als ein halbes Dutzend Mal zum Erguß gekommen war. Und immer noch fuhren jene wunderbar erregenden Schleimhäute fort, mein Fleisch zu bearbeiten und zu kneten, bis mein ganzer Leib vor drängendem Begehren bebte, seinen Zustand zeitweiliger Impotenz zu überwinden. Mit geschlossenen Augen lag ich auf der Decke, gebannt vom anschwellenden Entzücken köstlicher Empfindungen. Mit seiner außerordentlichen Wahrnehmung und seiner Gabe der Einfühlung schien Holmes jede Nuance und winzige Veränderung in meinem Innern zu erfühlen.

Visionen von stämmigen, muskulösen Männern zogen an meinem geistigen Auge vorbei. Ohne daß ich ihn anschaute, beschworen seine festen Sehnen, die Bewegung seiner Schultern, die sich an meine Schenkel preßten, das Bild seiner dunklen Haare hervor, die wie ein Schleier mein Geschlecht verhüllten. Seine hübschen ebenmäßigen Züge waren verzerrt im Bemühen, meinen Schaft zu umschließen. Ich blieb halb steif, mit einem Umfang und einer Länge, die für diesen höheren Aufwand an Energie gerade ausreichten. Ich steckte mir ein Kissen unter den Kopf und beobachtete durch flatternde Augenlider den halbsteifen Auswuchs, der sich über meinen Lenden erhob, seinen rubinrot-violetten Kontrast gegen die rosig-weißen Lippen, die um den fleischigen Zylinder gespannt waren. Da Holmes die Haare über die Augen hingen, konnte ich nur wenig von seinem Gesicht sehen, aber ich hörte die leisen Anzeichen seiner Befriedigung, die gestöhnten Seufzer, und gelegentlich ein tiefes schmatzendes Geräusch, wenn der luftdichte Kontakt infolge seiner schnellen Bewegungen unterbrochen wurde.

Trotz meiner anfänglichen deutlichen Erschöpfung spürte ich, daß ich wieder steif wurde. Die geschrumpften Adern streckten sich entlang meines sich verlängernden Penis' aus. In der Eichel verspürte ich ein immer stärkeres Wogen, wenn diese an seine Backenzähne anstieß und scheuerte. Ich war in sengende Hitze und Feuchtigkeit gehüllt, kraftlos unter seiner fordernden Inbesitznahme. Endlich spürte ich, daß meine Energien sich wieder sammelten. Meine federnde Latte drang in ihn vor, während meine Eichel wiederholt an die seine Kehle stieß.

Er neckte mich, indem er mich absichtlich nicht völlig aufnahm, bis ich vor heißer Wollust bebte. Meine Finger griffen gierig nach seinem Kopf, um ihn zur Gänze über meine Lenden zu ziehen. Sein Widerstand rief erneut die gleiche brodelnde Erregung hervor, mit der ich bereits mehrmals zuvor auf ihn reagiert hatte. Meine Hoden spannten sich eng an die Wurzel meines Schafts, und mein ganzes Ich erschauerte in wildem, wollüstigem Begehren.

»Herrlich!« murmelte Holmes, der die Seiten meiner zuckenden Erektion badete. Sein heißer Atem hüllte die Eichel ein, und die Zunge fuhr an der Unterseite bis zur Wurzel, wo sich seine Lippen um meinen Sack schlossen und sein rasches Einatmen beide Hoden in das strudelnde Inferno saugte. Mit den Beinen gegen das Gewicht seiner Brust und seiner Oberarme gestemmt, stöhnte ich unter seiner Attacke und schlug um mich. In gewisser Weise war ich gefangen, fest an Ort und Stelle gehalten und dem qualvollen, lähmenden Nutzen unterworfen, den er von mir zog.

Seine Lippen kehrten zur Eichel zurück und verharrten dort, bis er ganz über mich herfiel und die sengende Feuchtigkeit seines Mundes mein gesamtes Geschlecht umschloß. Seine Hände – so warm, so fordernd – wanderten zärtlich über meinen Leib, glitten kreisförmig auf meinen Brustkasten zu. Er packte meine Nippel und zwirbelte sie, indes er den Mund anhob und geradewegs wieder bis zur Wurzel senkte. Ich spürte, wie die Eichel durch seinen angespannten Gaumen hindurch gewaltsam in die Kehle eindrang. Ich bebte so stark, daß mir war, als sei ich an der Schwelle zur Eruption – zur Explosion. Meine Gefühle verwirrten sich derart, daß es schwerfiel, sie voneinander zu trennen oder sie zu bestimmen. Der einzige klare Gedanke, den ich fassen konnte, war die tiefe, unauslöschliche Zuneigung, die ich für Sherlock Holmes hegte – eine Liebe, die mit jeder wilden Regung seines Leibes auf meinem von neuem anschwoll.

Schließlich brachte er mich zum äußersten Gipfel köstlicher Empfindung. Ich spürte die verzweifelten Krämpfe im Innern; und ein tiefer, finsterer Abgrund tat sich auf, um mich in seinen aufgerissenen Schlund hinabzuziehen und mich in seine gestaltlose Ekstase einzusaugen. Meine Augen schlossen sich wieder. Ich sah nichts... und doch alles. Ich fühlte, wie sich wütende und zugleich angenehme Gefühle aufstauten, blitzende Farben, die meinen Geist blendeten und meine Rezeptoren zusammenbrechen ließen. Mein rasender, hämmernder Pulsschlag löschte jede sonstige Empfindung aus, als sich mein Unterleib ihm entgegenreckte. Ich stieß mit den Lenden nach oben und verströmte einen letzten Schwall Flüssigkeit... schoß ihn tief in den dampfenden Schlund, während Holmes meine Schwanzwurzel packte und meinem Leib diese letzte Spur von Wollust entlockte.

Schweißgebadet rang ich nach Atem und zitterte am ganzen Körper, während er in hochragender, nackter Pracht vor mir kniete. Noch immer wogten dunkle Streifen wirrer Gefühle vor meinen Augen, als ich seine steife, vollkommen geformte Männlichkeit sich immer höher recken sah und sein Oberkörper wie ein massiver körperloser Schatten sexueller Macht über mir erhob. Mein eigenes Geschlecht lag noch immer, von der allmählich verschwindenden feuchten Schicht glänzend, weich und flach auf meinem Bauch. Seine gewaltige Lanze stand von seinem Unterleib ab, leicht gebogen in wütender Erektion, mit entblößter Eichel... purpurrot in wollüstiger, zuckender Bereitschaft. Seine Hoden hingen tief herab, streiften die Oberfläche meiner Scham, drückten die Haare ein und ließen mich ihr fleischiges Gewicht auf der Haut spüren. Er masturbierte sich bedächtig, um dem Schaft die pralle Härte zu verleihen, bei der jede Ader und Sehne sich auf der äußeren Hülle abzeichnete.

Ich beobachtete ihn schweigend, wobei ich die gleiche Lust empfand wie früher. Ich begutachtete den rötlichen

Schimmer entlang der sehnigen Linie seines Bauchs, die glatten, festen Ebenen seiner Brust. Ohne nachzudenken griff ich nach oben und fuhr mit den Händen über die warme, kompakte Mittelpartie. Ich prüfte die scharfen Einschnitte an seinen Hüften, die Gluthitze, die von seinen Lenden aufstieg, die harte Mauer von Taille und Flanken. Ich reckte mich, um seine Brust zu berühren, ließ meine Finger seine Brustwarzen fassen, wie er es zuvor bei mir getan hatte. Ich zwirbelte das geschmeidige, hart hervortretende Fleisch, hörte, wie Holmes scharf den Atem einsog, als ich ihm ein ähnliches Lustgefühl bereitete, wie er zuvor mir. Sein ganzer Leib spannte sich, zitterte im Bemühen, den inneren Druck aufrechtzuerhalten. Seine Hand wurde schneller, während sein Kopf auf und nieder fuhr. Schweres gutturales Lustgestöhn entfuhr seinen offenen Lippen, und mit einem Mal verspürte ich die Flut verströmter Hitze, als er seine kochenden Säfte über meinen willigen, erwartungsvollen Leib entlud.

Nachdem Holmes die letzte Fontäne ausgestoßen hatte und unsere nackten Körper aneinandergepreßt unter dem Laken lagen, brachte er zum erstenmal das Thema dieser anderen Personen zur Sprache. »Sie sind ein wahrhaft bemerkenswerter Mann«, hatte ich ihm zugeflüstert. »Ihre sexuelle Kraft scheint ebenso unbegrenzt wie Ihre logischen Fähigkeiten. Auf all diesen Gebieten sind Sie der absolute Meister.«

»Ach, Watson, wäre Ihr Vertrauen in mich doch nur völlig gerechtfertigt«, sprach er.

»Sie meinen doch nicht etwa, Sie hätten einen Rivalen?« rief ich erstaunt. »Solche außerordentlichen Talente könnte ich schwerlich einer anderen lebenden Seele zubilligen.«

Holmes kicherte und zog mich noch näher an sich heran. »Es gibt zwei Männer«, fuhr er sanft fort, »die mir beide Widerpart bieten könnten...«

»Unmöglich«, sagte ich. »Also, nach allem, was Sie mir berichtet haben, und aufgrund meiner eigenen Beobachtungen scheint es mir augenfällig, daß Ihre Fähigkeiten zur Schlußfolgerung ebenso wie Ihre sexuelle Kraft einer einzigartigen Kombination aus systematischem Training und Anlage zu verdanken sind.«

»In gewisser Weise«, antwortete er nachdenklich. »Aber meine ererbten Fähigkeiten teile ich, müssen Sie wissen, mit der ersten der beiden Personen, die ich erwähnte.«

»Ich verstehe nicht«, gab ich zurück. »Und ganz besonders diese ererbten Fähigkeiten. Ich meine, wie können Sie… ?«

»Weil mein Bruder Mycroft über diese Gaben in noch höherem Ausmaß verfügt als ich«, sagte er schlicht.

Dies war mir in der Tat neu. Wenn es noch einen Mann mit solch einzigartiger Begabung in England gab, wie kam es dann, daß weder die Polizei noch die Öffentlichkeit um sein geistiges Potential wußte? Und sexuell würde ein solcher Mann natürlich innerhalb unserer eigenen Kreise einen genügend großen Bekanntheitsgrad erworben haben, daß ich irgendwann von ihm gehört hätte. Ich stellte die Frage mit einem Hinweis darauf, es sei die Bescheidenheit meines Gefährten, die ihn seinen Bruder als ihm überlegen anerkennen ließe. Holmes lachte über meine Vermutung.

»Mein lieber Watson«, sprach er, »ich stimme nicht mit denen überein, die die Bescheidenheit zu den Tugenden zählen. Dem Logiker sollte sich alles so darstellen, wie es ist, und Selbstunterschätzung heißt, weiter von der Wahrheit abzuweichen, als wenn man die eigenen Fähigkeiten übertreibt. Wenn ich daher sage, daß Mycroft eine bessere Beobachtungsgabe besitzt als ich, so können Sie davon ausgehen, daß ich die reine und buchstäbliche Wahrheit sage. Und was seine sexuellen Potentiale betrifft, so lassen Sie mich nur sagen, daß wir als Jünglinge auf den Gütern unserer Eltern zahlreichen Affären oblagen, die den Stempel des Inzests trugen, und daß ich zu keiner Zeit in der Lage war, mit den unersättlichen Gelüsten meines Bruders zu wetteifern.«

»Ist er der jüngere?« fragte ich.
»Sieben Jahre älter.«
»Wie kommt es, daß ihn niemand kennt?«
»Oh, in seinen eigenen Kreisen ist er sehr wohl bekannt.«
»Und die wären?«
»Nun, im Diogenes Club zum Beispiel.«
Ich hatte von dieser berüchtigten Einrichtung gehört, und mein Gesicht mußte dies verraten haben, denn Sherlock Holmes lachte laut auf und kommentierte die schockierte Reaktion, die sich in meinen Zügen widerspiegelte. »Ach kommen Sie, kommen Sie, alter Junge!« keuchte er zwischen Lachsalven. »Der Diogenes Club mag der skurrilste Ort in London und Mycroft einer der skurrilsten Männer sein, aber die Aktivitäten der Mitglieder sind weitestgehend auf die eigenen Kreise beschränkt, und sie spielen ihr Spielchen mit völlig willigen Partnern… ganz anders als…«
Seine Stimme verebbte, und er starrte mit fast glasigem Blick zur Decke. Einen Augenblick lang wurde ich an seinen tranceähnlichen Zustand unter dem Einfluß seiner Opiate erinnert. Ich verspürte die gleiche Furcht wie beim Zuschauen, wenn er die Nadel in den Arm bohrte. Solch offener Mißbrauch von Drogen hatte mich immer geängstigt, und ich bekenne, daß ich jetzt den gleichen namenlosen Schrecken empfand, wie immer, wenn Holmes in dieser Verfassung war. Ich muß gezittert haben, denn unvermittelt unterbrach er seinen Tagtraum, und ich fuhr fort, ihn zu befragen.
»Anders als… wer?« beharrte ich.
»Ein anderer Mann«, murmelte Holmes. »Ein wahrhaft schrecklicher Mensch, der sich seiner furchtbaren sexuellen Macht rühmt und der seine Fertigkeiten zur ruchlosen Erfüllung seiner abartigen Bedürfnisse nutzt.«
Er sprach natürlich von seinem Erzfeind, Professor James Moriarty. Holmes entschloß sich jedoch, es dabei zu belassen und nicht näher auf das Thema einzugehen. Statt dessen

setzte er sich plötzlich mit wachem und tatendurstigem Blick auf, was meine Angst abschwächte.

»Aber Sie müssen meinen Bruder Mycroft kennenlernen«, sagte er hastig. Er drehte seinen langen, schlaksigen Leib über den Bettrand und zog seine Uhr aus dem Bündel von Kleidern auf dem Fußboden. »Er ist immer von Viertel nach fünf bis zwanzig nach acht im Club«, murmelte Holmes. »Wenn Sie also Lust auf einen schönen Abendspaziergang haben, würde ich mich glücklich schätzen, Sie diesen beiden Sehenswürdigkeiten vorzustellen. Ich spreche natürlich von meinem Bruder und dem Club.«

Trotz meiner inneren Vorbehalte schwieg ich, und fünf Minuten später liefen wir in Richtung Regent's Circus. Ich muß gestehen, daß mir ganz anders wurde, als wir uns dem Club von Mycroft Holmes näherten, da mich dessen geheimnisvolle Riten zu den beängstigendsten Spekulationen verleiteten. Wäre da nicht der außerordentliche Reichtum einiger seiner Mitglieder gewesen, hätte die Polizei zweifellos schon lange gewisse Nachforschungen betrieben. Es wurde gemunkelt, daß sich die Clubmitglieder den Lehren von De Sade verschrieben hatten und daß die Memoiren von Gilles de Rais ihre Bibel waren.

»Nicht so ganz«, bemerkte Holmes. »Wenngleich die Mitglieder gewisse recht esoterische Praktiken ausüben, gilt im Club dennoch die feste Regel, daß die Beteiligten auf freiwilliger Basis mitwirken. Schmerz, müssen Sie wissen, beinhaltet keinen wirklichen Schaden, wenn er jemandem zugefügt wird, der ihn wünscht. Aber kommen Sie«, fuhr er abrupt fort, »und sehen Sie selbst.«

»Und Ihr Bruder Mycroft beteiligt sich an diesen... Orgien?« fragte ich ungläubig.

»Nicht wirklich, nicht wirklich«, murmelte Holmes. »Was für uns ein Lebensstil sein mag – natürlich nicht in seiner extremen Form, sondern allgemein gesprochen –, ist für Mycroft nichts weiter als das Hobby eines Dilettanten. Er ist Beobachter, müssen Sie wissen, im Grunde ein träger Mensch, der lieber der Ausübung der Fertigkeiten eines anderen zusieht, als die eigenen zu praktizieren und seine einzigartigen Energien zu verschleudern. Selbst bei seiner Arbeit... Mycroft hat einen außergewöhnlichen Sinn für Nummern...«, sagte er kichernd. »Geschriebene Nummern sowie eher dynamische, die dem Vergnügen schöner Männer dienen«, fügte er hinzu. »Aber Mycroft prüft die Bücher in einigen Regierungsabteilungen und wohnt in Pall Mall. Jeden Morgen geht er um die Ecke nach Whitehall und jeden Abend zurück. Von Jahr zu Jahr tut er nichts anderes, außer in seinem Club, der direkt gegenüber seiner Wohnung liegt.«

»Ich kann mir noch immer seinen Namen nicht merken«, murmelte ich abwesend. Um so näher wir dem Diogenes Club kamen, desto verwirrter wurde ich, und ich muß gestehen, daß ich meinem Gefährten nicht mit der gleichen Aufmerksamkeit lauschte, die unsere sonstigen Gespräche kennzeichnete.

»In London gibt es viele Männer, die – sei es aus Schüchternheit, sei es aus Menschenverachtung – die Gesellschaft ihrer Mitmenschen nicht schätzen«, bemerkte Holmes. »Zu ihrem Wohl wurde der Club gegründet. Von den Aktivitäten im Erdgeschoß abgesehen, werden dort die Gebote des Schweigens und der persönlichen Autonomie aufs Strengste eingehalten. Wenn tatsächlich im oberen Gemeinschaftsraum ein Mitglied mit einem anderen sprechen will, dann nur, um ihm seine Dienste als Objekt für welche Experimente auch immer, die auf den unteren Stockwerken geplant sind, anzubieten. Es ist keinem Mitglied gestattet, die geringste Notiz von einem anderen zu nehmen. Außer im Besucherraum sind keinerlei Gespräche erlaubt. Mein Bruder war einer der Gründer, und ich selbst fand die Atmosphäre dort stets höchst beeindruckend – sowohl in den oberen Stockwerken wie unten, möchte ich hinzufügen.«

Wir hatten unterdessen Pall Mall erreicht und liefen sie von St. James her entlang. Sherlock Holmes machte vor einer Tür unweit des Carlton halt, und mit der Ermahnung zu schweigen betrat er den Flur. Vor einer zweiten Tür mußten wir stehenbleiben, und auf ein vorsichtiges Klopfen meines Gefährten erschien augenblicklich ein nackter, blonder Jüngling von herrlichster Gestalt. Er hatte einen Augenblick lang in der Tür gestanden und zuerst meinen Gefährten, dann mich gemustert, bevor er zurücktrat, um uns den Eintritt zu gestatten. Die beinahe barbarische Pracht der Örtlichkeit überwältigte mich, wenngleich ich wohl mehr auf die auffallende Manneszierde des jungen Burschen, der auf unser Klopfen geantwortet hatte, ansprach.

Holmes schien sich in dem langgestreckten Saal, in dem wir waren, zu Hause zu fühlen, obgleich sein Blick rasch über die strahlend aufleuchtende Gestalt unseres Begleiters wanderte. Der junge Mann geleitete uns einen schwach erleuchteten Flur entlang, vorbei an einer großen Glasscheibe, die den Blick auf ein großes, luxuriöses Zimmer freigab, in dem eine beträchtliche Zahl von Männern in meist fremdländischer Gewandung saß und Zeitung las – einige mit breiten schweren Lederriemen über der Brust oder mit Gürteln aus dem gleichen Material um die Hüften. Zwei oder drei von ihnen waren mit engsitzenden schwarzen Hauben maskiert, und ich sah keinen, dessen Unterleib mit mehr als einem Lendenschurz oder Suspensorium bekleidet war. Alles in allem waren sie wohl die am finstersten wirkende Auswahl menschlicher Wesen, die ich je erblickt hatte. Dennoch reagierte ich mit einer ganz eigentümlichen sexuellen Erregung, die mir Schauer der Erwartung über den Rücken jagte.

Holmes mußte meine Faszination bemerkt haben, denn er kicherte leise, nahm mich am Arm und zog mich hinter unserem jugendlichen Führer her. »Kommen Sie, alter Junge«, sprach er sanft. »Sie sind doch bestimmt jetzt jenseits sinnlicher Begierden.«

»Ja. Gewiß«, stimmte ich zu und wandte mein Gesicht vom Fenster ab, was meinen Blick direkt auf die Rückseite des blonden jungen Mannes lenkte, der uns noch immer durch den Flur führte, und zu meinem Entsetzen auf seinem Rücken und den Hinterbacken die unverkennbaren Spuren unsäglicher Mißhandlungen entdecken ließ. »Holmes«, flüsterte ich scharf, »dieser Bursche muß grausam geschlagen... gepeitscht worden sein!«

»Nein, nicht wirklich«, schmunzelte mein Gefährte. »Gepeitscht oder geschlagen vielleicht, aber gewiß nicht grausam. Ich sagte Ihnen doch, daß der Club nur freiwillige Teilnehmer bei seinen Ritualen duldet. Was auch immer diesem jungen Mann zugestoßen ist, es war nur...« Unversehens preßte mein Gefährte einen Finger an seine Lippen, und wir legten den Rest des Weges schweigend zurück.

Unser Führer öffnete die Tür zu einer kleinen Kammer, deren Fenster auf Pall Mall hinausgingen, und ließ uns eintreten. Daraufhin ließ er uns allein, ohne daß wir auch nur ein Wort gesprochen hatten und ohne daß er wußte, wer wir waren und wen wir besuchen wollten. Offenbar war Sherlock Holmes hier so bekannt, daß es keiner Erklärungen bedurfte. Einen Augenblick später öffnete sich die Tür erneut, und eine der außergewöhnlichsten Persönlichkeiten, die ich je gesehen habe, betrat den Raum. Dies konnte nur Mycroft Holmes sein, denn seine Züge glichen denen seines Bruders. Darüber hinaus gab es wenig Ähnlichkeiten. Dieser Mann war zwanzig Zentimeter größer als mein Freund, und sein muskulöser Körper strotze vor Gesundheit – ganz im Gegensatz zur fahlen Blässe von Sherlock Holmes. Er trug nichts als einen schwarzen Ledergürtel mit einem kleinen Beutel für seine Genitalien, der die gewaltige Masse nur ungenügend verhüllte. Alles in allem strahlte diese riesenhafte Version meines Freundes jugendliche Energie aus, die lediglich durch einen grauen Schatten der Erfahrung um die Augenbrauen getrübt wurde.

Nachdem Holmes uns vorgestellt hatte, streckte Mycroft eine breite, flache Hand aus, die die meine völlig umschloß. »Ich bin erfreut, Sie kennenzulernen, Sir«, sagte er in dröhnendem Baß. »Ich höre überall von Sherlock, seit Sie sein Chronist geworden sind. Übrigens, Sherlock, ich hatte letzte Woche erwartet, du würdest mich zu dem Manor House Fall aufsuchen wollen. Ich dachte, du hättest vielleicht ein wenig den Boden unter den Füßen verloren.«

»Nein, ich habe ihn gelöst«, erwiderte mein Freund lächelnd.

»Adams war es natürlich.«

»Ja, es war Adams.«

»Das war mir von Anfang an klar.« Die beiden setzten sich zusammen weg vom Fenster, damit Mycroft von der Straße aus unsichtbar blieb. Holmes' natürliches Verhalten trotz des nahezu nackten Zustands seines Bruders wirkte so grotesk, daß ich beinahe in hysterisches Gelächter ausgebrochen wäre. Die scharfen, raubvogelartigen Augen des Neuankömmlings und das allgemeine Gefühl drohenden Unheils, das der ganze Ort in mir erregt hatte, hielten mich davon ab.

»Wenn jemand die Natur des Menschen studieren will, dann ist er hier am richtigen Ort«, bemerkte Mycroft Holmes. »Schauen Sie sich diese beiden herrlichen Gestalten an«, fügte er hinzu, wobei er mit kräftigem Arm auf die Straße vor dem Fenster wies. »Sehen Sie diese beiden Männer, die auf uns zukommen, zum Beispiel.«

»Der ältere Herr mit seinem Günstling?« fragte Holmes.

»Genau«, bestätigte sein Bruder. »Ein höchst exemplarisches Paar.«

Die beiden Männer waren gegenüber dem Fenster stehengeblieben. Die extravagant elegante Erscheinung des alten Mannes sowie die Tatsache, daß er an jeder Hand einen recht auffälligen Ring trug, mußten der Hinweis auf seine Homosexualität gewesen sein. Der andere war ein sehr kleiner, dunkler junger Bursche, der seinen Hut nach hinten über sein volles, glänzendes Haar geschoben hatte.

»Ein alter Soldat, wie ich sehe«, sagte Sherlock, der dem größeren, älteren Mann zunickte.

»Und erst vor sehr kurzer Zeit verabschiedet«, bemerkte der Bruder.

»In Indien gedient, wie ich sehe.«

»Und zwar als Unteroffizier.«

»Königliche Artillerie, nehme ich an«, sagte Sherlock.

»Und sehr vernarrt in seinen Jungen.«

»Aber in einer Kurzzeitbeziehung.«

»Also wirklich«, sagte ich lachend, »jetzt reicht es aber!«

»Es ist gewiß«, antwortete Holmes, »unschwer zu erkennen, daß ein Mann mit solcher Haltung, dem Ausdruck von Autorität und sonnenverbrannter Haut ein Soldat ist, der mehr als ein einfacher Schütze und erst kurz aus Indien zurück ist.«

»Daß er den Dienst noch nicht lange quittiert hat, zeigt sich daran, daß er noch immer seine Uniformstiefel trägt, obwohl seine übrige Kleidung von exquisitem Schnitt ist«, bemerkte Mycroft.

»Er hat keine Kavalleriestreifen, trotzdem trägt er den Hut auf einer Seite, wie die hellere Haut auf dieser Seite der Stirn beweist. Sein Gewicht spricht dagegen, daß er ein Pionier ist. Folglich muß er bei der Artillerie sein.«

»Dann ist natürlich die nervöse Sorge um den Jüngling an seiner Seite ein deutliches Zeichen für die eifersüchtige Natur ihrer Beziehung. Das deutliche Unbehagen des jungen Mannes in jenem hohen Kragen beweist, daß er nicht gewohnt ist, anständige Kleidung zu tragen, und wenn Sie auf seine Hände sehen, bemerken Sie rauhe Handflächen und diverse Schmutzränder unter den Fingernägeln, die ganz entschieden nicht das Kennzeichen eines Gentleman sind…«

»Folglich ein ausgehaltener Junge«, fügte Holmes triumphierend hinzu, »und angesichts des beträchtlichen Altersunterschieds besteht über die Beziehung kein Zweifel.«

»Nicht zu reden von den verstohlenen Blicken, die der Junge den anderen Jünglingen seines Alters im Vorübergehen zuwirft. Nein, es ist nicht Liebe oder tiefe Zuneigung, was ihn an der Seite seines Mentors festhält.«

»Und ein solches Erscheinungsbild wäre unwahrscheinlich bei einem Jungen, der mit den Gepflogenheiten des Zusammenlebens vertrauter ist, wo sein Beschützer die Rechnungen bezahlt und seine verdiente Belohnung fordert. Dieses Verhalten sowie sein Unbehagen in seiner derzeitigen Umgebung bestätigen die Diagnose.«

»Verblüffend«, sagte ich.

»Ganz einfach, mein lieber Watson«, scherzte Mycroft, der beim Gebrauch der Wendung, die ich so oft von Sherlock gehört hatte, seinem Bruder zuzwinkerte. Jetzt begann ich zu begreifen, was mein Freund meinte, wenn er sagte, sein Bruder sei noch scharfsinniger als er selbst. Er warf mir einen Blick zu und lächelte. Mycroft rückte seinen Beutel zurecht und erhob seine gewaltige Gestalt aus dem Stuhl.

»Übrigens, Sherlock«, sagte er. »Mir ist da etwas ganz nach deinem Herzen – ein ganz einzigartiges Problem – zur Beurteilung vorgelegt worden. Ich hatte wirklich keine Kraft, es in mehr als höchst unvollkommener Weise zu verfolgen, aber es gab mir Anlaß zu ein paar vergnüglichen Spekulationen und verspricht weitere unterhaltsame Konsequenzen heute abend. Wenn du die Fakten gerne hören möchtest…«

»Mein lieber Mycroft, ich wäre entzückt.«

Sein Bruder kritzelte eine Notiz auf ein Blatt Papier, das er mittels eines geheimnisvollen Kniffs zwischen seinen Beinen hervorzauberte. Er läutete und übergab es dem daraufhin erschienenen nackten, jungen Diener.

»Wir müssen uns einen Augenblick gedulden, da Mr. Melas erst aus dem Verlies geholt werden muß.«

»Aus... dem... was?« fragte ich nach Luft schnappend.

»Aus dem Keller, wie ich Ihnen schon sagte«, zischte Holmes. Für eines der wenigen Male während unserer Beziehung wurde sein Ton beinahe barsch.

»Mr. Melas ist gestern mit seinem Problem zu mir gekommen«, erklärte Mycroft Holmes, »und er beging das unverzeihliche Verbrechen, in die Haupthalle hereinzuplatzen und mehrere Mitglieder zu stören. Ich sagte ihm meine Hilfe zu, unter der Bedingung, daß er unseren Regeln Folge leistet und seinen Leib einer angemessenen Bestrafung unterwirft. Er war in einer solch verzweifelten Lage, daß er umgehend zustimmte, wenngleich ich hinzufügen muß, daß ihm die Aussicht kein allzu großes Mißbehagen zu bereiten schien.«

»Melas... Melas«, murmelte mein Freund. »Grieche, sollte man meinen«, fügte er nachdenklich hinzu. »Eine fürchterlich masochistische Rasse.«

»Ja, ganz entschieden«, gab sein Bruder zurück. »Und dieser ethnische Zug wird noch bedeutend verstärkt durch seine derzeitige... Ah, da haben wir ihn ja.«

Die Tür hatte sich wieder geöffnet, und Mr. Melas wurde von zwei jungen Dienern hereingebracht – dem einen, der uns anfangs durch den Flur geleitet hatte, und dem Burschen, der auf Mycrofts Läuten geantwortet hatte. Schweigend setzten sie die fest mit Ketten gefesselte Gestalt auf einen Stuhl und zogen sich zurück. Ich konnte den Zustand des Gefangenen kaum fassen! Er war mit mehreren schweren langen Ketten umwunden. Die Handgelenke waren auf den Rücken gefesselt und unter dem Unterleib an einem weiteren Metallband um seine Genitalien befestigt. Mund und Augen waren mit Vorrichtungen aus Leder verschlossen, die ihn solange blind und stumm machten, bis Mycroft den raffinierten Mechanismus löste, der sie an Ort und Stelle hielt.

Mr. Melas war ein kleiner, untersetzter Mann mit dem Körper eines passionierten Turners. Sein Gesicht erwies sich, sobald die diversen Vorrichtungen beseitigt waren, als von typisch dunkelhäutiger, ägäischer Schönheit. Ich bezweifle, daß er älter als 25 war. Bis auf seine Fesseln war er völlig nackt, und das lange seilförmige Anhängsel zwischen seinen Beinen schien sich über die Sitzfläche zu schlängeln, um seine knollige Eichel über die Kante zu strecken.

»Du darfst frei sprechen, Sklave«, sprach Mycroft ernst. »Dieser Herr ist mein Bruder, und er wird unseren Teil des Vertrages ebenso erfüllen wie du den deinen.«

»Danke, Sir«, keuchte der Gefangene. »Ich...«

»Und beeile dich!« schnarrte Mycroft Holmes.

»Ja, Sir!« entgegnete Melas. Er wandte den Blick meinem Freund zu, und nach einem Würgen und Schlucken schien er sich in seine Lage zu schicken. »Ich hielt es für unmöglich, daß die Polizei mir glauben würde – mein Wort, für unmöglich«, stieß er hervor. »Einfach weil sie noch nie davon gehört haben, aber deshalb kam ich zu Mr. Holmes. Ich werde gewiß nie wieder Ruhe finden, bis ich weiß, was aus dem armen Mann geworden ist mit dem Heftpflaster auf seinen... seinen Genitalien.«

»Ich bin ganz Ohr«, sagte Sherlock Holmes.

»Heute ist Mittwoch«, sagte der Gefangene. »Nun, dann war es am Montagabend – vor zwei Tagen erst, verstehen Sie –, als alles passierte. Ich bin Dolmetscher, wie mein Meister hier Ihnen vielleicht gesagt hat. Ich übersetze alle Sprachen – oder fast alle –, aber da ich Grieche mit einem griechischen Namen bin, werde ich vor allem für diese Sprache herangezogen. In den letzten zwei bis drei Jahren war ich der Hauptdolmetscher für Griechisch in London, und in den Hotels ist mein Name wohlbekannt.

Es geschieht nicht selten, daß Ausländer, die in Schwierigkeiten geraten, oder Reisende, die spät ankommen und meiner Dienste bedürfen, zu ungewöhnlicher Stunde nach mir schicken. Ich war daher nicht überrascht, als am Montagabend Mr. Latimer, ein sehr modisch gekleideter, geckenhafter junger Mann, in meine Wohnung kam und mich bat, ihn in einer Droschke zu begleiten, die vor der Tür wartete. Er sagte, ein griechischer Freund habe ihn geschäftlich aufgesucht, und da er nur die eigene Sprache spreche, seien die Dienste eines Dolmetschers unerläßlich. Er gab mir zu verstehen, daß sich sein Haus recht weit entfernt, in Kensington, befinde, und er schien in großer Eile, da er mich hastig in die Droschke nötigte, sobald wir unten auf der Straße waren.«

Während ich dem Bericht lauschte, verspürte ich, daß mich erneut ein Drang loszulachen kitzelte. Mr. Melas sprach, trotz seiner offensichtlichen körperlichen Einschränkungen, schnell und ebenso flüssig, als säßen wir uns bei einer Kanne Tee in der gepflegten Atmosphäre eines Herrenhauses gegenüber. Holmes' Bemerkung zum tiefsitzenden Masochismus der griechischen Rasse fiel mir wieder ein, und ich stieß den winzigen Anflug eines Kicherns aus.

Beim scharfen Blick Mycrofts in meine Richtung gefror mir der Laut auf den Lippen, und unverzüglich wandte ich unserem Gefangenen eine stumme, ernste Miene zu.

»Wenn ich sage, daß Latimer mich in einer Droschke mitnahm«, fuhr Melas fort, »muß ich hinzufügen, daß ich bald daran zweifelte, ob ich mich nicht vielmehr in einer Kutsche befand. Sie war weit geräumiger als die gewöhnliche vierrädrige Schande von London, und die Polster waren, obschon durchgescheuert, so doch von bester Qualität. Mr. Latimer setzte sich mir gegenüber, und wir fuhren los über Charing Cross und die Shaftesbury Avenue entlang. Wir waren zur Oxford Street gekommen, und ich trug mich mit dem Gedanken zu bemerken, dies sei ein Umweg nach Kensington; die Worte blieben mir jedoch angesichts des ungewöhnlichen Verhaltens meines Begleiters im Halse stecken.

Er zog eine höchst furchterregend wirkende Keule aus der Tasche, einen riesigen, schweren Knüppel, der mit Blei gefüllt sein mußte. Ich brauchte eine Weile, um die Form zu erkennen, worauf ich mich völlig entgeistert zurücksetzte. Es war der ungeheuerlichste künstliche Phallus! Latimer ließ seine Waffe mehrmals auf und ab schwingen, als wolle er ihr Gewicht und ihre Wucht prüfen. Dann schlug er mit dem Schaft gegen die Handfläche und schaute mich mit einem wissenden, sardonischen Grinsen an. ›Als guter Grieche‹, sagte er, ›sollten Sie die vollkommenen Maße erkennen.‹ Dann legte er ihn ohne ein weiteres Wort auf den Sitz neben sich. Hierauf zog er die Fenster an beiden Seiten zu, und zu meinem Erstaunen bemerkte ich, daß sie mit Papier überzogen waren, so daß ich nicht hinaussehen konnte.

›Ich bedaure, Ihnen die Aussicht zu nehmen, Mr. Melas‹, sagte er. ›Es ist so, daß ich Sie nicht sehen lassen möchte, wohin wir fahren. Es könnte mir Ungelegenheiten bereiten, wenn Sie den Weg wieder finden würden.‹

Wie Sie sich denken können, machten mich diese Rede und die unglaubliche Waffe auf dem Sitz neben meinem Begleiter ungemein betroffen. Mr. Latimer war ein kräftiger, breitschultriger junger Bursche, und ganz abgesehen von der Keule bin ich mir sicher, daß ich in einem Kampf mit ihm nicht die leiseste Chance gehabt hätte.

›Die ist ein sehr ungewöhnliches Benehmen, Mr. Latimer‹, stammelte ich. ›Es ist Ihnen doch bewußt, daß das, was Sie tun, völlig ungesetzlich ist.‹

›Ich nehme wir gewisse Freiheiten heraus, zweifellos‹, sagte er und tätschelte den riesigen Phallus, ›aber es soll Ihr Schaden nicht sein.‹ Damit warf er mir ein solch bösartiges Lächeln zu, daß mein Blut gefror und die Angst mich packte, als ob der Sensenmann selbst mir gegenübersäße. ›Aber, ich muß Sie warnen‹, fuhr er fort, ›wenn Sie irgendwann heute nacht Alarm zu schlagen versuchen oder etwas tun, was gegen meine Interessen verstößt, werden Sie es sehr bereuen. Vergessen Sie bitte nicht, daß niemand weiß, wer Sie sind, und daß Sie sich, ob in dieser Kutsche oder in meinem Haus, in meiner Gewalt befinden.‹

Er sprach ruhig, aber mit knarrender Stimme. Dies das fortwährende Tätscheln des Phallus' wirkte sehr bedrohlich. Ich saß stumm da und fragte mich, was um alles in der Welt der Grund sein könnte, mich auf diese ungewöhnliche Weise zu entführen. Wie dem auch sein mochte, völlig klar war, daß es keinen Zweck hatte, Widerstand zu leisten, und daß ich nur abwarten konnte, was geschehen würde.

Fast zwei Stunden lang fuhren wir, ohne daß ich den geringsten Hinweis hatte, wohin. Zuweilen wies das Rattern über Steine auf eine befestigte, gepflasterte Straße hin, und manchmal ließ der leichte, stille Lauf auf Asphalt schließen; aber abgesehen von diesen abwechselnden Geräuschen gab es nichts, was mir auch nur die entfernteste Vermutung erlaubt hätte, wo wir waren. Das Papier über den Fenstern war lichtundurchlässig, und vor die Scheibe vorn war eine blaue Gardine gezogen. Um Viertel nach sieben waren wir von Pall Mall abgefahren, und meine Uhr zeigte mir, daß es zehn vor neun war, als wir endlich anhielten. Mein Begleiter ließ die Fenster hinunter, und ich erhaschte einen Blick auf einen niedrigen Torbogen, über dem eine Lampe brannte. Als ich aus der Kutsche gehetzt wurde, schwang die Tür auf, und ich fand mich innerhalb eines Hauses wieder; beim Eintreten hatte ich einen schwachen Eindruck von Rasen und Bäumen zu beiden Seiten. Ob dies jedoch Privatbesitz war oder freies Gemeindeland, weiß ich nicht zu sagen.

Im Innern befand sich eine farbige Gaslaterne, die so weit heruntergedreht war, daß ich nicht mehr sehen konnte, als daß die Diele recht groß und mit Gemälden behängt war. Im

Dämmerlicht konnte ich ausmachen, daß die Person, die die Tür geöffnet hatte, ein kleiner, bösartig aussehender junger Mann mit den Schultern eines Stiers war. Als er sich zu uns umdrehte, fiel ein Lichtstrahl über eine Kette aus Silber oder Gold, die eng um seinen Hals geschlungen war.

›Ist das Melas?‹ fragte er.

›Ja, Harold‹, antwortete Latimer.

›Gut gemacht, gut gemacht! Nichts für ungut, Mr. Melas, aber ohne Sie kämen wir nicht weiter. Wenn Sie anständig zu uns sind, werden Sie es nicht bereuen, aber wenn Sie irgendwelche Tricks versuchen, gnade Ihnen Gott!‹ Er sprach auf eine nervöse, abgehackte Weise, versetzt mit kurzem, kicherndem Lachen, aber irgendwie erfüllte er mich mit größerer Angst als der andere.

›Was wollen Sie von mir?‹ fragte ich.

›Nur ein paar Fragen an einen gewissen griechischen Gentleman, der unser... äh, Gast ist, stellen und ihn einem gewissen Test unterziehen. Aber sagen Sie nicht mehr, als Ihnen gesagt wird, und tun Sie nicht mehr, als Ihnen zu tun befohlen wird, sonst...‹, hier ertönte wieder das nervöse Kichern, ›... werden Sie wünschen, nie geboren worden zu sein‹

Bei seinen Worten öffnete sich eine Tür, die in einen scheinbar sehr üppig ausgestatteten Raum führte; das einzige Licht kam jedoch von einer einzigen, halb gedämpften Lampe. Das Zimmer war jedenfalls groß, und so wie meine Füße im Teppich versanken, konnte ich auf die Pracht schließen. Ich erhaschte Blicke auf samtbezogene Stühle, einen hohen, weißen Kaminsims aus Marmor und auf einer Seite daneben etwas, das wie eine japanische Rüstung aussah. Genau unter der Lampe stand ein Stuhl, und der junge Mann gab mir Zeichen, Platz zu nehmen. Mr. Latimer hatte uns zu meiner großen Erleichterung alleine gelassen, wenngleich meine Furcht durch das geheimnisvolle, leicht effeminierte Verhalten meines Gastgebers alles andere als verschwunden war.

Plötzlich erschien Latimer. Er war durch eine andere Tür zurückgekehrt und führte einen nackten, gut gebauten Mann von etwa dreißig Jahren mit sich. Die Hände waren mit schweren Stricken auf den Rücken gefesselt, das ungewöhnlichste jedoch war die Masse von Heftpflaster, die seine Genitalien vollständig einschloß. Als er näher ins Licht trat, konnte ich immer deutlicher sehen, daß es sich um einen prächtig gewachsenen Gentleman handelte, der allerdings offensichtlich schwer mißhandelt worden war. Ich war höchst aufgewühlt, sowohl vor Entsetzen über seinen Zustand als auch unleugbar vor Erregung von der Schönheit seiner Züge wie auch von dem barbarisch Sexuellen seiner Fesselung.

›Haben Sie den Phallus?‹ fragte der junge Mann mit der Kette um den Hals.

Latimer nickte und hielt die gewaltige Nachbildung in Höhe seines Gesichts. Er machte ein gemeines, schmatzendes Geräusch und berührte die Eichel mit seinen Lippen, wie um ihre Potenz zu liebkosen. Der andere nickte mit grausamem Lächeln, während seine Blicke zwischen dem Gefangenen und mir hin und her schossen. ›Sie werden unseren Gast fragen, ob er bereit ist, uns die Koordinaten zu nennen.‹

Die Augen des Mannes sprühten Funken, und gegen meinen Willen erschauerte ich. Stotternd übermittelte ich dem Gefangenen die merkwürdige Frage.

›Niemals!‹ antwortete er. Trotz der Entschiedenheit seines Antwort nahm ich ein qualvolles Bemühen – vielleicht eine Schwäche – in seiner Stimme wahr.

›Unter keinen Umständen?‹ fragte ich auf Geheiß unseres Tyrannen.

›Nur wenn meine Söhne in Frieden und Sicherheit gehen dürfen, bevor ich enthülle, wo sie zu finden sind.‹

Der junge Mann kicherte auf seine boshafte Art.

›Sie wissen, was Sie dann erwartet?‹

›Es geht mir nicht um mich.‹

Dies sind Beispiele der Fragen und Antworten, aus denen unser seltsames Gespräch bestand. Immer wieder mußte ich ihn fragen, ob er nachgeben und seinen Widersachern den Ort nennen wolle, den ich aufgrund der besonderen Wortwahl bei bestimmten Antworten für eine Insel hielt. Immer wieder erhielt ich die gleiche entrüstete Antwort. Bald jedoch kam mir ein glücklicher Einfall. Ich fing an, jeder Frage eigene kurze Sätze anzufügen; anfangs harmlose, um zu prüfen, ob unsere Wächter etwas verstanden; dann, als es dafür keinen Hinweis gab, spielte ich ein gefährlicheres Spiel. Unser Gespräch verlief etwa folgendermaßen:

›Ihre Verstocktheit wird nichts nützen. Wer sind Sie?‹

›Das ist mir gleich. Ich bin fremd in London.‹

›Sie haben sich Ihr Schicksal selbst zuzuschreiben. Wie lange sind Sie schon hier?‹

›Meinetwegen. Drei Wochen.‹

›Sie werden die Sachen nie bekommen. Was ist mit Ihnen?‹

›Weder mein Eigentum noch meine Söhne werden in den Besitz von Schurken gelangen. Sie foltern mich sexuell.‹

›Sie sind frei, wenn Sie uns den Ort nennen. Wie?‹

›Niemals. Aphrodisiaka und dieser Verband.‹

›Sie leisten Ihren Söhnen damit keinen guten Dienst. Wer sind Sie?‹

›Lassen Sie mich mit demjenigen sprechen, den Sie gefangenhalten. Kratides aus Athen.‹

›Sie werden ihn sehen, wenn Sie uns die nötigen Informationen liefern. Ist der Junge auch ihr Gefangener?‹

›Dann werde ich hin nie sehen. Ja.‹

Noch fünf Minuten, Mr. Holmes, und ich hätte die ganze Geschichte unter ihren Augen erfahren. Meine allernächste Frage hätte die Sache vielleicht klären können, aber in diesem Augenblick öffnete sich die Tür, und ein bezaubernder, dunkelhaariger junger Mann trat ein. Ich konnte ihn nicht deutlich genug sehen, um mehr zu erkennen, als daß er groß und anmutig war, mit schwarzem Haar und in eine Art dünnen weißen Talar gekleidet.

›Harold‹, sagte er auf Englisch mit gebrochenem Akzent. ›Ich konnte nicht länger draußen warten. Es ist so einsam da oben, und dieser Wein hat mich steif werden lassen, bis – oh, mein Gott, das ist ja Paul!‹

Diese letzten Worte kamen auf Griechisch, und im gleichen Augenblick machte der Gefangene einen krampfhaften Versuch, der ihm die Hände befreite, und begann an dem Verband um seinen Penis zu zerren. Latimer trat vor, wurde aber von dem jungen Mann, Harold, mit einem Blick zurückgehalten. Als das letzte Stück Heftpflaster mit einem ekelhaften Geräusch abriß, warf sich der Gefangene nach vorn auf den Jungen zu. Er hatte jedoch nicht an seine Ketten gedacht und fiel mit einem markerschütternden Krachen zu Boden, unfähig, sich mit den Armen abzufangen, die an den Ellbogen noch gefesselt waren.

Harold stieß ein furchterregendes Gelächter aus und machte Latimer Zeichen, ihm den künstlichen Phallus zu geben. Mit diesem stürzte er sich auf den Gefangenen und rammte die aufgeblähte Eichel seines Werkzeugs gegen den Anus von Mr. Kratides. Dem erbarmungslosen Ausdruck in den Zügen des Schurken nach zu urteilen, hätte er die gesamte Länge in den wehrlosen Unterleib geschoben, wenn nicht der griechische Jüngling sich in den Kampf eingemischt hätte. Mit einer Kraft, die ich ihm bei weitem nicht zugetraut hätte, rang der junge Mann mit dem Peiniger seines Mentors und hätte ihn wahrscheinlich zur Seite gestoßen, wäre Latimer nicht eingeschritten. Gemeinsam gelang es ihnen, den jungen Mann abzudrängen, der fortfuhr, um sich zu schlagen und gegen ihre Umklammerung anzukämpfen. Kratides lag nur hilflos da, wohin er gefallen war… möglicherweise von der plötzlichen Gewalt seines Sturzes ein wenig benommen.

Der junge Mann rief etwas auf Griechisch und flehte den Zorn des Himmels auf seine Gegner herab; was indessen nichts nützte. Ich muß gestehen, Mr. Holmes, daß ich durch das ganze Geschehen derart verstört war, daß ich es versäumte, einzugreifen. Hätte ich es in diesem Moment getan, hätte ich vielleicht den Ausgang geändert und dem Jungen sein fürchterliches Schicksal erspart. Als ich jedoch wieder so weit bei Sinnen war, hatten die beiden Unholde den jungen Mann bäuchlings auf die Sitzfläche eines Holzstuhles gefesselt. Der Mann namens Harold hielt noch immer den Phallus, den er nun an der Vertiefung zwischen den Hinterbacken des wehrlosen Jünglings ansetzte.

›Sie können unserem Gast mitteilen‹, sagte er zu mir, ›daß, wenn er meiner Forderung nicht sofort nachkommt, dieses Instrument seinem Liebling einer höchst schmerzhaften Erfahrung unterziehen wird.‹

Die Absicht des Burschen war klar, und als Latimer Mr. Kratides umdrehte, damit er sehen konnte, was geschehen war, wußte ich, daß es unnötig war, Harolds Worte zu übersetzen. Der Ausdruck auf dem Gesicht des Gefangenen entzog sich jeder Beschreibung, so groß war sein Entsetzen. Dennoch tat ich wie geheißen, zu erschüttert jedoch, um meine Frage durch noch einen Zusatz zu ergänzen.

Obgleich ihm Tränen über das Gesicht liefen, schüttelte Mr. Kratides traurig den Kopf und weigerte sich, die verlangte Information zu enthüllen. Ich zögerte, seine Worte zu übersetzen, da mich dies ungewollt zum Komplizen des Leides, das dem Jüngling bevorstand, machen würde. Wenngleich ich noch zögerte, hatte die Bewegung des Kopfes des Gefangenen seine Absicht kundgegeben, und Harold trieb den Phallus tiefer in den Leib des jungen Mannes, worauf ein grauenvoller, gequälter Schrei die Luft zerriß.

Kratides mühte sich vergeblich, auf die Füße zu kommen, da aber seine Oberarme noch an die Seiten gekettet waren, konnte er dem teuflischen Ritus nur wehrlos zusehen. Harold rammte das Instrument immer wieder zwischen die nach oben gereckten Hinterbacken, und stieß solch schreckliche Laute hervor, daß ich mir beide Hände an die Ohren preßte und versuchte, wegzusehen. Dies gelang mir jedoch ebensowenig, wie es meinem kräftigen Landsmann gelang, sich vom Boden zu erheben. Und allmählich, als der Leib des Jünglings sich an die Gewalt seiner Pfählung gewöhnte, nahmen die Schreie des Qual ab, um von einem beinahe erotischen an- und abschwellendem Stöhnen ersetzt zu werden. Dies rief ein Lächeln auf Harolds Lippen hervor, und ich hörte ihn etwas über die Gründlichkeit von Kratides' Training brummen. Der Phallus aber war bisher nicht einmal zur Hälfte eingeführt worden.

Dann fiel mein Blick zufällig auf die Gestalt, die auf dem Bauch am Boden lag. Zu meinem überraschten Entsetzen bemerkte ich zwischen seinen Beinen eine gewaltige Erektion. Und mehr noch: Kratides' Gesicht war in einer faszinierenden Mischung aus höchster seelischer Anspannung und ekstatischer Begierde verzerrt. Eine große weiße Perle sammelte sich langsam an der Spitze seines Penis', die, als sie an Größe und Gewicht zunahm, sich zu einem länglichen, fadenförmigen Tropfen zu dehnen begann. Plötzlich fiel mir ein, daß ich um den Grund für diese ungewöhnliche Reaktion wußte, und erkannte sogleich, daß der Mann für seine anscheinend herzlose Geilheit nicht verantwortlich war. Sein Leib mußte förmlich platzen von unerfüllter Lust, hervorgerufen durch den erzwungenen Genuß eines starken Aphrodisiakums. Dennoch blieb der Eindruck von Anstößigkeit, und ich war noch schockierter, als Kratides jäh einen gewaltigen Samenstrom ausstieß.

Der Junge gab inzwischen überhaupt keinen Laut mehr von sich. Ich bin nicht sicher, ob er die Reaktion seines Lehrers auf sein Unglück bewußt mitbekommen hatte. Ich weiß nur, daß der hilflose Kratides von beiden Peinigern verhöhnt wurde, bis jedes ihrer Worte eine weitere Kaskade milchigweißer Flüssigkeit hervorzurufen schien. Ich wurde selbst erregt, wie ich mit Schrecken feststellte, und versuchte gerade, das sichtbare Zeichen davon zu verbergen, als Latimer zufällig in meine Richtung blickte.

›Melas sieht aus, als möchte er sich den Festivitäten anschließen‹, sagte er mit niederträchtigem Grinsen.

›Aber unbedingt!‹ schrie sein Kumpan. ›Seine Komplizenschaft wird uns seines Schweigens versichern.‹

Ich wäre aufgesprungen und geflohen, hätte ich nur gewußt, wohin. Da dies natürlich nicht der Fall war, verharrte ich wie angewurzelt auf meinem Stuhl. Latimer winkte mich zu sich. Als ich gehorsam aufstand, stieß sein Komplize erneut ein schrilles, nervenzerfetzendes Gemecker aus. ›Es wäre eine Schande, Mr. Melas' feine Garderobe zu beschmutzen‹, sagte er. ›Ich schlage vor, wir geben ihm Gelegenheit, sich zu entkleiden, bevor er sich an seine Aufgabe macht.‹

Schreckensstarr blickte ich von einem zum anderen, sah aber kein Indiz, daß sie auch nur um ein Quentchen nachgeben würden. Ich hatte keine Wahl, wie Sie sehen, und da ich keinen Grund sah, meine Kleidung ebenso zu besudeln wie meinen Leib, zog ich mich aus. Als ich nackt im Schein der flackernden Beleuchtung stand, musterten mich beide Männer mehrere Sekunden lang. Kratides war mit geschlossenen Augen rücklings auf die Dielen gefallen, und das einzige Lebenszeichen war das heftige Heben und Senken seiner Brust.

›Säubern Sie ihn!‹ knurrte Latimer.

›Ja, hervorragend!‹ schrie sein Kumpan schrill. ›Säubern Sie ihn, Mr. Melas. Rasch, bevor es kalt wird.‹

Ich erkannte sofort, was er vorhatte, und trotz meiner… äh, früheren Erfahrung auf diesem Gebiet, spürte ich ein deutliches Flattern im Magen. Ich war jedoch erregt, wie für alle am steinharten Zustand meines Gliedes ersichtlich war.«

Als Melas diesen Teil seiner Geschichte erzählte, schaute er zu ebenjenem Körperteil hinab und lächelte verlegen. Dessen momentane Reaktion bestätigte die Wahrheit seiner Aussagen. Das lange, schlangenartige Anhängsel stand nun starr und reckte sich in einem schiefen Winkel über die Sitzfläche des Stuhls. Sherlock und Mycroft Holmes lächelten beide wissend, und ich bemerkte, daß sich letzterer mit der Zungenspitze über die Lippen fuhr.

»Ich ging auf die Knie und begann, die Beweise für Mr. Kratides' unbeherrschte Lust abzulecken«, fuhr Mr. Melas fort, »und da ich die Aufgabe angenehmer fand, als ich gedacht hatte, hatte ich nicht mehr auf die Handlungen der beiden Schurken, Harold und Latimer, geachtet. Erst als ich die Hitze der Lenden des letzteren an meinem hochgereckten Hinterteil spürte, erkannte ich, daß man noch weitere Verwendung für mich hatte. Roh packten Latimers Hände mich an den Rundungen meines Leibes. Er hatte Hemd, Hose und Unterwäsche abgelegt, so daß sein nacktes Fleisch auf meinem brannte und der geschwollene Schaft seines Geschlechts sich hart zwischen meine Schenkel bohrte. Wiederholt führte er feste Stöße gegen meinen Unterleib, wobei er Bewegungen wie beim Verkehr vollführte, ohne jedoch wirklich mein Hinterteil zu penetrieren.

Dieses letzte Stück seiner Besteigung sollte mir indessen nicht erspart bleiben. Plötzlich spürte ich, wie er mehrere Zentimeter ausholte, wobei bei der Trennung des warmen Kontakts ein Strom kühlerer Luft meine Haut liebkosen durfte. Dann glitt ein langer, forschender Finger durch die Spalte zwischen meinen Backen, und einen Moment später drang er so brutal in mich ein, daß ich aufschrie und nach vorn auf die gefesselte, reglose Gestalt des Gefangenen stürzte. Der junge Mann, noch immer über den Stuhl gebunden, stöhnte erneut auf, während Harold sich irgendwo im Hintergrund, außerhalb meines Gesichtsfeldes aufhielt.

›Bitte!‹ flehte ich zitternd vor Angst. Ich hätte noch mehr gesagt, aber die Spasmen der Qual machten, daß ich mich, auf ihrem anderen Opfer liegend, drehte und wand, während der Schmerz beinahe jegliche sinnliche Reaktion abtötete.

›Bitte‹, äffte Latimer mich nach. ›Hat man je von einem Griechen gehört, dem so 'ne kleine Vergewaltigung nicht gefallen hätte? Was, Harold?‹ lachte er.

›Mach weiter‹, kam das keuchende Rasseln seines Kumpans.

Blitzartig wurde der Finger herausgezogen, und an seiner Stelle spürte ich den furchterregenden Druck von Latimers aufgeblähtem Bolzen. Ich hatte seine Größe bereits abgeschätzt, als er ihn mir zuvor zwischen die Beine gesteckt hatte. Jetzt bekam ich die Gelegenheit, seine gesamte Stärke zu fühlen, als der Mann sich gegen mich warf und die riesenhafte Knolle in den Griff meines wehrlosen Anus' zwang. In diesem Moment hätte ich um ein Haar den Geist aufgegeben; ich klammerte mich fest an den warmen Leib unter mir, biß gegen den Schmerz die Zähne zusammen und versuchte, meinen widerstrebenden Körper zu entspannen. Der Empfangende bei einem wirklichen Sexualakt zu sein, war mir nicht neuer als jeder sonstige Aspekt homosexuellen Verkehrs; die Unvermitteltheit und die Brutalität der gegenwärtigen Umstände lagen jedoch weit außerhalb meines bisherigen Erfahrungshorizontes.

Dann hatte Latimer seinen Schwanz gänzlich eingeführt, und ich fühlte mich wie auf eine lodernde Fackel aufgespießt. Minutenlang war mein Geist in Agonie von allem isoliert, so daß ich meine Umgebung kaum wahrnahm. Wie von ferne hörte ich einen markerschütternden Aufschrei, und bei späterem Nachdenken erkannte ich, daß der phallische Knüppel vollständig in den Unterleib des jungen Mannes gerammt worden sein mußte. Mein eigener Zustand hinderte mich jedoch daran, mich näher um meinen Leidensgenossen zu sorgen. Plötzlich wurde ich mir der Umklammerung durch Latimers Körper bewußt, des wilden Drucks seiner starken Arme, die sich um mich schlangen, und dann des allmählichen Nachlassens des Schmerzes, als mein Körper sich an die Penetration gewöhnte.

Die Befreiung aus diesem Gespinst der Qual erschien mir, als durchstoße ich den Wasserspiegel eines Teichs nach einem langen Tauchgang in trübe Tiefen. Latimers Lenden bohrten sich wütend gegen mein schutzloses Hinterteil und scheuerten rauh und beharrlich über meine Haut, so daß die Wogen des Schmerzes, die mir sein Kolben im Innern bereitete, restlos hinweggespült wurden. Im Gegenteil: Ich spürte, wie die sengende Pein behaglicher Wärme und einem köstlichen Gefühl des Ausgefülltseins wich. Ich war mir wieder der geschmeidigen Gestalt unter mir bewußt, und mit dem Verschwinden meines eigenen Unbehagens, war es mir eher möglich, deren sinnlich Vorzüge zu genießen. Mein Glied hatte sich zu verzweifelter Härte erhoben und zwängte sich nun zwischen die Schenkel des anderen.

›Fick ihn!‹ tönte mir Latimers scharfes Wispern im Ohr. Er warf sich wild gegen mich und verstärkte den Druck seiner Arme. ›Fick ihn!‹ wiederholte er, und die warme Brise seines Atems erweckten meine aufgestauten Leidenschaften.

Mit einiger Mühe gelang es mir, eine Hand zwischen meine Lenden und die des apathischen Gefangenen, der keinen Einspruch erhob, zu schieben. Ich packte meinen zuckenden Steifen und hob den Hintern, um die Eichel gegen die Rosette zu pressen, die meine Finger erspürt hatten. Ich hörte Kratides stöhnen, als Latimer dessen Beine in die Höhe zwang, um seinen Anus meiner Attacke preiszugeben. Der Versuch jedoch, ohne die Hilfe eines Gleitmittels in ihn einzudringen, ängstigte mich beinahe.« Mr. Melas lächelte uns verlegen an und blickte nieder auf sein längliches Glied. Dieses hatte auf die Erzählung mit einer Versteifung reagiert, die seine knollige Eichel aus ihrer vorherigen Schlaffheit erweckt hatte.

»Weiter«, drängte Mycroft Holmes. »Ihre Zurückhaltung ist wohl dargelegt und gewiß gerechtfertigt.«

»Nun, Mr. Holmes«, fuhr Melas fort, »es war klar, daß Latimer wollte, daß ich genau das tat, wogegen mein Gewissen sich sträubte, und um seiner Forderung Nachdruck zu verleihen, hob er die Hüften an und rammelte mich erneut. Der Stoßtakt seines Kolbens entflammte mich derart, daß ich die Stöße an Mr. Kratides weitergab. Ich sah, daß dessen Qual der meinigen in den vorangegangenen Momenten zumindest gleichkam; aber er erholte sich auch schneller. Angesichts des so kurz zurückliegenden gewaltigen Ergusses verblüffte mich seine Fähigkeit, eine solch hohe Stufe sinnlicher Reaktion zu erlangen. Das Aphrodisiakum mußte sehr stark gewesen sein. Kaum eine oder zwei Sekunden später kräuselte ein verzücktes Lächeln seine Lippen, und zu meinem noch größeren Erstaunen hob er den Kopf, um mich zu küssen.

Inzwischen war ich weit jenseits jeglicher Besorgnis um die besonderen Umstände meiner Beteiligung. Ich lag da mit einer warmen, angenehmen Last auf meinem Rücken und einem zuckenden, herrlichen Schwanz in mir. Mein eigener Schaft war so in eine zupackende, heiße Finsternis gebettet, daß ich meinen Höhepunkt kaum zurückhalten konnte. Und nun verlieh noch der Mann, den ich zu mißbrauchen gefürchtet hatte, dem Genuß und dem Einverständnis zu meinem Tun Ausdruck. Mir schwirrte der Kopf, und all meine Sinne drehten sich, als sei ich in vollem Lauf von einem Karussell gefallen. Ach, meine Herren, es war eine solch köstliche Ekstase, daß die Erinnerung alles Negative verdrängt! Ich war buchstäblich von heißem, festem Fleisch umhüllt, von oben und unten eingequetscht, damit gefüllt und von seinen Tiefen verschluckt.«

Mr. Melas hätte wahrscheinlich noch länger in seinen

Träumen geschwelgt, und der steifragenden Stellung seines Penis' nach zu urteilen übertrieb er die angenehme Auswirkung, die seine Erzählung auf seine Emotionen ausübte, nicht im mindesten. Mit einem strengen Blick und einem plötzlichen Fingerschnippen brachte Mycroft Holmes jedoch den verzückten Griechen wieder in die Gegenwart zurück. »Was Ihnen in diesem Haus widerfuhr, ist nichts gegen das, was sie im Keller dieses Gebäudes erwartet«, sagte er scharf. »Was uns im Augenblick interessiert, sind die Umstände Ihrer Rückkehr und die weiteren Gespräche mit Latimer und diesem Harold.«

»Ja, Sir!« erwiderte Mr. Melas. Sein ganzer Körper spannte sich, so daß er aufrecht im Stuhl saß. Er erinnerte mich an einen Soldaten, der vor seinem Sergeanten Haltung annimmt. Ich bemerkte indessen, daß diese Rückbesinnung keine Auswirkung auf die Härte seiner Erektion zeitigte. Wenn überhaupt, so wurde das Bild seiner starren Haltung durch den Zustand seines Steifen noch verstärkt. Und, wie ich hinzufügen darf, die Anspielungen auf seine eigene Potenz waren nicht übertrieben. Es handelte sich in der Tat um ein prachtvolles Organ!

»Als sie von mir abließen«, fuhr Mr. Melas wehmütig fort, »stürzten sich die beiden Männer auf Kratides und fesselten ihm erneut die Hände auf den Rücken. Harold ergriff eine Rolle Heftpflaster und packte das herrliche Glied in mehrere Schichten des Materials. Ohne sich die Mühe zu machen, sich anzuziehen – denn auch er hatte sich im Lauf der Tätlichkeiten entkleidet –, führte er den Jungen und den Gefangenen aus dem Zimmer. Verwirrt schaute ich Latimer an, da ich nicht wußte, was er tun würde. Anstatt mir jedoch Gewalt anzutun, wie ich halb erwartet hatte, grinste er und ging zu seinen Kleidern. Er kramte in seinen Hosentaschen und holte ein Häufchen Münzen hervor. ›Hier sind fünf Sovereigns‹, sagte er, indem er mir diese aushändigte, ›die, wie ich hoffe, als Lohn reichen. Aber denken Sie daran‹, fügte er hinzu, wobei er mir gegen die nackte Brust tippte, ›wenn Sie hierüber auch nur zu einer einzigen Menschenseele reden, nun, dann möge Gott sich Ihres Arsches erbarmen.‹

Ich kann Ihnen das Entsetzen nicht schildern, das dieser Mann mir einflößte. Nun, da das Licht der Lampe auf ihn fiel, konnte ich ihn besser sehen, und ich begriff, warum es so schmerzhaft gewesen war, als er mich mißbraucht hatte. Selbst in erschlafftem Zustand muß sein Penis dreizehn Zentimeter im Durchmesser gehabt haben, wenngleich ich bezweifle, daß die Länge als ungewöhnlich angesehen würde. Dennoch, so wie er ihn gebraucht hatte, war es –«

»Wir sind gegenwärtig weder an den Maßen noch an der Potenz von Mr. Latimer interessiert«, entgegnete Mycroft Holmes barsch. »Berichten Sie einfach, was dann geschah.«

»Ohne sich weiter zu bekleiden als mit einem Paar Wanderstiefeln packte Latimer mich an den Schultern und schob mich durch den Raum. Ich hatte nurmehr meine Unterhose übergestreift, aber er versicherte mir, ich könne mich in der Kutsche fertig ankleiden. Daher hoffte ich, er würde im Haus zurückbleiben, während ich in die Stadt zurückgebracht wurde. Zu meiner großen Verwunderung stieg er hinter mir in die Kutsche und machte es sich bequem, während der Kutscher die Pferde antrieb und wir nach London zurückfuhren. Nervös und verängstigt zwängte ich mich wieder in meine Kleider und versuchte, dem nackten, attraktiven Mann gegenüberzusitzen, ohne meine Befangenheit zu zeigen.

Natürlich gelang mir dies nicht, und lange bevor wir unser Ziel erreichten, sagte er mir, ich könne ihn anfassen, wenn ich wollte. Er sagte es, als würde er mir etwas erlauben, das ihn völlig gleichgültig war. Ich war ernstlich versucht, sein Angebot zu ignorieren, aber beim Anblick des schweren, saftigen Gliedes wurde ich alsbald wehrlos. Ich kniete auf dem Boden der schaukelnden Kutsche und lutschte es bis zum

Anschlag, als der Fahrer plötzlich anhielt und ich rückwärts gegen den Sitz flog.

›Sie werden hier aussteigen, Mr. Melas‹, sprach Latimer kalt, und obgleich sein Schwanz steif und gierig zwischen seinen Schenkeln stand, gab er kein Zeichen von sich, daß ich beenden dürfte, was ich begonnen hatte. Statt dessen beugte er sich, offenbar ohne sich zu scheren, wer vor den undurchsichtigen Scheiben der Kutsche stehen könnte, herüber und stieß die Tür auf.

Noch immer im Zustand dumpfer Benommenheit stieg ich aus und hatte kaum Zeit, beiseite zu springen, ehe der Kutscher dem Pferd die Peitsche gab und davontrabte. Ich schaute mich verwundert um. Ich befand mich auf einer Art unbestellten Gemeindeangers, der mit wildem Stechginster gesprenkelt war. In der Ferne erstreckte sich eine Häuserzeile, deren Fenster in den oberen Stockwerken hier und da erleuchtet waren. Auf der anderen Seite gewahrte ich die roten Signallampen einer Bahnlinie.

Die Kutsche, die mich hergebracht hatte, war bereits außer Sicht. Ratlos schaute ich mich um und fragte mich, wo um alles in der Welt ich sein mochte. Der einzige Beweis dafür, daß das ganze Erlebnis kein Traum gewesen war, war der salzige Geschmack von Latimers Samen auf der Zunge. Als ich mich erkundigte, erfuhr ich, daß ich mich auf dem Wandsworth Common befand und eine Meile bis Clapham Junction gehen mußte, um den letzten Zug nach Victoria Station zu erreichen.

So also endete mein Abenteuer, Mr. Holmes«, fügte er mit einem Blick auf meinen Freund hinzu. »Ich weiß nicht, wo ich war oder mit wem ich sprach, noch sonst irgend etwas außer dem, was ich Ihnen berichtet habe. Aber ich weiß, daß da etwas Übles im Gange ist, und ich möchte diesem herrlichen, unglücklichen Paar helfen! Ich habe die ganze Geschichte Mr. Mycroft Holmes erzählt«, sagte er, wobei er seinem Meister gegenüber respektvoll die Augen senkte, »aber ich fürchte, ich kann der Polizei diese Informationen nicht zukommen lassen, ohne mein... äh... etwas fragwürdiges Verhalten preiszugeben.«

»Ich finde Ihr Verhalten nicht im mindesten fragwürdig!« schnarrte Mycroft Holmes. Seine Stimme hallte wie Donner durch den Raum, und seine Augen blitzten vor unerwartetem Zorn. Schon streckte er die Hand nach der Glockenschnur aus, als er den Blick seinem Bruder zuwandte. »Gibt es noch etwas, das du Mr. Melas fragen möchtest, Sherlock?«

Mein Freund verharrte einige Sekunden schweigend und nachdenklich. »Nein«, antwortete er. »Ich glaube, Mr. Melas hat uns sein Abenteuer recht erschöpfend geschildert. Ich rate ihm nur, darauf zu achten, daß er diesen Leuten nicht in die Hände fällt, bevor wir Gelegenheit haben...«

»Dort, wo er ist, ist er ganz sicher!« erwiderte Mycroft. Damit zog er heftig an der Schnur, worauf die beiden jungen Diener herbeieilten. »Bringt den Sklaven zurück in seine Zelle«, sagte der ältere Holmes und fügte, nachdem die drei verschwunden waren, hinzu: »Nichts mißfällt mir mehr, als einen Mann seine sexuellen Handlungen als ›fragwürdig‹ bezeichnen zu hören. Ein Mann handelt, wie seine Psyche es ihm gebietet, und was auch immer sein Schöpfer in ihn hineingelegt hat, ist für das jeweilige Individuum natürlich... Aber ich schweife ab.« Er nahm wieder Platz und fuhr in ruhigerem, gemessenerem Ton fort. »Was meinst du, Sherlock?«

»Was hast du unternommen?« fragte dieser.

Mycroft griff zur Daily News, die auf dem Beistelltisch lag.

»Jeder, der Auskunft über den Verbleib eines griechischen Gentleman namens Paul Kratides aus Athen, welcher nicht Englisch spricht, geben kann, erhält eine Belohnung. Eine entsprechende Belohnung erhält derjenige, der Angaben über einen griechischen Jüngling macht, der in Verbindung zu Mr. Kratides steht, X 2473.«

»Dies stand in allen Tageszeitungen«, fügte er hinzu. »Keine Antwort.«

»Und die griechische Botschaft?«

»Ich habe mich erkundigt. Sie wissen nichts.«

»Dann ein Telegramm an den Athener Polizeichef?« fragte ich.

»Sherlock besitzt alle Energie der Familie«, sagte Mycroft zu mir gewandt. »Also, du übernimmst unbedingt den Fall und läßt mich wissen, falls du Glück hast.«

»Gewiß«, antwortete mein Freund und erhob sich. »Ich gebe dann Bescheid, und bis dahin bewahrst du Mr. Melas vor Schaden. Durch diese Anzeigen wissen sie natürlich, daß er sie verraten hat.«

Ein eiskaltes Grinsen breitete sich über Mycroft Holmes' Züge. »Mr. Melas wird für geraume Zeit außerhalb ihrer Reichweite sein«, sagte er, »allerdings muß ich dich an unsere Regeln erinnern.« Die letzten Worte wurden in einem ernsteren, fast unheilverkündenden Ton gesprochen. »Wir dürfen ihn nicht gegen seinen Willen festhalten. Daher darf er morgen, sollte er es wünschen, die Sicherheit unserer Räume verlassen.«

»Dem deutlichen Entzücken über die pure Aussicht auf das, was du zu bieten hast, nach zu urteilen«, erwiderte mein Freund, »dürfte es nicht allzu schwer fallen, ihn zum Bleiben zu überreden.«

Erneut lächelte sein Bruder. »Wir werden unser Bestes tun«, sagte er.

»Und sollte Mr. Melas beschließen, trotz deiner... äh, Anregungen zu gehen, informiere mich doch bitte.«

»Gewiß«, sagte Mycroft Holmes.

Wir verabschiedeten uns ganz formlos, wiederum mit den Manieren dreier Gentlemen, und schüttelten uns im inneren

Salon die Hände. Nachdem sich die Außentür hinter uns geschlossen hatte und wir durch Pall Mall schlenderten, wandte Holmes sich mir lächelnd zu. »Nun, Watson«, fragte er mit einem Augenzwinkern, »was halten Sie vom Diogenes-Club?«

»Außerordentlich!« sagte ich.

Ich hatte eine schlaflose Nacht und warf mich anfangs ruhelos im Bett herum, während ich darauf wartete, daß Holmes sich zu mir gesellte. Nach der lebhaften Schilderung von Mr. Melas und dem, was ich im Club gesehen hatte, war mein Leib so entflammt, daß ich mich nur mit Mühe zurückhalten konnte, nach meinem Freund zu rufen. Er hatte auf dem Heimweg beim Telegraphenamt haltgemacht und mehrere Depeschen aufgegeben. Jetzt hörte ich ihn im Wohnzimmer auf und ab gehen, wollte ihn jedoch nicht stören, da ich wußte, daß er tief in Gedanken versunken war. Jeden Moment erwartete ich, das Kratzen der Fiedel zu hören, aber dies zumindest blieb mir erspart. Ich hatte die Hoffnung auf sein Kommen fast schon aufgegeben und tatsächlich bereits die Decke zurückgeschlagen und mein steifes Glied gepackt, um die allerdrängendsten Begierden des Fleisches zu befriedigen, als er urplötzlich ins Zimmer spazierte. Schon an der Silhouette in der Tür, von hinten durch das Licht der Tischlampen angestrahlt, wußte ich, daß etwas nicht stimmte. Er hatte sich vollständig entkleidet, und so, wie er dastand, mit den Händen am Türpfosten, den festen, schlaksigen Körper zum größten Teil im Dunkel, war klar, daß er sich eines seiner Opiate injiziert hatte.

»Holmes!« rief ich scharf. Vorhaltungen über den Raubbau, den er mit seiner Gesundheit trieb, lagen mir auf der Zunge, aber inzwischen hatte ich gelernt, daß es vergebens gewesen wäre. Also schwieg ich und schaute mit wachsender Besorgnis zu, wie er sich langsam dem Bett näherte.

»Mein lieber, lieber Freund!« brummelte er.

Damit stürzte er sich auf mich, daß das Bettgestell unter dem plötzlichen Ansturm seines Leibes quietschte und krachte. Ich trug ein linnenes Nachthemd, das er mir mit einer Drehung des Handgelenks herunterriß. »Ah, ich sehe, Sie waren bereit für mich, Watson!« dröhnte er. Seine Lippen senkten sich auf meine geblähte Eichel, und ich hatte kaum Zeit, Atem zu schöpfen, bevor er bis zur Wurzel vorgedrungen war und versuchte, meine Hoden ebenfalls einzusaugen. Sein Kopf hüpfte auf und ab, und seine wilden Bewegungen drohten, mich zu verschlingen. Er hatte jeglichen Kontakt mit der Realität verloren, wie ich bald erkannte, aber der Grund für die Verwirrtheit meines Freundes – und auch für seinen jähen und unerwarteten Gebrauch von Narkotika – entging mir.

Im Augenblick genügte es, daß er zu mir gekommen war und daß meine sexuellen Bedürfnisse erwidert wurden. Es war jedoch einer der wenigen Male, in denen wir ohne Vorspiel und den Ausdruck der tiefen Zuneigung, die uns verband, zueinander fanden. Ich spürte die brennende Hitze und den animalisch fordernden Druck, als er mich tief in sich aufnahm und fortfuhr, nach vollkommener Inbesitznahme zu streben. Ich bin sicher, unter gewöhnlichen Umständen wäre er an dieser Aufgabe gescheitert. Mein Schwanz ist nicht so klein, daß er so leicht zu schlucken wäre. Nun steckte er ihm tief im Hals, und Holmes hatte sich herumgeworfen, damit seine Zunge sich an den Lippen vorbeischieben konnte, um meinen Hodensack ebenfalls in den Schlund zu ziehen.

Mir blieb nur, mich zurückzulegen und ihn gewähren zu lassen. Auf meine Sinne strömte eine Flut von Reizen ein, und in meinem hocherregten Zustand war das Gefühl, von ihm eingehüllt zu werden, jenseits jeder Beschreibung. Ich sah, wie sich der schattenhafte Umriß gegen meine Lenden preßte, und fühlte, wie die lange, zupackende Zunge allmählich den Inhalt meines Sacks auf seine gespannten Lippen zuzog. Als beide Kugeln unmittelbar davor lagen, vollführte Holmes ein scheinbar unmögliches Kunststück und umschloß sie. Ich war nun ganz in seiner Gewalt, vom Gewicht seines Oberkörpers auf meinen Oberschenkeln und dem Druck seiner Hände auf meinem Bauch fest ans Bett genagelt. Ich begann die Selbstbeherrschung zu verlieren. Mich windend und stöhnend kämpfte ich gegen den Drang an, ihm die Handflächen an die Stirn zu legen und ihn wegzustoßen. Das Gefühl war unbestreitbar herrlich, und doch grenzte es ans Unerträgliche.

Noch bevor Holmes hereingekommen war, war ich so erregt gewesen, daß es nicht lange dauerte, bis seine wilde Attacke mich zum Höhepunkt brachte. Mit einem kräftigen Hüftstoß überflutete ich ihn. Ich spürte, wie seine Kehle zuckte, als er die schwere Ladung irgendwie schluckte. Doch er hielt mich immer noch fest, behielt meine gesamte Manneszierde, während ich allmählich aus den Höhen, in die er mich getrieben hatte, herabsank. Vermutlich infolge des heftigen Verkehrs, den wir heute abend vor Verlassen unserer Wohnung genossen hatten, spürte ich, wie mein Ständer schlaff wurde, was, wie ich glaubte, unserem gegenwärtigen Beisammensein ein Ende bereiten würde.

Statt dessen hielt mein Freund sein Gesicht fest in die Matte meiner Schambehaarung gepreßt und meine Geschlechtsteile sämtlich wie zuvor gepackt. Mit gemächlichen, bedächtigen Bewegungen zeichneten seine langen, spitzen Finger deren Umrisse auf die halb angespannten Wellen auf meinem Bauch, und seine Zunge vollführte nun eine weitere unmögliche Verdrehung im Innern seines Mundes, um an der überaus empfindsamen Spitze meines Schwanzes herumzuspielen.

»Holmes!« flüsterte ich. »Ich… kann nicht… Holmes!«

Er hielt in seinen Bewegungen keine Sekunde inne, wurde nie langsamer. Einzig der Takt seiner vagabundierenden Finger änderte sich. Eine Hand legte sich flach auf meine Hüfte, während die andere mitten auf meinem Magen einen trommelnden Rhythmus schlug. Ich brauchte eine Weile, um zu verstehen, was er mir mit Hilfe des telegraphischen Codes mitteilte, da er nicht sprechen konnte, wenn er seinen Halt nicht lockern wollte.

Hart tippte er die Morsezeichen. »Werden Sie hart, und nehmen Sie mich, wie Sie möchten… hart… hart…«

Während mein Hirn seine Botschaft entzifferte, schienen die Worte anzuschwellen und einen Takt anzunehmen, der sich dem klopfenden Puls an meiner Schläfe und dem schweren Donner meines Herzens anglich. Er wollte, daß ich mich erholte und bat mich, ihn zu sodomisieren. Dies geschah selten, denn gewöhnlich war ich der Empfangende.

Dennoch faszinierte mich der Gedanke, und die Aussicht verlieh meinen schlaffen Gliedern Kraft. Ich wurde bereits wieder hart, als ich eine zweite Feststellung machte.

Mehrere Sekunden lang hatte Holmes seine Bitte auf meinen Bauch geklopft; danach jedoch hatte er eine Reihe bedeutungsloser Buchstaben und Silben getippt, was mich hatte glauben lassen, er sei ins Träumen verfallen und trommle vielleicht den Takt eines Verses oder eines Musikstücks, das ihm durch sein opiumumnebeltes Hirn ging. Ich hatte beinahe den Kontakt zu ihm verloren, als ich begriff, daß er mir nichts mehr mitteilen wollte. Er verlieh vielmehr einem Bruchteil der zahllosen, drogenschweren Gedanken die ihm durchs Hirn segelten, Ausdruck. »Moriarty«, schrieb er mittels Code. »Professor James Moriarty.«

»Moriarty!« rief ich aus. »Sie meinen doch nicht…«

»Exakt, lieber Freund«, kam die Antwort. »Hinter allem steckt dieser Schurke.«

Ich hätte ihn vielleicht noch weiter ausgefragt, aber ich spürte den Druck gegen meine Hoden, als mein Schaft sich voll in die enge Röhre seiner Kehle reckte. Holmes spürte es natürlich auch. Mit einer weiteren unerklärlichen Erweiterung der Öffnung befreite er sich und streckte seinen Körper der Länge nach neben mir auf dem Bett aus. Meine Hand fuhr ihm im Nu zwischen die Beine, und meine Finger taten mir rasch die Wahrheit kund. Seine Säule fühlte sich warm und aufgebläht an, aber ihre Masse hing schlaff zwischen seinen Schenkeln. *Die Drogen!* dachte ich, sagte aber kein Wort. Vielmehr erhob ich mich auf die Knie und drehte seine liegende Gestalt rasch mit dem Gesicht nach unten in die Mitte des Bettes. Holmes reagierte lediglich mit einem Stöhnen, das Ausdruck sowohl der Erschöpfung als auch ekstatischer Erwartung hätte sein können; auch machte er keine Anstalten, mir zu helfen. Wie eine warme, tote Last gestattete er mir, mit ihm zu verfahren, wie ich wollte, rührte aber weder Zehe noch Finger, um meine Handlungen anzuleiten.

Sobald er bäuchlings vor mir auf der Matratze lag, griff ich in den Nachttisch nach einer Dose Creme. Ich bedeckte mein Glied damit sowie den Spalt zwischen Holmes' Hinterbacken. Dann griff ich nach unten, packte seinen Schwanz und seine Hoden und rieb auch diese mit dem aromatischen Gleitmittel ein. Ich hatte gehofft, dadurch eine Reaktion hervorzurufen, aber die schwere Masse rührte sich nicht im mindesten. Meine eigene Lanze jedoch war fast schmerzhaft starr, und ich wußte, der Moment war nicht fern, da ich sie gebrauchen mußte, um nicht völlig verrückt zu werden. Ich packte die festen, runden Backen und massierte das glitschige Mittel ein. Ich schob meine Finger tief in die Kluft, wobei ich die eng verkrampfte Öffnung erkundete, dagegendrückte und spürte, wie die Muskeln sich zusammenzogen, um mir das Eindringen zu verwehren. Ich zwang ihm einen Finger hinein, hörte ihn wieder stöhnen und hielt inne, um die klare Schönheit seines ruhenden Leibes zu bewundern.

Das einzige Licht, das durch die halbgeöffnete Tür hereinschien, fiel weich über die schroffen Flächen von Rücken und Hinterteil und ließ sie im Finstern wie eine überirdische

Erscheinung erglühen. Von den herrlich breiten Schultern aus erstreckte sich der Leib meines Freundes in langem, anmutigem Bogen bis zur überschlanken Hüfte. Auf seinem gesamten Rücken prägten die Muskeln der seidigen Haut ihren Stempel auf. Jede Sehne stand deutlich hervor, jeder Strang gegenläufiger Muskeln zeichnete sich als Symbol seiner Kraft klar ab. Selbst die kleinen, glatten Halbkugeln seiner Hinterbacken waren Zugaben zu einer körperlichen Schönheit, die mich so überwältigte, daß ich mich des Drangs, jeden einzelnen Teil seiner Gestalt zu streicheln und zu liebkosen, nicht erwehren konnte.

Bedächtig und mit absichtlich verführerischer Zurückhaltung spielte ich sodann mit ihm das Spiel, das er mit mir gespielt hatte. Ich tauchte meine Finger in die leicht aromatisierte Creme und verteilte diese dick über seine Haut. Unter meiner Berührung spürte ich pure Kraft, geballte Energien, die sich mittels der Reaktion seiner Nerven kundtaten, als ich jede einzelne verhärtete Rundung seiner Muskeln knetete. Abgesehen von diesen subtilen Reaktionen und gelegentlichem Stöhnen blieb Holmes jedoch reglos wie im Halbschlaf.

Mein zuckender Penis hatte inzwischen einen Ausdehnung erreicht, die seine Hülle zu sprengen drohte. Die glänzende, schlüpfrige Oberfläche war bereits über jegliches normale Maß gedehnt. Ich fürchtete mich beinahe, sie anzufassen, um nicht ihren langaufgestauten Energien freien Lauf zu lassen. Wie ich war, kniete ich mich daher zwischen seine Schenkel, gab den süßen Leib frei und versuchte, meine Reaktionen durch ein weiteres, schweigendes Betrachten seines Körpers zu besänftigen. Dieses trug jedoch wenig zu meiner Beruhigung bei. Nunmehr mit der viskösen Salbe bedeckt, traten seine Umrisse und Konturen mit noch bezwingenderer Deutlichkeit hervor. Entlang des tiefen Grabens, der seine Wirbelsäule bezeichnete, erweckte das schimmernde Öl einen Eindruck von Pracht. Es war, als betrachtete ich einen Gebirgsrücken mit schneebedeckten Graten, die sich in stolzer Majestät entlang einer tiefen Schlucht – eines Flusses, dessen Lauf von Schatten verborgen wurden – auftürmten.

Ich konnte nicht länger an mich halten. Mit den Fingern drückte ich die Eichel nach unten, um sie direkt an der verborgenen Öffnung anzusetzen. Langsam stieß ich mit den Lenden vor und verspürte die Ekstase umhüllenden Fleisches. Ich berührte die Lippen seines Anus' und preßte gerade so fest, um ihn die Spitze meines Schafts erfassen zu lassen. Holmes stöhnte erneut auf, und sein Leib bebte noch heftiger als zuvor. Sein Fleisch jedoch glühte nun vor erwartungsvoller Begierde. Ich spürte es, obgleich er kein Wort sprach, und ich wußte, nichts würden mich aufhalten.

Ich legte mich auf ihn, wobei ich darauf achtete, die Hüften nicht zu senken, um nicht in seinen Anus einzudringen, bevor ich dazu bereit war. Mühelos glitt ich über seinen breiten Rücken, wobei ich einen weiteren, ungekannten Ansturm körperlicher Wonne verspürte. Das Öl, womit er bedeckt war, bildete einen schlüpfrigen Film zwischen uns, der unseren Leibern einen scheinbar dichteren Kontakt ermöglichte, aber gleichzeitig eine Bewegungsfreiheit gewährte, die ich nie für möglich gehalten hätte.

Meine sich steigernde Erregung teilte sich augenblicklich meinem Unterleib mit, und noch bevor ich erfaßte, was geschah, hatte ich meine Lenden hart gegen sein Hinterteil gerammt. Holmes stieß einen so langen und gutturalen Seufzer aus, daß ich beinahe glaubte, ihn verletzt zu haben. Aber wie schon zuvor regte er sich nicht und erhob auch keinen Einspruch, um mich zurückzuhalten. Die wilden Empfindungen, die nun in meinem Körper tobten, erfaßten im Nu auch meinen Geist. Ich schlang ihm die Arme um die Brust und bearbeitete ihn mit langen, gleitenden Stößen.

Die geschmeidige Bewegung seiner Hinterbacken unter mir, der aufreizende Druck meiner Lenden gegen die festen, empfindsamen Flächen erregten mich fast ebensosehr wie die Bruthitze und der Druck, die meinen Schaft umgaben. Vor Glück und körperlicher Wonne war ich nahezu außer mir. Bei jeder Bewegung empfand ich die Straffheit meines Leibes über dem seinen, getrennt und doch eng verbunden durch das köstliche Gefühl der Gleitschicht. Meine Leidenschaft wuchs noch höher, und ich stieß mit immer größerer Kraft auf seinen Hintern ein. Mir war, als fickte ich ihn mit einer nahezu bestialischen Entschlossenheit, die eine empfindlichere Konstitution wohl nicht überstanden hätte. Holmes jedoch war fähig, sie zu verkraften. Locker und ergeben verharrte er in meiner Umarmung und ließ seinen Körper durch die gesteigerte Heftigkeit, mit der ich von ihm Gebrauch machte, durchrütteln.

Mit seiner einzigartigen Wahrnehmungsgabe erfühlte er den genauen Moment, in dem meine Leidenschaften überkochten und meine Hoden sich fest an der Unterseite meines Schwanzes zusammengezogen hatten. »Geben Sie mir alles, Watson!« murmelte er. »Lassen Sie Ihren Samen in mich strömen! Jetzt!« keuchte er. »Jetzt!« Im gleichen Sekundenbruchteil verschmolzen meine Sinne im Inferno sinnlicher Lust. Ich hörte, sah, fühlte nichts mehr außer der Unmittelbarkeit von Holmes' und meinem eigenen Sein. Ich führte einen letzten verzweifelten Stoß, der mich in Tiefen führte, die ihn bis in die Seele anrührten, und hielt inne, als die schäumende Flut in ihn hineinschoß.

»Moriarty«, sagte ich. »Was hat er mit allem zu tun?«

Holmes blickte mich mit strahlenden Augen über den Frühstückstisch hinweg an, und in seinen Zügen lag heiterer Friede. Sein Schlafmangel schien ihn kein bißchen zu beeinträchtigen. Es faszinierte mich, daß er fähig war, sich über die abgespannte, erschöpfte Müdigkeit zu erheben, die sich bei mir so deutlich auf Gesicht und Leib abzeichnen mußte.

»Heute morgen ist eine Antwort auf eines meiner Telegramme eingetroffen«, sagte er beiläufig. »Es kam, als Sie im Bad waren. Die Nachricht bestätigt meinen früheren Verdacht. Unser Mr. Kratides ist der Nachkomme einer langen Reihe antiker Könige, wenngleich seine Familie vor vielen Jahrhunderten ihres ererbten Besitzes verlustig ging. Nun war Kratides dank eigener Tatkraft und Beharrlichkeit in der Lage, einen Teil jener sagenhaften Güter zurückzufordern. Genauer gesagt, hat er eine ganze Insel erworben – angeblich innerhalb eines Archipels unweit von Lesbos. Dort hat er den wundervollsten Ort zur Erholung von Gentlemen eingerichtet, der je ersonnen wurde. Er hat ihn mit mehreren Dutzend der herrlichsten Jünglinge der Welt ausgestattet, und gegen eine schlichtweg gewaltige Gebühr – eine, die nur die am fabelhaftesten Begüterten nicht abschreckt – empfängt Mr. Kratides Besucher.«

»Wenn also andere dort gewesen sind«, fragte ich ungläubig, »wie kommt es dann, daß es Moriarty nicht gelingt....?«

»Moriarty!« rief Holmes aus. »Mein Lieber, haben Sie etwa eine übersinnliche Fähigkeit entwickelt, die mir verborgen geblieben ist? Wie konnten Sie wissen, daß ich...« Unvermittelt brach er mit wissendem Lächeln ab. »Ach ja, das Kokain und das eheliche Lager. Eine gewisse Kombination, die einen Mann die Wachsamkeit vergessen lassen und der Gattin Kunde von seinen geheimsten Gedanken geben kann.«

»Ähem! Letzte Nacht war ich wohl kaum die Gattin!« bemerkte ich.

»Gewiß, gewiß«, sagte er brüsk. »Wie dem auch sei, ich glaube, es hat wenig Sinn, Ihnen den vollen Umfang meiner Mutmaßungen zu verheimlichen. Nein, Watson, obwohl Mr. Kratides Besucher empfängt, wurde die Lage dieser Insel geheimgehalten. Dies geschah schlicht und einfach dadurch, daß jeder Gast auf einem anderen Umweg, mit dem Schiff natürlich, auf die Insel gebracht und daß darauf geachtet wurde, daß der Mann in einer besonders dazu bestimmten Kabine ohne Bullauge eingeschlossen blieb. Wenngleich es ein paar Männer auf der Welt geben mag, die aus der Position der Sterne oder mit Hilfe anderer nautischer Mittel ihren Standort zu bestimmen wüßten, sobald sie einmal auf der Insel sind, ist es bisher noch niemandem geglückt.«

»Aber wieso Moriarty?« fragte ich. »Welchen Nutzen könnte dieser Meisterverbrecher aus einem solchen Erholungsort ziehen, außer ihn vielleicht als Zufluchtsort zu nutzen.«

»Genau das ist es!« rief Holmes aus. »Es wäre der größte Erfolg seines Lebens, die Herrschaft über ein solches Utopia zu gewinnen. Er wäre dann in der Lage, die ungeheuerlichsten Gebühren von jedem zu fordern, der den Ort besuchen möchte. Und glauben Sie mir, Watson, an den Spitzen der finanziellen und politischen Hierarchien gibt es viele Männer, die einen großen Teil ihrer materiellen Güter, selbst ihrer Ehre, opfern würden, um ein paar Wochen in diesem Paradies in der Ägäis zu verbringen.«

»Dann muß er aufgehalten werden!« sagte ich.

»Ja, das muß er«, stimmte Sherlock Holmes zu.

Als Mrs. Hudson kam, um das Frühstücksgeschirr abzuräumen, hielt Holmes sie auf und stellte ihr einige sonderbare Fragen. Beim Zuhören erkannte ich, daß mein Freund beschlossen hatte, das Haus und seine Bewohner ausfindig zu machen, indem er die Spuren des Jünglings, anstatt die von Mr. Kratides verfolgte.

»... also Ihrer Erfahrung nach«, sprach er zu unserer Wirtin, »halten Sie es für sehr wahrscheinlich, daß ein Junge in solch verwirrtem Zustand, der einer komplizierten Herzensangelegenheit entfliehen will und eigenständig an englischen Ufern landet, zuallererst eine Anstellung im Roaring Bitch suchen würde?«

»Oh, gewiß, Mr. Holmes. Das Bitch hat nämlich einen Ruf, der sich weit über diese Küsten erstreckt. Außerdem liegt es so, daß man es kaum verfehlen kann, während die anderen zumeist hinter respektierlichen Fassaden oder in Limehouse gelegen sind, wo ein Junge, der Ihrer Beschreibung entspricht, sein Leben aufs Spiel setzen würde, wagte er sich alleine dorthin.«

»Danke, Mrs. Hudson«, sagte Holmes. Zu mir gewandt fügte er hinzu: »Nun, Watson, unsere Suche beginnt.«

»Aber warum dem Jungen nachforschen?« fragte ich. »Es wäre doch ergiebiger, nach Mr. Kratides zu fragen?«

»Ah, aber das ist doch schon geschehen... durch Mycroft. Und nichts kam dabei heraus. Nein, Watson, ich glaube, wir müssen davon ausgehen, daß zuerst der Junge nach England kam. Es ist wahrscheinlicher, daß er derjenige von beiden ist, welcher sich seit geraumer Zeit hier aufgehalten hat. Ich glaube, daß zwischen ihm und Kratides starke emotionale Bande bestehen – vielleicht gegenseitige Liebe, möglicherweise eine einseitige Geschichte, die dem Jungen so oder so unerträglich wurde. Aus welchem Grund auch immer, er floh von der Insel und gelangte irgendwann nach London.

Wenn wir nun dieser logischen Reihe folgen, müssen wir auch annehmen, daß Kratides um das Wohlergehen des Burschen sehr besorgt war, ihn vielleicht liebte, was sich gut in meine übrigen Überlegungen fügen würde. Wie dem auch sei, wenn ich alle anderen Fakten hinzunehme, besteht ein triftiger Grund zu der Annahme, der Junge sei schrecklich in seinen Herrn verliebt gewesen, der diese Liebe offenbar nicht erwiderte. In einem Moment der Verzweiflung floh der junge Mann. Erst da, vielleicht, wurde sich Kratides der Tiefe seiner Zuneigung bewußt. Er setzte dem Jungen nach – entweder aus Liebe, oder weil er den Burschen zum Schweigen bringen wollte, bevor dieser die Lage der Insel preisgeben konnte. Aufgrund des Verhaltens und des Wortwechsels, von denen uns Mr. Melas berichtet hat, dürften wir jedoch die letztere Vermutung zurückweisen.

Was haben wir also? Ein junger Mann von offensichtlicher körperlicher Schönheit und mit hochentwickelten Gaben gelangt an unsere Gestade, ohne Freunde und mittellos. Er muß Arbeit für seinen Lebensunterhalt finden, und deshalb geht er zur logischsten Anlaufstelle für solche Arbeit – ein Männerbordell. Dort wird von den Betreibern, die, da können Sie sicher sein, in irgend einer Weise mit Moriarty zu tun haben, seine frühere Tätigkeit aufgedeckt. Dessen Syndikat ist in allen Sparten solcher Geschäfte tätig.

Nachdem die Identität des Jungen enthüllt ist, befiehlt Moriarty, ihn festzunehmen, zweifellos mit dem Gedanken, es sei ein Leichtes, von ihm die Lage der Insel zu erfahren. Entweder ist sich der Junge selbst nicht sicher, oder es gelingt ihm, seine Widersacher davon zu überzeugen, daß er nicht in der Lage ist, den Ort zu finden. Wie Sie wissen, wurde er nicht mißhandelt, was wir aus der Schilderung seines Zustands vor zwei Tagen durch Mr. Melas schließen müssen.

Schließlich überzeugt, daß der Bursche die benötigte Information nicht hat, versucht Moriarty etwas anderes. Inzwischen hat er von Kratides' verzweifelter Suche nach seinem Jungen erfahren. Moriarty spielt Kratides die Information zu, der junge Mann sei in London gesehen worden. Sobald der arglose Gentleman das Postschiff verläßt, wird er von Moriartys Männern gefangengenommen und zum Verhör in jenes Haus gebracht. Dies würde erklären, wie ein derart wohlhabender und einflußreicher Grieche in dieses Land gelangt, ohne daß die Botschaft etwas davon weiß.«

»Außergewöhnlich!« sagte ich.

»Ganz einfach, mein lieber Watson«, erwiderte er.

»Wir gehen also ins Roaring Bitch?« fragte ich zögernd; wie nahezu jedermann in London hatte ich von diesem berüchtigten Ort gehört, ohne jedoch je einen Fuß hineingesetzt zu haben. Ehrlich gesagt, schreckte ich selbst jetzt, da ein – vielleicht zwei – Leben auf dem Spiel standen, davor zurück.

»Ich denke nicht«, sagte Holmes nach kurzem Nachdenken. »Ich bin sicher, der Ort wird von Moriartys Helfershelfern überwacht. Wollten wir in eigener Person dort auftauchen, würde der Professor zweifellos davon erfahren, noch ehe wir die Lage des Hauses in Erfahrung bringen könnten. Nein, Watson, ich muß alleine dorthin gehen... und in Verkleidung.«

Trotz meiner Enttäuschung, von diesem Abenteuer ausgeschlossen zu sein, muß ich eine gewisse Erleichterung eingestehen, daß es mir erspart blieb, einen solchen Ort betreten zu müssen. Holmes zog Weste und Hemd aus, um sodann unter endlosem Geschnatter eine Unmenge von Farbe und Puder im Gesicht aufzulegen. »Es ist noch früh«, erklärte er, »und ich werde noch am Vormittag dort sein, hoffentlich bevor ein größerer Besucheransturm zum Mittagsvergnügen eintrifft. Sie müssen hierbleiben, alter Bursche, und auf etwaige Nachrichten warten, die während meiner Abwesenheit ankommen. Falls Sie etwas für wichtig genug erachten, schicken Sie nach dem jungen Wiggins, den ich bereits instruiert habe.

Vertrauen Sie ihm nichts Schriftliches an, sondern teilen Sie ihm ihre Nachricht mündlich mit. Sie können sicher sein, daß er sie wortwörtlich übermittelt. Ich habe ihn darin, wie auch in anderen Fertigkeiten geschult, und sein Verstand straft seine abgerissene Erscheinung Lügen...«

Darauf plapperte er weiter und schärfte mir ein, nicht übereilt oder auf eigene Faust zu handeln und mich, wenn ich nicht weiterwüßte, mit Gregson im Yard in Verbindung zu setzen. Ich könnte ihm Mr. Melas' Geschichte anvertrauen, versicherte er mir, da es die Zeit ohnehin bald erfordern würde, die Polizei einzuschalten. Als er endlich fertig war, drehte Holmes mir den Rücken zu und ging ins Gästezimmer, wo er im Schrank seine Sammlung von Verkleidungen aufbewahrte. Ich hatte nur einen flüchtigen Blick erhascht, als er an mir vorbeirauschte, daher war ich aufs Äußerste verblüfft, als an Stelle des mir bekannten männlichen Abenteurers, das effiminierteste, gezierteste Tüntchen aus dem Zimmer stolzierte, das ich je gesehen hatte.

»Na, mein Lieber, was meinen Sie?« kreischte die groteske Parodie.

»Ich habe im Leben noch nie so etwas Abscheuliches gesehen«, brummte ich. Und dem war tatsächlich so. Das Gesicht unter Schichten von Puder, Rouge und künstlichen Lidern wurde umrahmt von einer gewaltigen Perücke aus messingblonden Locken. Unter einer Weste aus Goldlamé trug er ein himmelblaues Hemd, das mit Silberfäden durchwoben war. Am Kehlkopf bauschte sich ein Knoten aus duftiger Seidenspitze, dessen Farbe von den enganliegenden Breeches aufgenommen wurde, die seine Genitalien auf äußerst vulgäre Weise betonten. Um seinem zutiefst haarsträubenden Aufzug die Krone aufzusetzen, hatte er seine riesigen Füße in ein Paar hochhackiger Stiefel gezwängt, die mit einer Art Blattgold überzogen schienen.

»An Ihrer Miene sehe ich, daß ich völlig angemessen ausgestattet bin«, piepste Holmes.

»Ihnen fehlt nur noch ein Fächer«, bemerkte ich spitz.

»Oh je! Den hätte ich fast vergessen!« Und ich will verdammt sein, wenn er damit nicht einen feinen Fächer aus Brüsseler Spitze hervorholte, mit dem er kokett vor seinem Gesicht wedelte.

»Sie werden verhaftet, bevor Sie zwei Schritte weit gekommen sind«, sagte ich.

»Aber nein. Nein, mein Guter!« Und damit segelte Holmes anmutig aus der Tür und stieg unter dem Klicken seiner spitzen Absätze die Treppe hinab. Er hatte die Tür offen gelassen, und als ich ging, um sie zu schließen, hörte ich Mrs. Hudsons Stimme. »Ach, Sie sehen ja ganz entzückend aus, Mr. Holmes!«

»Vielen Dank, Mrs. Hudson«, kam ein schrilles Zwitschern. »Ich kann es kaum erwarten, mich im Bitch zu zeigen!«

Ich hörte, wie unten sich die Tür schloß und unsere Wirtin bei der Rückkehr in ihre Gemächer ein gedämpftes Kichern ausstieß. Ich war sicher, das nächste, das ich von meinem Freund hören würde, käme von einem Anwalt, der den Auftrag hatte, ihn aus dem Gefängnis zu befreien. Ich glaube, dies wäre dem, was tatsächlich folgte, vorzuziehen gewesen, denn das Endergebnis war für unsere Beziehung fatal. Noch hatte ich nicht erkannt, wie stark Holmes von dieser Erfahrung mit Frauenkleidern und allem, was damit zusammenhing, beeinflußt werden würde.

Mein Freund war ein paar Minuten vor elf gegangen. Kurz nach Mittag brachte ein Bote mir eine Mitteilung von Mycroft Holmes. »Ich füge eine Antwort auf meine Anzeige bei, die ich heute morgen erhielt«, schrieb er, »und ich sehe mich zudem gezwungen, euch mitzuteilen, daß Mr. Melas unser Gebäude vor kurzem verlassen hat. Nach einem bezaubernden Abend voller Festlichkeiten, beharrte unser Gast, seine Verfassung gestatte es nicht länger… etc.«

Dies war in der Tat eine beunruhigende Nachricht, und die Dringlichkeit, sie an Holmes weiterzugeben, wurde von dem zweiten Schreiben in Mycrofts Brief noch verschärft. In einer etwas zittrigen Schrift auf cremefarbenem Papier stand da: »Sir – In Beantwortung Ihrer heutigen Anzeige möchte ich Ihnen mitteilen, daß ich den fraglichen jungen Mann sehr gut kenne. ›Intim‹ wäre vielleicht das passendere Wort. Falls Sie sich die Mühe machen wollten, mich aufzusuchen, könnte ich Ihnen einige Einzelheiten seiner schmerzlichen Geschichte enthüllen; ich kann Sie jedoch unterrichten, daß er von seinem zeitweiligen Wohnsitz in The Myrtles, Beckenham, wieder in das Etablissement, wo ich ihn kennenlernte, zurückgebracht wurde. Mit vorzüglicher Hochachtung, etc.«

Also mußte in Beckenham das Haus gewesen sein, das Mr. Melas beschrieben hatte. Das war ganz eindeutig. Und wenn man Holmes' Schlußfolgerungen Glauben schenken durfte, dann befand sich der Bursche, den er finden wollte, an ebenjenem Ort, den er gerade aufsuchte. Ich eilte zum Fenster und schaute auf die Straße hinab, wo der junge Wiggins und mehrere andere seiner Tagediebe zwischen den Kutschen und sonstigem Verkehr herumtobten. Er war jedoch ein verläßlicher und gewissenhafter Bursche und blickte alle paar Minuten zu unserer Haustür. Er sah, daß ich mich hinausbeugte und kam auf mein Zeichen herbeigerannt.

Wiggins polterte die Treppe herauf, und ich schärfte ihm sorgfältig die beiden Nachrichten ein, die ich ihn zur Sicherheit wiederholen ließ. Als er weg war, setzte ich mich hin, um die nächste Szene in unserem Drama abzuwarten. Ich hatte Wiggins instruiert, sofort zurückzukehren, sobald er Holmes die Nachricht übermittelt hatte. Das ganze hätte keine Stunde dauern dürfen.

Als der Bursche um halb zwei noch nicht zurück war, wurde ich unruhig, und als die Turmuhr zwei schlug, wußte ich, daß etwas nicht stimmte. Ich griff zu Mantel und Stock, dann fiel mir noch mein Dienstrevolver ein. Ich hastete die Treppe hinab auf die Straße. An der Ecke winkte ich einen Einspänner herbei und gab dem Kutscher die Adresse des Roaring Bitch an. Die Augenbrauen des Mannes schossen in die Höhe, und für einen Augenblick fürchtete ich, er würde sich weigern, mich zu befördern. Mit einem resignierten Zeichen aber nickte er. »Sehr wohl Sir«, sagte er.

Auf halbem Weg zu unserem Ziel erspähte ich Wiggins, der langsam in Richtung Bakerstreet humpelte. »Anhalten!« schrie ich dem Fahrer zu und klopfte an seine Sitzlehne. Er hielt inmitten des Verkehrs an, und über die Schreie und Flüche mehrerer Personen hinweg, die hinter uns hatten halten müssen, rief ich Wiggins herbei. Dieser kam zur Droschke gehumpelt, und ich ließ ihn einsteigen, während ich den Fahrer drängte, weiterzufahren. Als der Wagen sich in Bewegung setzte, kniete Wiggins sich auf den Fußboden.

»Wieso setzt du dich nicht hin?« fragte ich. »Zwischen uns sind Förmlichkeiten nicht nötig.«

»Ich... ich kann nich', Sir«, erwiderte der Bursche leise. »Es is' mein... mein Arschloch, Sir, wenn Se entschuldigen...«

»Aber, aber, mein Junge«, sagte ich. »Du brauchst ganz bestimmt keine Angst zu haben, daß du mich mit deiner Gossensprache beleidigst! Aber erzähl mir, was geschehen ist, und scheue dich nicht, es frei heraus zu sagen.«

»Also, Sir«, begann er. »Ich nehm' die Nachricht, wie Sie se mir gesacht ham, un' ich geh' zur Tür und frach' nach Mr. 'Olmes. Ich denk' schon, die olle Frau, die wo mir aufmacht, schmeißt mich mit'm Arschtritt raus. Aber dann läßt se mich rein, un' ich geh' ins Dunkle, weil ich von dem Licht draußen nix seh'n kann. Dann schnappt mich so'n Kerl, und 'n anderer zieht mir die Hose runter, un' ich versuch', zu schrein. Aber die Musik wird immer lauter, und...«

»Hast du Mr. Holmes die Nachricht überbracht?« fragte ich.

»Hab' ich nich', Sir!« sagte Wiggins. »Ich war schon froh, daß ich rauskam un' noch mein' Schwanz un' mein' Sack dran war'n.«

Hastig kritzelte ich eine Nachricht an Gregson und instruierte Wiggins, als meine Droschke vor dem Roaring Bitch anhielt. Ich bezahlte, holte tief Atem, öffnete die Tür und trat ein. Wie Wiggins berichtet hatte, schien das Innere pechschwarz zu sein, und da ich aus der hellen Sonne kam, war ich vorübergehend geblendet. Ich spürte, wie sich eine große, behaarte Hand in die meine legte, und wurde zu einem schweren Samtvorhang geleitet. Als ich mich bewegte, tasteten weitere Hände nach meinen Lenden und Schenkeln, während noch andere versuchten, mir meine Uhr aus der Westentasche zu ziehen. Ich hieb mit dem Stock nach den unsichtbaren Knöcheln, und sobald ich den Vorhang hinter mir hatte, konnte ich sehen. Obgleich im Dämmerlicht, handelte es sich hier um das grellste Interieur, das man sich vorstellen kann. An allen Wänden hingen Stoffe von tief purpurrotem Samt, ähnlich jenem, durch den ich geführt worden war. Sie waren gerüscht und mit goldenen Kordeln, dick wie Schiffstaue, hochgebunden. Spiegel aller Art bedeckten die Decke und jeden Teil der Wand, der noch nicht mit Stoff behängt war. All dies ergab den Eindruck, man befinde sich in einem riesigen Gewölbe, während der Raum in Wirklichkeit ziemlich klein war. Die Musik kam von einer wild zusammengewürfelten Gruppe von Leuten, die auf den ersten Blick von unterschiedlichem Geschlecht zu sein schienen. Sie waren in glänzende Gewänder gehüllt, die im Dunkel zu glühen schienen. Daß alle männlichen Geschlechts waren – zumindest in streng körperlichem Sinne –, wurde im Verlauf ihrer Vorstellung rasch klar. Jeder einzelne vollzog seine eigene vulgäre Übung, an deren Ende er unweigerlich nackt mitten im Raum stand.

Die Darbietenden und die anderen Dienstboten, die um die Tische schwirrten, waren jedoch nicht verderbter als meine Mitbesucher. Hätte ich gewußt, welche Sorte von Kreaturen in dieser Lasterhöhle hauste, hätte mich Holmes' Kostüm, nicht im entferntesten so irritiert. In diesem Raum mußten fünfundfünfzig oder sechzig Männer sein, von denen nicht ein einziger geschmackvoller gekleidet war als mein Freund, als ich ihn zuletzt gesehen hatte.

Als ich an dem Tisch saß, den die ›Dame des Hauses‹ mir zugewiesen hatte, schaute ich mich im Raum um, wie benommen zunächst, aber schließlich in der Lage, mich wieder zu sammeln und zu versuchen, in der duftigen, plappernden Menge die Gestalt meines Freundes auszumachen. Soweit ich sehen konnte, war er nicht im Zimmer. Eine außerordentlich effeminierte, stark angemalte ›Kokotte‹ hatte sich im Sessel neben mir niedergelassen und ermunterte mich, ›ihr‹ Drinks zu den vom Etablissement erhobenen Wucherpreisen zu bestellen. Zunächst war mir danach, die Bagage wegzuschicken. Dann jedoch schien es mir das beste, irgendeine Kommunikation aufzunehmen, wenn ich je herausfinden wollte, wo Holmes war.

Nach einer Weile, als wir je zwei Gläser des schauerlichen Gebräus, das man uns servierte, konsumiert hatten, nahm die Kreatur meine Hand und steckte sie zwischen ›ihre‹ Schenkel. Augenblicklich wurde ich eines beachtlichen Gliedes gewahr, das in krassem Gegensatz zum Verhalten und der Kleidung meines Gegenübers stand. Unter Massen von Maschen spürte ich, wie sich ein steifer Schwanz reckte, und unter diesem die Umrisse eines gewaltigen, pulsierenden Paars von Hoden. »Wenn Se's gern 'n büschen privater hätten, Sir«, schlug die Kreatur vor, »könnten wer uns in'n anderes Zimmer zurückzieh'n.«

»Ach, wirklich! Gibt es noch ein anderes Zimmer?« fragte ich hoffnungsvoll. Mein erster Gedanke war, daß Holmes dort sein könnte. Dann hätte ich meine Nachricht überbringen und diesen gräßlichen Ort verlassen können.

»Sicher, Sir«, sagte er, nahm mich mit überraschend festem Griff bei der Hand und zog mich auf die Wand hinter uns zu. Im Stehen bemerkte ich, daß der genossene Alkohol eine heftige Wirkung hatte und daß ich schon recht beschwipst war. Fast wäre ich gestolpert, bevor wir durch die Vorhänge drangen. Ich hatte kaum das Gleichgewicht wiedererlangt, als wir einen kurzen Gang durchquert hatten und im Innern dessen waren, was ich nur als ›den Gemeinschaftsraum‹ beschreiben kann.

Wie der vorherige Raum war er mit Wandbehängen und Spiegeln eingerichtet, aber das Licht war noch dusterer, und an Stelle der Tische entlang der Wände zwei Reihen von Sofas. Auf einigen sah ich ineinander verschlungene männliche Huren und ihre Kunden, zuweilen in Paaren, öfter zu dreien oder vieren. Kaum hatte mich mein Gefährte zu einer diese Liebesliegen geleitet, als mehrere seiner Kollegen zu uns stießen. Trotz meiner Proteste und meiner Gegenwehr wurden mir im Nu die Kleider vom Leib gezogen. Ich leistete weiterhin Widerstand, so gut ich konnte, aber die flauschige Kostümierung meiner Gefährten hüllte eine Gruppe junger Männer ein, die über beachtliche Körperkräfte verfügten. Bevor ich noch meine Gedanken sammeln und meine Augen an die schwächere Beleuchtung gewöhnen konnte, war ich bloß bis auf die Unterwäsche.

Auf einmal schienen viele Dinge gleichzeitig zu geschehen. Ich erspähte die große, kräftige Gestalt von Sherlock Holmes im Raum, noch immer geschminkt und mit der Perücke, wie ich ihn zuletzt gesehen hatte. Abgesehen davon aber lag er splitternackt mit dem Rücken auf einer Couch, und seine langen Beine reckten sich in die Luft, während ein kichernder, hübscher Bursche in violettem Rock vor seinem Hinterteil kniete und ihn offensichtlich sodomisierte.

»Holmes!« rief ich.

Der Kopf meines Freundes schoß vom Kissen hoch, und der Jüngling hielt in seiner Bewegung inne. Alle Augen im Raum waren auf mich gerichtet, und ich konnte die knisternde Feindseligkeit förmlich spüren. »'Olmes«, murmelte jemand hinter mir, worauf sich mehrere geschminkte Gestalten auf uns stürzten. Es gelang mir zwar, meinen Revolver aus der Manteltasche zu ziehen, in dem wirren Durcheinander von Armen und Beinen war es jedoch unmöglich, ihn auf irgendein bestimmtes Ziel zu richten. Allerdings mußte es in der Dunkelheit und dem Chaos unbemerkt geblieben sein, daß ich eine Waffe besaß. Ich war zu Boden gegangen und lag unter einer sich windenden Masse aus Petticoats und nackten Gliedern begraben, als – eher zufällig – mein Revolver losging.

In diesem Augenblick entstand im anderen Zimmer eine heillose Aufregung, in der sich schrille Schreie mit männlich tiefen Flüchen mischten. Ich konnte mir nicht vorstellen, was dies ausgelöst hatte, sofern nicht meine Anwesenheit und die meines Freundes ruchbar geworden waren. Dann rief jemand: »Die Polizei! Die Polizei!«, und im Nu war ich von der Last der Leiber befreit. Jemand packte mich unter den Armen, während mehrere Händepaare anderswo zugriffen, und ich wurde nach vorn gezerrt, auf etwas zu, das wie eine massive Wand aussah. Irgendwie entdeckte ich in dem Tohuwabohu neben mir Sherlock Holmes, dessen nackter Leib inmitten der Menge von Huren stand. Seine Erscheinung war einfach erbarmungswürdig – die Perücke schief und das geschminkte Gesicht eine verschmierte, fleckige Maske.

»Was haben Sie getan, Watson?« zischte er.

»Nur das, was Sie mir gesagt haben«, versicherte ich ihm und teilte ihm rasch die Botschaften mit, mit denen ich ursprünglich Wiggins losgeschickt hatte. »... und sandte den Burschen zu Gregson, bevor ich hierherkam«, schloß ich.

»Narr!« rief mein Freund. Sein Gesicht unter der Schminke wurde bleich, und zweifellos hätte er noch mehr gesagt, hätte nicht genau in diesem Moment die Geheimtür nachgegeben und uns alle nach draußen ins helle Licht des Nachmittags gespien. Nun lag, wie bereits erwähnt, das Roaring Bitch nahe der Stadtmitte, und sein Eingang befand sich in einer Gasse. Die Rückseite, durch die wir jetzt hinausdrängten, grenzte an einen vornehmen Damenfrisiersalon, in dem einige der Jünglinge offenbar zu Zeiten beschäftigt wurden, in denen das Hurengeschäft nachließ und das der Haarpflege sich belebte.

Die Woge affektierter, erschreckter junger Männer trug uns mitten durch Stuhlreihen hinaus auf die Straße, bevor die schnatternde, kreischende Schar die Röcke raffte und sich in alle Winde zerstreute. Holmes und ich blieben unter den entsetzten Blicken mehrerer Dutzend Passanten zurück, wo wir waren. Die Verblüffung derjenigen, die uns sahen, war so groß, daß es mehrere Sekunden dauerte, bis jemand reagierte. Es war ein Kind, das mit quäkender Stimme plärrte: »Mama! Mama! Der Mann da ist ja nackig!«

Holmes packte mich bei der Hand und rannte los, die Straße entlang, wobei sein enormer Penis heftig hin und her pendelte, was den grotesken Anblick seiner schwankenden Perücke und der verwischten Schminke noch verstärkte. Mit der freien Hand versuchte ich das Hüftband meiner Unterhose festzubinden, da ich anstelle meines gewöhnlichen Einteilers eine jener neuen zweiteiligen Kombinationen trug. Im Rennen spürte ich jedoch, daß sich hinten ein Knopf löste, was meine linke Hinterbacke entblößte, während ich mich mühte, mit Sherlock Holmes Schritt zu halten.

Unterdessen hatte sich die Menge hinter uns wieder gefangen. An der Ecke hatte ein Wachtmeister gestanden, und ich hörte seine Pfeife, als er die Verfolgung aufnahm und Unterstützung anforderte, während er sich uns an die Fersen heftete. Ich muß sagen, es war das peinlichste Erlebnis meines Lebens! Aber es nützte nichts; mir blieb nur, hinter meinem Gefährten herzurennen, und ich keuchte so schwer, daß es mir unmöglich war, die Worte herauszubringen, um ihn zu fragen, wohin er wollte.

Holmes schien sein Ziel jedoch genau zu kennen. Seine lange Beine trugen ihn über das Kopfsteinpflaster wie ein hüpfendes Beuteltier, bis wir die Kreuzung erreichten. Hier stießen wir um ein Haar mit einem Einspänner zusammen, der aus einer Seitenstraße auf uns zuraste. Der kräftige Kutscher hielt die Droschke genau vor uns an. »Verdammt!« schrie ich und wollte um sie herumlaufen, als Sherlock Holmes die Tür aufriß und mich hineinschob. Er kletterte mir nach, und fast noch bevor seine schlaksige Gestalt sich völlig im Innern befand, gab der Fahrer dem Pferd die Peitsche, und das Fahrzeug setzte sich in Bewegung. Wir flogen förmlich durch Seiten- und Nebenstraßen und waren eine gute halbe Meile gekommen, ehe es mir gelang, meinen Kopf unter den Röcken einer Dame hervorzuziehen, die in dem Einspänner gesessen hatte.

»Ich entschuldige mich in aller Form für dieses unziemliche Eindringen, Madam«, hob ich an, als er plötzlich in ein breites Grinsen ausbrach und ich bemerkte, daß Sherlock Holmes ebenfalls lachte. Dann fiel mein Blick auf den Gentleman, der neben der Dame saß, und ich erkannte ihn sofort als Mr. Melas. »Ich… ich verstehe nicht…«, stammelte ich.

»Ganz einfach, mein lieber Watson«, sagte Holmes. »In dieser Branche muß man auf alle Eventualitäten vorbereitet sein. Mr. Melas kennen Sie. Die junge ›Dame‹ neben ihm ist niemand anders als der Junge, den wir im Roaring Bitch finden wollten. Ich hatte ihn gerade nach draußen geschickt, als Sie ins Hinterzimmer kamen. Der Fahrer ist natürlich mein Bruder Mycroft.« Er saß da und lächelte mich völlig selbstzufrieden an. »Ach, übrigens«, fügte er hinzu. »Sollten Sie sich angemessener zu kleiden wünschen, so finden Sie Kleider zum Wechseln in der Gepäckkiste unter dem Sitz.«

»Holmes, wirklich!« setzte ich an.

»Aber, aber, alter Bursche. Nur keine Aufregung!«

»Nur keine Aufregung?« protestierte ich empört. »Also, ich hatte gerade das peinlichste Erlebnis meines ganzen Lebens, und Sie sagen mir, ich solle mich nicht aufregen!«

»Nicht nur, daß es nichts gibt, worüber Sie sich Sorgen machen müßten«, sagte Holmes süffisant, »meine Experimente haben mich vielmehr belehrt, daß an diesem Transvestismus mehr ist, als ich gedacht hatte. Ich werde dieses Phänomen eingehend untersuchen müssen, und vielleicht schreibe ich eine Abhandlung über das Thema.«

»Unerhört!« schnappte ich nach Luft.

»Keineswegs«, sagte Holmes.

»Und Mr. Kratides?« fragte ich im Bemühen, das Thema zu wechseln. »Was ist überhaupt aus ihm geworden?«

Meine Worte lösten bei dem jungen Mann ein plötzliches Erröten und eine Tränenflut aus, während Melas und Holmes für einen Moment betreten wirkten.

»Es waren höchst unglückliche Umstände«, sagte mein Freund nach einer Weile. »Für unseren griechischen Freund kamen wir ein wenig zu spät. Allem Anschein nach war ihm aufgrund seiner rigorosen Fesselung die Blase geplatzt, und eine künftige medizinische Untersuchung wird zweifellos ergeben, daß sein Ende infolge einer Peritonitis eintrat.«

Bei diesen Worten brach der junge Mann in krampfhaftes, schmerzgeschütteltes Schluchzen aus, und Mr. Melas legte ihm den Arm tröstend um die bebenden Schultern. »Na, na, mein Lieber«, flüsterte er zärtlich. »Nun da die Insel Ihr Eigentum ist, können Sie für den Rest Ihrer Tage seinem Gedenken leben.«

Ich warf einen fragenden Blick zu Holmes hinüber, der weise nickte. »Meine Schlußfolgerungen haben sich alle bewahrheitet«, sagte er. »Laut Mr. Kratides' Testament erbt alles dieser junge Mann, der die Leiche zur ordnungsgemäßen Bestattung mit nach Paradise zurückbringen wird. Nicht alles hat so schlecht geendet, wie sie sehen, und am Ende triumphiert stets das Gute über das Böse, ebenso wie der Verstand stets über die Kräfte der Dummheit obsiegen muß.«

»Und Moriarty?« fragte ich.

»Unglücklicherweise«, antwortete Sherlock Holmes, »kommt der Verstand des Professors dem meinen beinahe gleich.«

DER LETZTE KAMPF

Obgleich ich noch an vielen weiteren Fällen mit Sherlock Holmes zusammenarbeitete, hatte der Zwischenfall im Roaring Bitch einen dauerhaften und unauslöschlichen Schatten auf unsere Beziehung geworfen. Den größten Teil der beiden folgenden Jahre verbrachte ich weiterhin in den Wohnräumen der Baker Street. Aber stets war mir, als ginge ich durch eine unsichtbare Hölle. Ich genoß es, meinen Freund auf seinen Abenteuern zu begleiten, dennoch stieß es mich ab, seine nächtlichen Delirien erdulden zu müssen – um so mehr, als sein Mißbrauch von Kokain und sonstigen Opiaten immer häufiger wurde. In Nächten, in denen er keine Drogen nahm, warf er sich meist in eines seiner abscheulichen Kostüme, um ins Bitch oder einen anderen Club ähnlicher Verworfenheit zu stolzieren.

An jenen zahlreichen einsamen Abenden sah ich mich dann auf meine eigenen Mittel zurückgeworfen, und so ist es wenig verwunderlich, daß ich mir bald einen anderen, weniger aufreibenden Gefährten suchte. Obgleich ich wußte, daß ich für einen anderen nie das empfinden würde, was ich für Sherlock Holmes empfunden hatte – und in vielem noch empfand –, wurde mir irgendwann klar, daß ich gehen mußte. Da ich ihn mit meinem Entschluß nicht konfrontieren wollte, wenn er in einem Zustand narkotischer Unausgeglichenheit war, brachte ich das Thema eines Morgens beim

Frühstück zur Sprache. Zum ersten und einzigen Mal, soweit ich mich erinnern kann, riefen meine Worte eine schmerzliche Reaktion hervor, die den Panzer seiner Überheblichkeit zu sprengen schien.

»Ich weiß, Watson«, sagte er nach einer Pause stillen Weinens, »daß ich Sie nicht umstimmen kann, denn zu dieser Entscheidung sind Sie gewiß nach vielen Stunden des Nachdenkens gekommen. Ich weiß, daß Ihr Verhalten gerechtfertigt ist und daß ich niemandem die Schuld geben darf als mir selbst.« Damit stand er auf und kam um den Tisch, um mich bei den Schultern zu nehmen und meinen Kopf an seine Brust zu drücken. Sein sichtlicher Schmerz hätte beinahe ausgereicht, mich in meinem Entschluß wanken zu machen, aber es gelang mir, so weit zur Vernunft zu kommen, um mich an alles zu erinnern, was vorgefallen war.

So verließ ich die Wohnung in der Baker Street noch am gleichen Nachmittag und erwarb mit dem kleinen Guthaben, das ich während der vergangenen Jahre hatte zurücklegen können, eine Praxis in einem Stadtteil außerhalb von London. Der Bursche, der mit mir kam, war der Neffe eines Mannes, dem Holmes und ich in einer schweren Krise beigestanden hatten. Sein Name war Jeffrey Phelps, ein Nachname, der vielleicht aus den Veröffentlichungen über besagten Fall erinnerlich ist. Was ich für den Jungen empfand, war eine beschützende Zuneigung, die sich zuweilen in Liebe verwandeln konnte. Sie würde niemals die Tiefe und Stetigkeit dessen erlangen, was zwischen mir und Sherlock Holmes bestanden hatte, aber im Augenblick genügte sie, um die entsetzliche Leere auszufüllen, die infolge des Bruches in mein Leben getreten war.

Jeffrey war einige Jahre jünger als ich, ein Jüngling mit sandfarbenem Haar, den die Familientradition veranlaßt hatte, drei Jahre als Fähnrich zur See im Dienste Ihrer Majestät zu verbringen. Er war klein und schlank, mit einem geschmeidigen, jugendlichen Körper und einem Gesicht, das stets zu lächeln schien. Aus Gründen der Konvention bezeichnete ich diese Periode in der Chronik der Fälle von Sherlock Holmes als meine ›Ehe‹, und in der Tat war mir ums Herz, als lebte ich im Ehestand.

Es mag seltsam anmuten, daß ich während dieser Zeit fortfuhr, Holmes zu besuchen, oder daß mein Liebhaber dies gestattete. Jeffrey war jedoch ein äußerst einfühlsamer Jüngling, der den Gefühlsaufruhr, den ich durchlebte, wohl zu beurteilen wußte. Er mag auch selbst eine gewisse Neigung zu Holmes verspürt haben, wenngleich mir, falls eine solche Liaison je bestanden haben sollte, die Fakten unbekannt blieben – und dies war gut so, denn, hätte eine solche sich bestätigt, hätte ich lieber nichts davon erfahren.

Jeffrey zog also mit mir in mein Landhaus, und ich wurde Landarzt. Um des äußeren Bildes wegen, war Jeffrey einverstanden, als meine Frau aufzutreten, und ging in weiblicher Kleidung einkaufen. Dies irritierte mich anfangs, um so mehr, als ich es nach meinem Martyrium mit Sherlock Holmes gelernt hatte, die Praktiken des Transvestismus zu verabscheuen. Mit der Zeit jedoch gewöhnte ich mich an diese List, und in den eigenen vier Wänden stellte ich fest, daß sie weder die Manneskraft noch die maskulinen Neigungen meines Geliebten beeinträchtigt hatte.

Der Wendepunkt bezüglich meiner Tolerierung dieser notwendigen Täuschung trat, glaube ich, an einem Abend ein, nachdem ich den größten Teil des Tages mit einer höchst delikaten Operation an einem der ansässigen Bauernjungen beschäftigt gewesen war. Der junge Mann war so etwas wie ein Erfinder und hatte versucht, ein elektrisches Gerät zu konstruieren, mit dem er seine Kühe ohne die üblichen manuellen Handlungen melken konnte. In der Sorge, sein unerprobtes Gerät könne seinem Vieh Schaden zufügen, hatte er es an seinem eigenen Glied ausprobiert, mit nahezu katastrophalen

Folgen. Er hatte versäumt, Vorsorge für die unweigerliche Ausdehnung seines Penis zu treffen, und die daraus resultierende Beschädigung seines ehemals ansehnlichen Anhängsels erforderte meine äußerste Sorgfalt und Konzentration.

Infolge der Anstrengung war ich ziemlich erschöpft, als Jeffrey von seinen Besorgungen zurückkehrte. Ich lag halb besinnungslos und kurz davor einzuschlafen in unserem Bett, als mein junger Geliebter eintrat. Meiner Gewohnheit folgend hatte ich mich ausgezogen und war unter die Laken geschlüpft. Ich fand diesen entkleideten Zustand unendlich entspannender als jeden Versuch, eingeengt von üblicher Kleidung, zu schlummern. Jeffrey, der dies gesehen hatte, hatte Rock und Unterwäsche abgelegt, bevor er irgendein Geräusch machte, das mich auf ihn hätte aufmerksam machen können. Mit seinem festen, warmen Körper schmiegte er sich an meine Seite, küßte mich und weckte mich durch den Druck seiner Zunge, die er mir tief in den Mund bohrte.

Trotz meiner sofort entflammten Erregung war ich noch immer nur zum Teil im Besitz meiner Kräfte und murmelte irgend etwas Dummes, das ihm mißfallen haben mußte. Ich hatte die abgelegten Stücke seiner Frauenkleider gesehen, und als er meinen Mund freigab, machte ich eine dieselben betreffende Bemerkung – etwas derart, wie leid es mir tue, daß er gezwungen sei, sie zu tragen.

»Ich zeig' dir, daß es mich nicht beeinflußt hat«, sagte er und begann sofort, meinen Leib mit der Zunge zu baden. Ich glaube, kein Teil entging ihm, denn eine lange Zeit bearbeitete er mich unermüdlich. Er saugte an meinen Brustwarzen, leckte und knabberte an ihnen, bis die Spitzen schmerzten und seine Behandlung kaum noch ertrugen. Er liebkoste mich an Kehle, Armen und Schultern, zuerst mit den Händen, dann mit Lippen und Zunge, und erweckte jeden einzelnen Nerv meines Oberkörpers zum Leben. Die ganze Zeit über spürte ich unablässig die Kraft seines Schwanzes, der sich verzweifelt an mich preßte, wenn seine Lenden auf diesem oder jenem Teil meines Leibes lasteten. Mehrmals griff ich danach, packte das steife Glied und streichelte es.

Jeffrey ermangelte der monströsen Ausmaße von Sherlock Holmes, aber sein Schwanz und seine Hoden bildeten ein solch köstliches, symmetrisches Anhängsel, daß man seine eher gewöhnlichen Proportionen fast vergaß. Seinen Genitalien eignete etwas ebenso Frisches und Jugendliches wie allem übrigen, und häufig hatte ich, wenn ich sein zartes Geschlecht in den Mund genommen hatte, eine Süße und einen Hauch echter Bewunderung verspürt, die niemals meine noch so heißhungrigen Begierden zu befriedigen verfehlten.

Heute jedoch bestand Jeffrey darauf, daß ich in keiner Weise den Verlauf unserer Vereinigung bestimmte. Jedesmal wenn ich ihn anfaßte, packte er mich an den Handgelenken und stieß sie sanft, aber bestimmt auf die Matratze zurück. Dann fuhr er mit seiner behutsamen Inbesitznahme fort, und seine Zunge bearbeitete einen neuen Teil von mir. Er hatte sich quer über Brust und Bauch vorgearbeitet, indem er mich küßte und mein Fleisch zwischen die Lippen nahm, um so viel von mir wie möglich in sich aufzunehmen. Da ich eine eiserne Disziplin aus Diät und Leibesübungen verfolgt hatte, hatte ich die Festigkeit der Glieder und Muskeln bewahrt, die in meiner Jugend mein Stolz gewesen war. Nun, in meinem 28. Lebensjahr bot ich meinem Geliebten zu dessen Erbauung noch immer einen straffen Leib.

Jeffrey stieß über meinen Nabel vor, legte eine feuchtwarme Spur über meinen Unterleib und weiter über meinen blitzartig anschwellenden Schaft. An der Spitze machte er kurz Halt, erfaßte sie mit den Lippen und küßte sie. Dann ließ er sie zurückfedern, so daß sie eng an meinen Bauch gepreßt lag, während er sein Gesicht zwischen meinen Schenkeln vergrub, um deren Innenseiten zu baden. Von hier aus fuhr er der Länge nach an einem Unterschenkel hinunter und kehrte am andern zurück. Er versetzte mich in einen Zustand bebender Begierde, bis ich ihn fast anflehte, meinen Prügel noch einmal in den Mund zu nehmen.

Jeffrey indessen war entschlossen, das, was er sich vorgenommen hatte, zu vollenden. Er drehte mich auf den Bauch und wiederholte das gleiche Spiel von Inbesitznahme wie auf der Vorderseite. Die aufreizende Hitze seines Mundes legte sich über den oberen Teil meiner Wirbelsäule und fuhr an ihr abwärts bis zum Steißbein, wobei nicht das kleinste Stück der festen, lateralen Muskelstränge, die nach beiden Seiten verliefen, vergessen wurde. Als er meinen Podex erreichte, küßte er mich zärtlich auf beide Backen, und von hier an wurden seine Absichten immer deutlicher. Seine Zunge stieß tief in den Graben vor, befeuchtete sorgfältig die ganze Länge des Spalts, bis er die verborgene Öffnung berührte.

Dann führte er seine Zunge tief ein, seine Bewegungen wurden immer wilder und fordernder, während er mir mit den Händen die Schenkel spreizte und seine züngelnde Penetration alle Grenzen sprengte, die ich für möglich gehalten hatte. Unvermittelt, bevor die feuchte Wärme trocknen oder abkühlen konnte, setzte er sich rittlings auf mein Hinterteil und führte die runde Spitze seines Penis' an meine Öffnung. »Jetzt«, flüsterte er, »jetzt beweise ich, daß ich keine Frau bin! Meinst du etwa, die Kleider könnten mich zur Frau machen?« Sein Atem kam stoßweise und erschien von einer jähen Tollheit besessen. Leise lachend setzte er sein irres Gemurmel fort, während er die Eichel in mich preßte.

Ich muß mich eines Ansturms zuckender Begierde bezichtigen, die zu befriedigen von Jeffrey nicht zu erwarten war. Es war Rest einer Erinnerung an meine frühere Beziehung. Als ich jedoch spürte, wie sein langer, harter Schaft in mich eindrang, wurde mir vollauf bewußt, daß Jeffrey Phelps sehr wohl ein Mann war. Und er wußte sehr genau, das, was ihm mitgegeben war, zu seinem größten Vorteil zu nutzen. Alsbald genoß ich es, aufgespießt zu sein sowie sämtliche Reaktionen, die Holmes' heroischere Größe einst in mir hervorgerufen hatte. Jeffrey senkte seinen Körper auf mich und packte mich fest mit beiden Armen, während sein Unterleib in einem stetigen, harten Rhythmus gegen mich bockte. »Sag mir, John. Bin ich ein Mann oder nicht? Sag's mir!« flüsterte er mir ins Ohr. »Sag's mir.«

»Bist du«, keuchte ich. »Du bist einer und wirst immer einer sein.«

»Ich liebe dich, John«, fuhr er fort. »Ich liebe dich.«

Und in solchen Augenblicken konnte ich mir die Zuneigung, die ich für ihn hegte, nicht verhehlen. Ich gab ihm seine Liebesworte mit der ganzen Aufrichtigkeit und Leidenschaft zurück, mit der er sie ausgesprochen hatte. Der Druck seines warmen, festen Leibes, das Gefühl der völligen Inbesitznahme, das sein Schwanz hervorrief... all dies ließ mich ganz auf ihn eingehen und die Worte sprechen, die er hören wollte. Meine tiefe Zuneigung im Verein mit den wilden Stößen seiner Lanze in mir hatten den wogenden Ansturm meiner bevorstehenden Entladung beschleunigt. Ich wußte, daß es sich nur noch um einen Moment handelte, bis meine Flut losbrach; zuerst aber wollte ich fühlen, wie sein Leib sich spannte und sein Schwanz anschwoll und bebte, wenn er in mir explodierte.

»Fester«, drängte ich hin. »Zeig mir, wie sehr du wirklich ein Mann bist! Fester! Fester!«

Im Taumel stoßender, hämmernder Verzweiflung bohrte Jeffrey seinen Unterleib in meinen Arsch. Seine Hoden flogen mit seinen Lenden nach oben, um mir gegen die tiefste Körperstelle zu klatschen, wenn er auf mich einstieß und rammelte. Seine Arme lockerten zu keiner Zeit den Griff. Wenn er den Unterleib anhob, kam sein Schwanz beinahe frei, aber nie ließ er die geschwollene Eichel dem Klammergriff meines Schließmuskels entweichen. Die volle Länge seines Schafts durchpflügte mich und erregte jede Drüse und jedes Organ, erweckte ächzenden Hunger in Geist und Seele. Als er schließlich langsamer wurde und seine Stöße tiefer und zielbewußter kamen, wußte ich, daß es so weit war. Und dieses Wissen riß alle Hemmnisse hinfort. Hilflos stieß ich einen Samenstrom aus, der auf das Laken unter mir klatschte. Fast im selben Augenblick spürte ich seine Fontäne heißer Leidenschaft in mir, und Jeffrey Phelps verströmte seine Liebe in mich. Sein Leib wand und krümmte sich. Er zuckte und bebte, klammerte sich an mich, bedeckte meinen Rücken mit Schweiß und knabberte an meinem Nacken.

Danach machte ich mir weniger Gedanken über seine äußere Erscheinung, wenngleich ich doch gestehen muß, daß ich seine Verkleidung mit einem gesteigerten Schuldgefühl sah. Es störte mich zutiefst, daß diese notwendig war, daß die Welt nicht fähig war, eine so reine und einfache Liebe wie die unsere zu akzeptieren. Eines Tages vielleicht, dachte ich, eines Tages mag sich der blinde, unbedachte Haß der Menschen von ihnen heben. So wie Gott einst den Apostel Paulus erleuchtete, würde er vielleicht unserer Liebe einen inneren Sinn verleihen, der unsere Mitmenschen ihre Wahrheit und Reinheit erkennen ließe.

In der Folgezeit machten wir uns das Leben leichter, Jeffrey und ich, und so ging es den größeren Teil eines Jahres. Ich hatte Sherlock Holmes einige Male gesehen; hatte ihn bei mehreren Abenteuern begleitet, wie ich es in meinen veröffentlichten Tagebüchern berichtet habe. Vor körperlichem Kontakt scheute ich indessen zurück, und Holmes schien meine Gefühle zu respektieren. Ich hatte Jeffrey versichert, daß es so sein würde, und da er es akzeptierte, daß ich die Verbindung zu meinem früheren Liebhaber fortsetzte, bin ich sicher, daß er meinem Versprechen Glauben schenkte.

Es war im Frühling des Jahres, als das entsetzliche Ereignis, von dem ich zu berichten habe, seinen Anfang nahm, und gäbe es nicht die veröffentlichten Briefe von Col. James Moriarty, in denen er versucht, die Schuld seines Bruders zu Lasten von Sherlock Holmes zu mindern, hätte ich mir diese schmerzliche Pflicht vielleicht erspart. So greife ich denn schweren Herzens zur Feder, um diese letzten Worte niederzuschreiben, mittels derer ich die einzigartigen Gaben, mit denen mein Freund gesegnet war, für alle Zeiten festhalte. Ich habe mich, unzusammenhängend und, wie ich zutiefst fühle, in gänzlich unangemessener Form, bemüht, über die seltsamen Erlebnisse zusammen mit ihm zu berichten, sowohl hier als auch in den bekannteren Tagebüchern.

Ich blicke nun zurück über die relativ kurze Zeitspanne, beginnend mit unserer ersten, zufälligen Begegnung und der folgenden Episode, die ich die »Eine Studie in lavendelfarbenen Spitzen« genannt habe, bis hin zu dem Marine-Fall, der mir meinen Jeffrey zuführte. Ich hätte hier Schluß gemacht und nichts von dem Ereignis gesagt, das eine solche Leere in meinen Leben schuf, hätte nicht der überlebende Moriarty mich gezwungen. Ich habe von alledem bereits öffentlich berichtet, glaube jedoch, daß die wahren Begebenheiten aufgezeichnet und für einen Tag aufbewahrt werden sollten, an dem sie eine gesündere, verständnisvollere Leserschaft finden mögen.

Während des vergangenen Winters bis in den Frühling, auf den ich mich zuvor bezog, hatte ich aus den Zeitungen ersehen, daß die französische Regierung Holmes in eine Angelegenheit von höchster Bedeutung eingeschaltet hatte, und ich hatte während dieser Zeit zwei Nachrichten von ihm erhalten. Eine war in Narbonne aufgegeben worden, die andere in Nîmes, woraus ich schloß, daß er länger in Frankreich bleiben würde. Mit einigem Erstaunen sah ich ihn daher am Abend des 24. April in mein Behandlungszimmer treten. Mir fiel auf, daß er noch bleicher und dünner war als gewöhnlich.

»Ja, ich habe mich wohl zu unbekümmert überfordert«, beantwortete er mehr meinen Blick als meine Worte. »Ich war in letzter Zeit ein wenig unter Druck. Stört es Sie, wenn ich die Fensterläden schließe?«

Das einzige Licht im Zimmer kam von der Lampe auf dem Schreibtisch, an dem ich gelesen hatte. Holmes drückte sich an der Wand entlang, riß die Fensterläden zusammen und verriegelte sie.

»Haben Sie vor irgend etwas Angst?«

»So ist es.«

»Wovor?«

»Vor Luftgewehren.«

»Mein lieber Holmes, was meinen Sie damit?«

»Ich denke, Sie kennen mich gut genug, Watson, um zu wissen, daß ich alles andere als ein nervöser Mensch bin. Andererseits ist es eher dumm als mutig, die Gefahr zu verleugnen, wenn sie auf einen lauert. Dürfte ich um ein Streichholz bitten?« Er sog den Rauch seiner Zigarette ein, als tue ihm die beruhigende Wirkung gut.

»Ich muß mich entschuldigen, daß ich Sie noch so spät aufsuche«, sagte er, »und überdies muß ich Sie bitten, so formlos zu sein und mir zu gestatten, Sie über die Mauer hinten im Garten zu verlassen.«

»Aber was hat das alles zu bedeuten?«

Er streckte die Hand aus, und im Schein der Lampe sah ich, daß zwei seiner Knöchel aufgeplatzt waren und bluteten.

»Nicht gerade aus Luft, wie Sie sehen«, sagte er lächelnd. »Im Gegenteil massiv genug, um sich daran die Hand zu brechen. Ist Jeffrey zu Hause?«

»Er macht einen Besuch.«

»Aha! Sie sind alleine?«

»Völlig.«

»Das macht es mir leichter, Ihnen vorzuschlagen, eine Woche mit mir auf den Kontinent zu kommen.«

»Ich... also, ich kann nicht... Holmes, Sie wissen um meine Gefühle; aber wir sind in eine neue Lebensphase eingetreten, und ich wage es nicht, meinem lieben Jeffrey gegenüber unfair zu handeln.«

»Unsinn!« schnappte Holmes. »Ich lade Sie nicht zu mir ins Bett ein. Ich bedarf in meiner gegenwärtigen Notlage Ihrer Gesellschaft und Ihrer kräftigen englischen Konstitution.

»Und wohin fahren wir?« fragte ich.

Er quittierte meine Zustimmung nur mit der winzigen Andeutung eines Lächelns. Meine Frage beantwortete er jedoch mit einer wegwerfenden Geste. »Ach, irgendwohin«, sagte er. »Ist mir ganz gleich.«

All dies erschien sehr seltsam. Es war nicht Holmes' Art, ins Blaue zu fahren, und etwas in seinem bleichen, abgespannten Gesicht sagte mir, daß seine Nerven aufs Äußerste gespannt waren. Er las die Frage in meinen Augen, und mit zusammengelegten Fingerspitzen und den Ellbogen auf den Knien erläuterte er mir die Lage.

»Seit dieser Sache mit Melas, diesem griechischen Übersetzer, wurde ich mir zunehmend der bösen Einflüsse bewußt, die einer verborgenen Quelle entströmen. Sie erinnern sich, daß ich Professor Moriarty erwähnte?«

»Ja«, sagte ich, »obgleich ich seiner Ungreifbarkeit wegen einige Zweifel hege, ob er außerhalb Ihrer Phantasie überhaupt existiert.«

Holmes nickte mit grimmigem Lächeln. »Ja, ja«, flüsterte er. »Dies ist auch die Haltung unserer offiziellen Kreise. Was sie nicht mit ihren eigenen, beschränkten Sinnen erfassen können, leugnen sie ab. Oh, tut mir leid, alter Bursche«, fügte er hastig hinzu. »Ich habe damit nicht Sie gemeint!« Dabei fiel seine Hand auf meine Schulter, und mich durchzuckte die alte, beunruhigende Reaktion. Es war, als sei seine Berührung irgendwie elektrisch, und die Strahlen seiner körperlichen Energie durchbohrten mich wie Ströme aus einem Dynamo. Ich hätte mich ihm gerne entzogen, aber meine Emotionen veranlaßten mich, zu bleiben, während das Wissen um sein aktuelles Problem mich von jedem Schritt abhielt, die seinen verstörten Zustand hätte verschlimmern können.

Er hatte dagesessen und zweifellos über das ganze Dilemma gegrübelt. Mit einem Mal schaute er scharf auf, und in seinen Augen gewahrte ich das alte Feuer. Seine Stimme nahm die gewohnte Entschlossenheit an, und im Nu war er der Sherlock Holmes, den ich kannte.

»Ha, das ist das Geniale und das Wunder dabei!« rief er aus. »Der Mann ist überall in London, und niemand hat je von ihm gehört. Das ist es, was ihn an die Spitze aller Aufstellungen von Verbrechen und Schändlichkeiten setzt. Ich sage Ihnen mit vollem Ernst, Watson, daß ich es als die Krönung meiner Laufbahn betrachten und gerne zu einer friedvolleren Lebensführung zurückkehren würde, wenn es mir gelänge, diesen Mann zu schlagen und die Gesellschaft von ihm zu befreien. Unter uns: die letzten Fälle, bei denen ich der königlichen Familie von Skandinavien und der französischen Republik von Nutzen sein konnte, haben mich in einen Stand gesetzt, der es mir erlauben würde, weiterhin ein solch ruhiges Leben zu führen, wie es mir am liebsten ist, und meine gesamte Aufmerksamkeit meiner Liebe zur Chemie daheim zu widmen. Aber ein Mann wie Professor Moriarty darf in keinem Fall ungehindert seinen üblen Einfluß auf unsere englische Jugend und auf junge Männer überall ausüben, deren körperliche Schönheit sie ins Blickfeld dieses verderbten, auf obszöne Weise bösartigen Mannes rückt.«

»Aber was hat er denn getan?« fragte ich.

»Seine Karriere war außerordentlich. Er ist ein Mann aus gutem Hause mit einer exzellenten Bildung, von Mutter Natur mit einem phänomenalen Sexualapparat und unersättlicher Begierde ausgestattet. Im Alter von 21 Jahren schrieb er eine Abhandlung über die bisexuellen Gebräuche in der Antike und errang aufgrund ihrer Qualität den Lehrstuhl für

Biologie an einer unserer kleineren Universitäten, der ihm natürlich den erwünschten Nachschub an jungen, gesunden Männern verschaffte. Aber Moriarty hat ererbte Neigungen der teuflischsten Art. In seinen Adern fließt ein verbrecherischer Strom, der ihn, anstatt durch den Umgang und den Gebrauch seiner Studenten umgelenkt und gesättigt zu werden, nur dazu führte, Handlungen solch entarteter Ausschweifungen zu begehen, daß diese nicht lange geheimzuhalten waren. Dunkle Gerüchte gingen in der Universitätsstadt über ihn um, und schließlich wurde er gezwungen, seinen Lehrstuhl aufzugeben und nach London zu kommen. Hier ließ er sich als Trainer bei der Armee nieder, was ihm weiterhin Zugang zu den strammen, athletischen Jünglingen verschaffte, nach denen seine finsteren Triebe gierten.

Wie Sie wissen, Watson, kenntdie höheren Verbrecherkreise in London niemand so gut wie ich. Seit einigen Jahren spüre ich hinter dem Übeltäter eine bestimmte Macht, eine starke, ordnende Macht, die sich stets gegen das Gesetz stellt und den Ruchlosen beschirmt. Immer wieder habe ich bei den unterschiedlichsten Fällen – bei Fälschereien, Raubüberfällen, Morden – die Gegenwart dieser Macht verspürt und ihre Wirkung aus vielen ungelösten Fällen, zu denen ich nicht persönlich zugezogen wurde, erschlossen. Seit Jahren versuche ich, der Schleier zu lüften, der sie verhüllt, und endlich kam der Tag, an dem ich die Spur aufgriff und ihr folgte, bis sie mich nach tausend durchtriebenen Windungen zu dem ehemaligen Professor Moriarty und seinem unerhörten sexuellen Ruhm führte.

Er ist der Caligula von London und der Napoleon des Verbrechens. Und dies, um sowohl den Reichtum als auch die mächtige Stellung innerhalb der Welt des Verbrechens zu erlangen, die es ihm gestatten, seine schrecklichen Gelüste zu befriedigen und seine abscheulichen Missetaten im nachhinein zu vertuschen. Und doch ist er trotz der Gier seiner Lenden ein Genie, ein Philosoph, ein abstrakter Denker. Er besitzt einen überragenden Verstand. Reglos sitzt er da, wie die Spinne in ihrem Netz, aber sein Netz hat tausend Fäden, und er kennt jedes einzelne Beben ganz genau. Er selbst tut wenig, plant lediglich für andere, bis ein zartes Bürschlein in die Nähe seiner schändlichen Klauen gerät. Dann springt er vor, und der Jüngling ist verloren. Man hört nie wieder von ihm, er wird zum seelischen Krüppel, der für immer den Launen seines Herrn ausgeliefert ist.

All dies war schon erschreckend genug, als Moriarty seine Aufmerksamkeit auf die armen, unglücklichen unteren Klassen richtete, oder, weitaus schlimmer, auf die Söhne von Familien mit bescheidenem Wohlstand. In jüngster Zeit jedoch gefallen ihm die Nachkommen einiger außerordentlich reicher, prominenter Geschlechter. Er hat sie ebenso mißhandelt wie die anderen und sie kraft seiner besonderen Macht buchstäblich zu seinen Sklaven gemacht. Allen scheint das Alleräußerste an Mißbrauch erspart geblieben zu sein, und einige befinden sich nun in unterschiedlichen Stadien seelischer Verstörung, gerade eben so diesseits der akzeptierten Grenzen der Gesundheit. In absehbarer Zeit werden sie durch Erbschaft in Positionen kommen, die sie zur weiteren Verwendung durch Professor Moriarty geeignet machten.

Ich konnte tun, was ich wollte, Watson, der Professor war mit so schlau ersonnenen Absicherungen umgeben, daß es unmöglich schien, an einen Beweis zu kommen, der vor einem Gericht getaugt hätte. Sie kennen meine Stärken, mein Lieber, und dennoch mußte ich nach drei Monaten bekennen, daß ich endlich einem Gegner gegenüberstand, der mir ebenbürtig war. Mein Entsetzen über seine Verbrechen verblaßte gegen die Bewunderung für seine Fähigkeiten und für die unerschütterliche Hingabe, die er in seinen Opfern zu erwecken verstand, selbst nachdem er sie so schrecklich mißbraucht hatte.

Aber schließlich machte er einen Fehler – einen winzigen nur –, aber einen, den er sich, da ich ihm so dicht auf den Fersen war, nicht leisten konnte. Ich hatte meine Gelegenheit, und von diesem Punkt ausgehend, wob ich mein Netz um ihn, das nun fast schon zu eng ist. In drei Tagen – das heißt, am nächsten Montag – wird die Sache reif sein, und der Professor mitsamt seinen Hauptkomplizen wird der Polizei in die Hände fallen. Dann kommt es zum größten Strafprozeß des Jahrhunderts, der Aufklärung von über vierzig Fällen, und am Ende steht für alle der Strick. Wenn wir aber im mindesten übereilt handeln, verstehen Sie, noch können sie uns im letzten Moment entschlüpfen.

Nun wäre alles gut gewesen, wenn ich ohne Wissen von Professor Moriarty so weit gekommen wäre. Aber dafür ist er zu gerissen. Er beobachtete jeden Schritt, den ich unternahm, um ihm meine Fallen zu stellen. Immer wieder versuchte er mir zu entwischen, aber jedesmal kam ich ihm zuvor… bis er mich schließlich herausforderte.«

»Sie herausforderte?« rief ich überrascht aus.

»Exakt! Wie ich bereits bemerkte, verfügt Moriarty über ein fabelhaftes Stehvermögen, das ihn jedem sexuell gesunden Mann auf der Welt überlegen macht. Er rühmt sich dessen, und wenn es einen Aspekt menschlichen Umgangs gibt, bei dem er vor keinem Wettstreit zurückschreckt, dann ist es dieser. Seine Kraft ist überwältigend, und seine Herausforderung wurde mir mit all dem Pomp und dem Ritus eines mittelalterlichen Turniers übermittelt. Er schickte mir seine Sekundanten und ließ sie den Fehdehandschuh werfen. Die Sache sollte, so schlug er vor, durch einen Kampf zwischen uns beiden entschieden werden. Ich als der formell Beleidigte dürfe Zeit und Ort wählen. Unsere Waffen sollten unsere Körper sein, und der erste, der schwanke… der erste, dessen Fleisch versage, solle bei seiner Ehre verpflichtet sein, seine Niederlage einzugestehen. Die weiteren Bedingungen waren einfach. Gewönne er, sollte ich mich von der Verfolgung von Verbrechen und Verbrechern zurückziehen. Gewönne ich, würde er England verlassen und seinen gesamten verkommenen Hofstaat mitnehmen.

Somit war noch diese Herausforderung eine schlaue Täuschung. Bei seinem Sieg gewinnt er alles. Mir ist für immer die Handhabe zum Eingreifen genommen. Sollte ich gewinnen, wäre nur England vor seinen räuberischen Schurkereien sicher. Die übrige Welt stünde ihm offen. Ich hätte vermutlich bessere Konditionen mit ihm aushandeln sollen. Aber ich wagte nicht einmal das. Hätte er mich zu einem intellektuellen Wettstreit herausgefordert... die Lösung eine Rätsels, das von einem neutralen Beobachter gestellt wird, eine Schachpartie oder eine andere Wette zu diesem Zweck, dann hätte ich es auf jeden Fall versucht. Auf solchem Terrain hätten wir gut zueinander gepaßt, und die Herausforderung hätte einen Sinn gehabt. Körperlich jedoch, obgleich ich gestehen muß, ihn nie gesehen zu haben – bis dahin nie gesehen zu haben –, kannte ich seinen Ruf, und ich wagte es nicht, das Schicksal unserer gesamten Nation vom Ergebnis abhängig zu machen.«

»Etwas Absurderes kann ich mir nicht vorstellen!« antwortete ich schnell.

»Oberflächlich gesehen, vielleicht«, entgegnete Holmes. »Bei einiger Überlegung jedoch, zeigt sich eine gewisse Logik. Wenn wir die Sache untereinander austragen könnten, würde das wahrscheinlich bedeuten, daß viele Leben gerettet würden, die ansonsten in diesem Kampf untergehen würden. Seine Leute sind bewaffnet, manche davon in Festungen verschanzt. Sie einzunehmen, würde es einer regelrechten Polizeiarmee bedürfen, und im folgenden Kampf würden sicherlich viele fallen wie Soldaten in der Schlacht. Wie Moriarty es in seiner Nachricht an mich formulierte: ›Als zwei Männer von überlegenem Intellekt sind wir imstande, die Weisheit einer solchen Entscheidung durch Zweikampf zu erkennen. Man bedenke, wie viele Menschen, deren Leichname überall auf der Welt auf Militärfriedhöfen verrotten, noch leben könnten, wenn alle Nationen der Welt nur ebenso imstande wären, die gegebenen Realitäten so klar zu sehen.‹«

»Dann haben Sie es also erwogen?«

»Natürlich habe ich es erwogen! Was ich Ihnen jetzt sage, ist das Ergebnis vieler Stunden des Grübelns. Mein Schluß beruht einfach auf dem Wissen, daß ein Sieg in der vorgeschlagenen Art des Zweikampfs so höchst unwahrscheinlich wäre, daß ich das Risiko nicht eingehen darf. Die Hürden wären einfach zu hoch, und darauf kann ich es wirklich nicht ankommen lassen.«

»Haben Sie abgelehnt? Ich meine, haben sie ihn wirklich abschlägig beschieden?« fragte ich. Holmes nickte feierlich. »So ist es. Ich habe die Antwort jedoch hinausgezögert und dadurch Zeit gewonnen, um ihm meine Falle zu stellen, die nun bereit ist, ihn zu fassen. Mein Problem ist nur, so lange am Leben zu bleiben, bis sie zuschnappt.«

»Sie haben vorhin etwas gesagt, daß mich vermuten läßt, daß sie Moriarty tatsächlich getroffen haben«, sagte ich.

»Ja. Ich hatte seine Verbündeten wissen lassen, ich erwöge ihren Vorschlag und würde ihnen meine Antwort in zwei Tagen geben. Am vereinbarten Tag erwartete ich deshalb einen seiner Boten. Ich war vorbereitet und hatte stets einen geladenen Revolver in Reichweite, sollte der Bursche angewiesen worden sein, mich im Falle einer Absage zu vernichten. Ich saß in meinem Zimmer und dachte nach, als sich die Tür öffnete und ich wußte, daß es nur Professor Moriarty sein konnte, der vor mir stand.

Er ist nicht besonders groß, ein wenig kleiner als Sie, mein Lieber, aber sein Körper ist stämmig, mit Muskeln und Sehnen bepackt, ein Bild von Kraft und Stärke. Mein unmittelbarer Eindruck war Finsternis, als ob Satan selbst vor mir stünde. Sein Haar ist schwarz, seine Augen ebenfalls, und der düstere Anblick wird durch einen kleinen, sorgfältig geschnittenen Ziegenbart verstärkt. Er war in Dunkelgrau und Schwarz gekleidet, alles von bester Qualität und so geschnitten, um seinen herrlichen Körperbau und seine einzigartige sexuelle Potenz zu betonen. Ich war sofort von ihm beeindruckt und kann nicht leugnen, daß eine Woge von Furcht mein Herz erbeben und mir den Puls bis in die Kehle schlagen ließ. Ich schloß meine Finger um den Revolver, als ich aufstand, um ihm gegenüberzutreten.

›Sie sind vorne weniger entwickelt, als ich gedacht hätte‹, sagte er schließlich. ›Es ist gefährlich, mit geladenen Feuerwaffen im Morgenrock herumzuspielen.‹

Ich war von seiner Kühnheit, mir Auge in Auge gegenüberzutreten, so benommen, daß ich vorübergehend zu keiner Antwort imstande war.

›Offensichtlich erkennen Sie mich nicht‹, sagte er.

›Im Gegenteil‹, antwortete ich. ›Ich glaube, es ist ziemlich deutlich, daß ich Sie erkenne. Bitte nehmen Sie Platz. Ich kann fünf Minuten für Sie erübrigen, wenn Sie mir etwas zu sagen haben.‹

›Alles, was ich zu sagen habe, ist Ihnen bereits mitgeteilt worden‹, sagte er.

›Dann können Sie sich meine Antwort wahrscheinlich denken‹, erwiderte ich.

›Sie lehnen ab?‹

›Eindeutig.‹

Er steckte die Hand in die Tasche, und ich hob die Pistole, die ich auf den Tisch gelegt hatte. Er zog jedoch nur ein Notizbuch hervor, in das er einige Termine eingetragen hatte.

›Sie haben am 4. Januar meinen Weg gekreuzt‹, sagte er. ›Am 23. wurden Sie mir lästig; gegen Mitte Februar behinderten Sie mich ernstlich; Ende März wurden die Schwierigkeiten so groß, daß ich einen jungen Mann verlor, den ich für mehrere Monate mir vorzunehmen beabsichtigt hatte. Jetzt, gegen Ende April sehe ich mich durch ihre ständigen Nachstellungen in einer solchen Lage, daß meine Freiheit ernstlich bedroht ist. Die Situation ist unhaltbar.‹

›Ich habe Ihren Lösungsvorschlag bereits zurückgewiesen‹, sagte ich bestimmt.

›Sie müssen aufgeben, Mr. Holmes. Entweder so oder so.‹

›Wir werden sehen‹, meinte ich.

›Nicht wir beide‹, sagte Moriarty grimmig. ›Nicht wir beide. Diesen Konflikt kann nur einer überleben, und wenn Sie sich weigern, sich mir Mann gegen Mann zu stellen, müssen die Mächte, die uns zu Gebote stehen, eingesetzt werden.‹

›Nun, so sei es‹, entgegnete ich ruhig.

Moriarty nickte und stand auf. ›Nun, so sei es‹, wiederholte er.

Dies war mein einziges Gespräch mit Professor Moriarty. Ich gestehe, daß es eine ungünstige Wirkung auf meine Verfassung hatte. Seine sanfte, deutliche Art zu reden vermittelte einen Eindruck der Ernsthaftigkeit, die ein einfacher Schläger nicht zustande brächte. Natürlich werden Sie sagen: ›Warum soll nicht die Polizei Vorkehrungen gegen ihn treffen?‹ Der Grund ist, daß ich überzeugt bin, daß nicht er, sondern seine Schergen den Schlag führen werden. Dafür habe ich den besten Beweis.«

»Sie wurden bereits angegriffen?«

»Mein Lieber, Professor Moriarty ist niemand, der etwas auf die lange Bank schiebt. Heute mittag ging ich aus, um in der Oxford Street etwas zu erledigen. Als ich um die Ecke der Bentick Street zur Kreuzung auf der Welbeck Street bog, raste in wilder Fahrt eine zweispännige Droschke wie der Blitz auf mich zu. Ich sprang auf den Gehsteig und wäre einen Sekundenbruchteil später verloren gewesen. Die Droschke bog in die Marylebone Lane ein und war im Nu verschwunden. Danach hielt ich mich auf dem Gehsteig, Watson, als ich aber durch die Vere Street lief, fiel von einem Dach ein Ziegelstein und brach vor meinen Füßen in Stücke. Ich rief die Polizei und ließ den Ort überprüfen. Auf dem Dach lagen Schieferplatten und Ziegelsteine für Reparaturarbeiten aufgeschichtet, und ich hätte glauben sollen, daß der Wind einen davon heruntergeweht hatte. Natürlich wußte ich es besser, konnte aber nichts beweisen. Ich nahm dann eine Droschke und fuhr zur Wohnung meines Bruders in Pall Mall, wo ich den Tag verbrachte. Nun habe ich Sie aufgesucht und wurde unterwegs von einem Schläger mit einem Knüppel angegriffen. Ich schlug ihn nieder, und die Polizei nahm ihn in Gewahrsam; aber ich garantiere Ihnen, daß sich keinerlei Verbindung zwischen dem Gentlemen, dem ich die Leviten gelesen habe, und dem äußerst geheimnisvollen Exprofessor auftun wird, der, wie ich behaupten darf, einem unschuldigen Burschen seinen Willen aufzwingt, während eine ganze Reihe ehrbarer Zeugen bestätigen wird, daß er zur Zeit des letzten Anschlages zehn Meilen entfernt gewesen ist. Es wird sie demnach nicht wundern, mein Lieber, daß ich in Ihrem Zimmer als erstes die Läden schloß und genötigt war, Sie um die Erlaubnis zu bitten, das Haus durch einen etwas weniger auffälligen Ausgang zu verlassen als durch die Haustür.«

Ich hatte den Mut meines Gefährten schon häufig bewundert, nie jedoch mehr als jetzt, da er gelassen eine Reihe von Zwischenfällen schilderte, die zusammengenommen einen Tag des Schreckens ergeben mußten.

»Werden Sie die Nacht hier verbringen?« fragte ich.

»Nein, mein Freund, ich wäre vermutlich ein gefährlicher Gast. Ich habe alles geplant, und alles wird gutgehen. Die Dinge sind nun so weit fortgeschritten, daß sie sich, was die Verhaftung betrifft, ohne meine Hilfe fügen werden, wenngleich für eine Verurteilung meine Anwesenheit erforderlich ist. Ich kann daher offensichtlich nichts Besseres tun, als die wenigen Tage, die verbleiben, bis die Polizei zuschlagen kann, zu verschwinden. Es wäre mir daher eine große Freude, wenn Sie mich auf den Kontinent begleiten könnten«, erneuerte er seine Einladung.

Obgleich Holmes zu stolz war, um es selbst mir einzugestehen, wußte ich, daß er genügend verstört war, um sich einen Gefährten zu wünschen, auf den er sich im Fall der Gefahr verlassen konnte. Es war eine Situation, in der ich gebraucht wurde, und deshalb erhob ich keine weiteren Einwände. »Wo also treffen wir uns?« fragte ich.

»Am Bahnhof. Der zweite Waggon der Ersten Klasse ist für uns reserviert.«

»Der Waggon ist unser Treffpunkt?«

»Ja.«

Vergeblich bat ich Holmes, den Abend über zu bleiben. Mir war klar, daß er glaubte, das Haus sei mit ihm darin in Gefahr und deshalb darauf bestand, zu gehen. Mit ein paar hastigen Worten über unser Vorhaben am nächsten Tag erhob er sich, um mit mir in den Garten zu gehen und über die Mauer zur Mortimer Street zu klettern, wo er sofort nach einer Droschke pfiff, in der er davonfuhr.

Am Morgen folgte ich Holmes' Anweisungen aufs Wort. Mit äußerster Umsicht wurde ein Einspänner für uns bereitgestellt, in dem ich sofort nach dem Frühstück zur Lowther Arcade fuhr, die ich in höchster Eile durchquerte. Auf mich wartete eine leichte Pferdedroschke mit einem sehr kräftigen Fahrer in schwarzem Mantel, der, kaum daß ich eingestiegen war, dem Pferd die Peitsche gab und zur Victoria Station losratterte. Nachdem ich ausgestiegen war, machte er kehrt und raste davon, ohne sich umzusehen.

Bisher war alles wunderbar verlaufen. Mein Gepäck wartete auf mich, und ich fand den Waggon, den Holmes angegeben hatte, um so leichter, als er der einzige war, der das Zeichen ›Reserviert‹ trug. Der einzige Anlaß zur Sorge war jetzt, daß Holmes nicht erschien. Die Bahnhofsuhr zeigte nur noch sieben Minuten bis zur Abfahrt. Vergeblich forschte ich unter den Gruppen von Reisenden und Abschiednehmenden nach der schmalen Gestalt meines Freundes. Keine Spur von ihm. Ich verbrachte einige Minuten damit, einem ehrwürdigen italienischen Priester beizustehen, der sich in gebrochenem Englisch bemühte, einem Schaffner begreiflich zu machen, daß sein Gepäck bis Paris gebucht war. Nach einem weiteren Rundblick kehrte ich in meinen Waggon zurück, wo ich feststellte, daß der Schaffner mir trotz des Schildes, meinen gebrechlichen italienischen Freund als Reisebegleiter zugewiesen hatte. Es war sinnlos, ihm erklären zu wollen, daß seine Anwesenheit ein Eindringen bedeutete, da mein Italienisch noch beschränkter war als sein Englisch; ich zuckte also die Achseln und fuhr fort, besorgt nach meinem Freund Ausschau zu halten. Kalte Angst befiel mich, wenn ich daran dachte, daß sein Nichterscheinen bedeuten könnte, daß in der Nacht etwas vorgefallen war. Die Türen waren schon geschlossen worden, und der Pfiff ertönte, als…

»Mein lieber Watson«, sagte eine Stimme, »Sie haben sich noch nicht einmal herabgelassen, guten Morgen zu sagen.« Völlig verblüfft drehte ich mich um. Der bejahrte Kirchenmann hatte mir das Gesicht zugewandt. Für einen Moment wurden die Falten geglättet, die Nase hob sich vom Kinn, die Unterlippen hörten auf hervorzustehen und der Mund zu mümmeln. Die trüben Augen gewannen ihr Feuer zurück, und die eingesunkene Figur straffte sich. Gleich darauf fiel die Gestalt wieder in sich zusammen, und Holmes war so schnell verschwunden, wie er erschienen war.

»Herr im Himmel!« rief ich aus. »Haben Sie mich erschreckt!«

»Noch ist alle Vorsicht geboten«, flüsterte er. »Ich habe Grund zur Annahme, daß sie uns dicht auf den Fersen sind. Ah, da ist ja Moriarty selbst!«

Der Zug hatte sich, während Holmes sprach, bereits in Bewegung gesetzt. Ich schaute zurück und erblickte einen kräftigen Mann, der sich rücksichtslos durch die Menge drängte und mit der Hand winkte, als wolle er den Zug anhalten. Dazu war es jedoch zu spät, denn wir gewannen rasch an Tempo und hatten einen Augenblick später den Bahnhof verlassen.

»Mit all unseren Vorkehrungen haben wir es ganz gut geschafft, wie Sie sehen«, sagte Holmes lachend. Er stand auf, warf die schwarze Soutane und den Hut, mit denen er sich verkleidet hatte, ab und stand nur in Schuhen und Strümpfen vor mir. Er kicherte über meinen erstaunten Blick. »Keine Zeit, die passende Unterwäsche für ein Priesterhabit zu besorgen«, sagte er leichthin. »Ich hoffe, ich schockiere Sie nicht.«

Ich bin mir bis heute nicht sicher, ob er es absichtlich getan hatte oder nicht. Plötzlich wandte er sich jedoch zu mir um, und sein großer, gekrümmter Penis hing nur wenige Zentimeter vor meinen Lippen. Er hatte die Vorhänge zum Flur bereits fest zugezogen, und ich selbst hatte die Tür verriegelt. Wir waren völlig alleine. Dann fuhr der Zug in einen Tunnel ein, und im Abteil wurde es schwarz. Wie ich Holmes kenne, hatte er die Finsternis beinahe sicher vorausgesehen. Außerdem kam eine Kurve; ein jäher Stoß schleuderte ihn gegen mich, und als sein halbsteifes Glied über meine Wange strich, zerfiel jeder kleinste Stein der Mauer, die ich um mich aufgebaut hatte. Ich packte seinen Schwanz mit der einen, seine Eier mit der anderen Hand und preßte meine Lippen auf sein enormes Geschlecht.

»Ah, nehmen Sie es, Watson, nehmen Sie es!« stöhnte er. Er hielt nun mit beiden Händen meinen Kopf und hatte sein Gleichgewicht dem schwankenden Fußboden anvertraut. Das Rucken des Zuges veranlaßte sein steifes Gerät, an völlig unerwartete Stellen an Wangen und Gaumen zu stoßen. Allein jedoch, daß ich ihn sicher in mir wußte, während ich kurz zuvor noch um sein Leben gefürchtet hatte, ließ jede seiner Bewegungen auf magische Weise tief in meine Gedanken und mein Wesen eindringen.

Urplötzlich war der Tunnel zu Ende, und an unseren Fenstern flog die offene Landschaft vorbei. Aber nichts hatte für mich Bedeutung, außer dem dicken Bolzen zwischen meinen Lippen, und hätten sich vor der Scheibe die gekrönten Häupter Europas versammelt, ich hätte weitergemacht. Ich saugte das harte Fleisch ein. Ich leckte die Seiten und ließ die Vorhaut über die Eichel gleiten, so daß ich mit der Zunge darunterfahren konnte. Ich drang in den länglichen Schlitz ein und genoß den Tropfen, der austrat. Es war ein Vorbote, eine Verheißung dessen, was kommen würde, der Aperitif vor dem Festmahl.

Ich starrte in die dunkle Masse krauser Haare, sah ihre Ränder verschwimmen und wieder scharf werden, wenn ich mich an ihn preßte und mich wieder zurückzog. Ich hielt seine Eichel zwischen den Lippen und blickte an seinem Schaft entlang. Ich war bezaubert von den glitzernden Umrissen und verglich sie im Geist mit den blitzenden Schienen, auf denen wir fuhren. Daß das, was ich tat, Jeffrey gegenüber völlig illoyal war, kam mir in diesem Augenblick nicht in den Sinn. Nichts berührte mein Hirn als das heiße Verlangen, diesen Mann in mich aufzunehmen, ihn zu lieben… ja, ihn zu lieben! Mögen alle Mächte mir vergeben, aber ich konnte nichts dagegen tun. Das Band, das mich an Sherlock Holmes fesselte, war stärker als jedes quantitative Maß es hätte messen können. Es war eine Verschmelzung von emotionalem und körperlichem Begehren, in diesem Augenblick verkörpert in dem stoßenden Schwengel zwischen meinen Lippen.

Ich glitt mit dem Kopf ein paar Mal auf ihn zu, zog zurück und warf einen Blick hinauf zu seinen straffen, hart gespannten Muskeln auf Brust und Bauch. Er beobachtete mich, die sanften grauen Augen voller Liebe, das Gesicht jedoch verzerrt von der köstlichen sinnlichen Wonne, die ich ihm schenkte. Er genoß es, seine stählerne Säule in mich eindringen zu sehen, und dies wissend, widmete ich mich wieder meinen Bemühungen.

Wie lange ich so verharrte, zuerst auf dem Polster sitzend, dann vor ihm auf dem Fußboden kniend, kann ich nicht abschätzen. Die Zeit floß dahin, eine Hülle durchsichtiger Phantasie, die plötzlich keine Bedeutung mehr hatte. Ich schlang die Arme um seine Beine, breitete die Finger über die festen Rundungen seiner Backen und vergrub mein Gesicht in seine Lenden. Mehrmals hielt ich inne, gab seinen schweren Schaft frei und saugte seine Eier ein. Jedesmal fand ich sie in Erwartung der Erleichterung hart an die Unterseite seines Schwanzes gepreßt. Ich saugte sie ein, hielt sie fest, dehnte sanft den Sack, bis sie herabhingen, während ich zu seinem ausgefahrenen Penis emporblickte. Ich fand ihn schön, herrlich symmetrisch in seinen knorrigen Proportionen. Wie alles an ihm eignete ihm eine gewisse Größe, eine Vollkommenheit, die mein ganzes Verlangen stillte und die tiefsten Sehnsüchte meiner Seele befriedigte.

Schließlich nahm ich ihn mit einer Inbrunst, die ihn in die höchsten Wonnen der Ekstase versetzte. Seine Hoden klatschten mir nicht mehr ans Kinn, sondern verharrten fest gespannt, so daß meine Lippen sie anstoßen mußten, wenn ich seinen Schaft in die Tiefen meiner Kehle aufnahm. In solchen Augenblicken war er hilflos, krallte sich in die Balken über seinem Kopf, und sein Leib spannte sich in Erwartung des bevorstehenden Höhepunktes. Seine Beine waren zu hölzernen Streben gekrümmt. Sein gesamter Leib schwankte mit der Bewegung des Zuges, als sei er aus einem einzigen Stein geschnitten… einem warmen, gefühlvollen Stein, der urplötzlich sein geschmolzenes Inneres in mich ergoß. Ich spürte, wie der erste Schwall meinen Gaumen traf, aber sein Schwanz bebte einen Moment vor dem nächsten. Dann nahm ich einen stetigen, süßlich-bitteren Strom zähflüssiger Sahne auf, die kochendheiß meine gierigen Öffnungen überflutete.

Noch lange nachdem es zu Ende war, als sein bebendes Fleisch seine verzweifelte Härte verloren hatte und sein bohrender Schwanz zu einer flachen, aufgeblähten Masse geworden war, hielt ich ihn fest, streichelte seinen Leib und zog an seinem trockenen, leeren Liebesschaft. Ich wollte ihm mit Worten sagen, was meine Gefühle ihm schon mitteilten. Aber es war nicht nötig. Wir verstanden uns restlos. Holmes' Gabe, in die geheimsten Gedanken eines anderen hineinzusehen, hatte ihn gewiß auf den Wirrwarr in meinem Innern aufmerksam gemacht. Erst da dachte ich zum ersten Mal an Jeffrey und wußte, daß ich ihm eine unheilbare Wunde zugefügt hatte. Ihm nicht zu sagen, was geschehen war, würde sie noch vertiefen; andererseits jedoch würde es die kurze Spanne des Glücks, die ich mit ihm genossen hatte, beenden. Aber mir war auch klar, daß meine Liebe zu diesem Jüngeren bestenfalls eine flüchtige Sache gewesen war. Und wenn ich alles sorgfältig prüfte, so wußte ich tief im Herzen, daß er sich der Macht, die Sherlock Holmes über mich besaß, stets bewußt gewesen war. Letztlich würde es ihn wohl nicht sehr überraschen, und ich hoffte, die Folgen würden dadurch leichter für ihn zu tragen sein.

Schließlich machte Holmes sich sachte von mir frei. Er drehte sich um und kramte in seinem Beutel, in den er das Priestergewand stopfte und aus dem er einen Anzug hervorzog. Hastig legte er diesen an und tanzte herum, als er die Füße in die Hosenbeine steckte. Er knöpfte sein Hemd zu und legte den vertrauten Hahnentritt-Tweed auf den Nebensitz. Seine offensichtliche Eile fiel mir auf, und ich hatte mich inzwischen so weit erholt, um ihn zu fragen: »Was, glauben Sie, wird Professor Moriarty tun?«.

»Was würde ich unter vergleichbaren Umständen tun?«

»Na, was würden Sie tun?«

»Einen Sonderzug mieten.«

»Aber dazu muß es zu spät sein.«

»Keineswegs. Dieser Zug hält in Canterbury; und das Schiff verspätet sich immer um mindestens eine Viertelstunde. Er wird uns dort einholen.«

»Man könnte glauben, wir wären die Verbrecher. Warum lassen wir ihn nicht bei seiner Ankunft verhaften?«

»Das würde die Arbeit von drei Monaten zunichte machen. Wir würden den großen Fisch fangen, aber die kleineren würden links und rechts aus dem Netz schlüpfen. Am Montag sollten wir alle fassen. Nein, eine Festnahme ist ausgeschlossen.«

»Was dann?«

»Wir steigen in Canterbury aus.«

»Und dann?«

»Nun, wir müssen querfeldein nach Newhaven und dann nach Dieppe. Moriarty wird wiederum tun, was ich tun würde. Er wird nach Paris fahren, unser Gepäck ausfindig machen und zwei Tage an der Aufbewahrung warten. Inzwischen sollten wir uns mit ein paar Reisetaschen versorgen, die Fabrikanten der Länder, durch die wir reisen, beglücken und über Luxemburg und Basel zu unserem Urlaubsort in der Schweiz reisen.«

Folglich stiegen wir in Canterbury aus, wo wir erfuhren, daß wir eine Stunde warten mußten, bis ein Zug nach Newhaven ging. Ich blickte noch bedauernd dem schnell verschwindenden Gepäckwagen, der meine Garderobe enthielt, nach, als Holmes mich am Ärmel zog und die Gleise entlang deutete.

»Jetzt schon, sehen Sie«, sagte er.

In der Ferne aus den Wäldern bei Kentish erhob sich eine dünne Rauchfahne. Eine Minute später sah man einen Waggon und einen Lokomotive um die Biegung, die zum Bahnhof führte, rasen. Uns blieb kaum Zeit, uns hinter einem Stoß Gepäck zu verbergen, als sie fauchend und schnaubend anhielt und uns einen Schwall heißer Luft ins Gesicht blies.

»Na bitte«, sagte Holmes, während wir zusahen, wie der Waggon über die Weichen ratterte. »Auch die Intelligenz unseres Freundes hat Grenzen, wie Sie sehen. Es wäre ein *coup-de-maître* gewesen, hätte er die Schlüsse gezogen, die ich gezogen habe, und entsprechend gehandelt!«

»Und was hätte er getan, wenn er uns eingeholt hätte?«

»Es gibt nicht den geringsten Zweifel, daß er dann einen mörderischen Anschlag gegen mich verübt hätte. Zu diesem Spiel gehören jedoch zwei. Die Frage ist nun, ob wir hier ein vorzeitiges Frühstück einnehmen oder ob wir riskieren, zu verhungern, bevor wir das Buffet in Newhaven erreichen.«

Noch in der gleichen Nacht fuhren wir nach Brüssel, wo wir zwei Tage blieben, um am dritten nach Straßburg weiterzufahren. Am Montagmorgen telegraphierte Holmes der Polizei in London, und am Abend erwartete uns eine Antwort im Hotel. Holmes riß sie auf und schleuderte sie dann mit einem bitteren Fluch in den Kamin.

»Ich hätte es wissen müssen!« stöhnte er auf. »Er ist entkommen!«

»Moriarty?«

»Mit Ausnahme seiner haben sie die gesamte Bande festgesetzt. Er ist ihnen entwischt. Natürlich gab es, sobald ich das Land verlassen hatte, niemanden mehr, der ihm ebenbürtig war. Aber ich hatte gedacht, ich hätte das Spiel in ihre Hände gelegt. Ich glaube, Sie kehren besser nach England zurück, Watson.«

»Weshalb?«

»Weil ich mich nun als ein gefährlicher Begleiter erweise. Dem Mann ist nichts geblieben. Wenn er nach London zurückkehrt, ist er verloren. Wenn ich ihn richtig einschätze, wird er seine gesamte Energie daran setzen, sich an mir zu rächen. Er hat in unserem kurzen Gespräch so etwas angedeutet, und ich denke, er hat es ernst gemeint. Ich muß ihnen ernstlich empfehlen, in ihre Praxis und zu ihrer liebreizenden Verlobten zurückzukehren.«

»Das könnte ich niemals tun«, sagte ich. »Was ich mit Jeffrey hatte, kann nie zurückgeholt werden, und wie Sie…«

Ich brach ab, denn ich sah, wie seine Züge weich wurden und daß es nicht ausgesprochen werden mußte.

Schließlich nickte er. »Nun denn«, flüsterte Sherlock Holmes.

Eine wundervolle Woche lang wanderten wir durch das Rheintal, um dann bei Leuk abzubiegen und über den Gemmipaß, der noch in tiefem Schnee lag, über Interlaken nach Meiringen zu kommen. Es war eine zauberhafte Reise, unter uns das frische Frühlingsgrün, über uns das jungfräuliche Weiß des Winters. Aber obgleich wir diese Wunder der Natur am Tage genossen und des nachts unsere Körper in liebevoller Umarmung vereinigten, war mir klar, daß Holmes auch nicht einen einzigen Augenblick lang den Schatten vergaß, der über ihm hing. Ob in heimeligen Alpendörfern oder auf einsamen Gebirgspässen, ich erkannte an seinen schnellen Blicken und daran, wie er scharf jedes Gesicht musterte, dem wir begegneten, daß er überzeugt war, daß wo immer wir auch gingen, wir der Gefahr, die uns auf Schritt und Tritt folgte, nicht entkommen konnten.

Ich erinnere mich an einmal, als wir über den Gemmipaß kamen und am Ufer des melancholischen Daubensees wanderten, daß ein großer Felsen, der aus dem Grat rechts über uns gelöst worden war, herunterstürzte und hinter uns in den See donnerte. Im Nu hatte Holmes den Grat erklommen und blickte von einem sanften Gipfel aus in alle Richtungen. Vergeblich versicherte ihm unser Führer, daß im Frühjahr in dieser Gegend Steinschlag häufig vorkomme. Er sagte nichts, lächelte aber mit der Miene eines Mannes, der seine Erwartungen bestätigt sieht.

Und trotz all seiner Wachsamkeit war er nie niedergeschlagen. Im Gegenteil, ich kann mich nicht erinnern, ihn je in solcher Hochstimmung gesehen zu haben. Seine Zärtlichkeiten waren voller Phantasie, und seine Energie – ob durch die Bergluft gesteigert oder nicht, weiß ich nicht – überstieg selbst noch seine natürlichen Kräfte, so daß ich mich zu fragen begann, ob er Moriartys Herausforderung nicht ebensogut hätte annehmen können. In einem Wettstreit sexueller Fähigkeiten konnte ihn bestimmt kein Mann auf der Welt übertreffen.

Unter der Fröhlichkeit jedoch spürte ich einen morbiden Gegensatz, der auch die Ursache derselben sein mochte. Er dämpfte die Laune meines Freundes nicht, und doch fand ich dessen stoische Haltung beunruhigend. Mehrmals äußerte er die Ansicht, daß, könnte er gewiß sein, daß die Menschheit von Professor Moriarty befreit sei, er sich mit Freuden zur Ruhe setzen würde.

»Ich glaube, ich darf sagen, Watson, daß ich nicht ganz vergebens gelebt habe«, bemerkte er. »Sollte meine Akte heute geschlossen werden, so könnte ich sie mit Gleichmut durchblättern. Es lebt sich leichter in London dank meiner Gegenwart. Ich wüßte nicht, daß ich in mehreren hundert Fällen meine Kräfte je für die falsche Seite eingesetzt hätte. In letzter Zeit war ich versucht, mich mehr mit den Problemen zu befassen, die von der Natur ausgehen, als mit jenen eher oberflächlichen, für die unser künstlicher Zustand der Gesellschaft verantwortlich ist. Ihre Erinnerungen, Watson, werden mit dem gefährlichsten und fähigsten Verbrecher Europas ein Ende finden.«

In dem wenigen, was ich noch zu berichten habe, werde ich mich kurz und doch genau fassen. Es ist dies kein Thema, bei dem ich lange verharren möchte, aber ich bin mir bewußt, daß ich die Pflicht habe, kein Detail auszulassen.

Am 3. Mai erreichten wir das Dörfchen Meiringen, wo wir uns im Englischen Hof einquartierten, der damals von Peter Steiler dem Älteren geführt wurde. Unser Wirt war Ehrenmitglied von Mycroft Holmes' Diogenes Club und wurde aufgrund gewisser außergewöhnlicher Leistungen bei verschiedenen Ritualen in ehrender Erinnerung behalten. Er sprach ausgezeichnet Englisch und erbot sich, uns ortsansässige Jünglinge unserer Wahl zuzuführen. Natürlich lehnten wir ab, da wir noch immer genossen, was sich als Hochzeitsreise zu erweisen anschickte. Auf Empfehlung unseres Wirtes brachen wir am Nachmittag des 4. Mai auf, um die Berge zu überqueren und die Nacht in dem Weiler Rosenlaui zu verbringen. Wir waren jedoch beschworen worden, unter keinen Umständen an den Fällen von Reichenbach vorüberzugehen, die sich in halber Höhe befanden, ohne einen kleinen Umweg zu machen, um sie zu besichtigen.

Es ist in der Tat ein unheimlicher Ort. Der Wildbach, angeschwollen vom Schmelzwasser, stürzt in einen gewaltigen Abgrund, aus dem die Gischt aufwallt wie Rauch von einem brennenden Haus. Der Schacht, durch den der Fluß stiebt, ist eine gewaltige Kluft, die von kohlrabenschwarzen Felsen eingefaßt wird und die sich in einen dampfenden, brodelnden Kessel unermeßlicher Tiefe verengt, welcher überkocht und den Strom über seine zerklüftete Kante hinausschießen läßt. Der lange Strahl ewig niedertosenden grünen Wassers und der dicke, flimmernde Vorhang aus ewig zischender Gischt lassen durch ihr ständiges Wirbeln und Rauschen einen Mann schwindeln. Wir standen am Rand, spähten hinab zu dem Blitzen des gegen die schwarzen Felsen brechenden Wasser tief unter uns und lauschten dem halb menschlichen Rufen, das mit der Gischt aus dem Abgrund zu uns aufstieg.

Der Pfad verlief halb um den Wasserfall, um eine Gesamtübersicht zu ermöglichen, aber er endete jäh, und der Wanderer mußte auf dem gleichen Weg zurückkehren. Wir hatten eben kehrt gemacht, als wir einen höchst attraktiven schweizer Burschen erblickten, der mit einem Brief in der Hand auf uns zugerannt kam. Der Brief trug das Zeichen des Hotels, von dem wir gerade aufgebrochen waren, und war vom Wirt an mich gerichtet. Es hatte den Anschein, als sei wenige Minuten nach unserem Abschied eine englische Dame im letzten Stadium der Schwindsucht eingetroffen. Sie hatte den Winter in Davos Platz verbracht und hatte sich nun auf der Reise zu Freunden nach Luzern befunden, als ein plötzlicher Blutsturz sie überraschte. Sie würde vermutlich kaum die nächsten Stunden überleben, aber es wäre ihr ein großer Trost, einen englischen Arzt zu sehen, und ob ich nicht umkehren könne usw. In einem Postskriptum versicherte mir der gute Steiler, er betrachte meine Einwilligung als sehr großen Gefallen, zumal die Dame sich strikt geweigert habe, einen schweizer Arzt zu empfangen, und er das Gefühl habe, in einer großen Verantwortung zu stehen.

Einen solchen Appell durfte man nicht ignorieren. Es war unmöglich, die Bitte eines sterbenden Landsmannes in der Fremde abzuschlagen. Dennoch hatte ich Skrupel, Holmes alleinezulassen. Wir kamen jedoch überein, der junge schweizer Bote solle als Führer und Begleiter bei ihm bleiben, während ich nach Meiringen zurückkehrte. Mein Freund würde eine Weile am Wasserfall verweilen, sagte er, um dann gemächlich über die Berge nach Rosenlaui zu wandern, wo ich ihn abends wiedersehen sollte. Beim Weggehen sah ich, wie Holmes mit dem Rücken an einen Felsen gelehnt mit verschränkten Armen in die tosenden Wasser starrte. Es war das letzte Mal, daß ich ihn in einer solch nachdenklichen Stimmung sehen sollte.

Ich dachte weiter darüber nach, wie rasch mich die Bitte erreicht hatte, und hatte etwa eine halbe Stunde Wegs zurückgelegt, als ich mich erinnerte, daß ich die Hotelrechnung bei mir trug. Ich zog sie hervor und dann das Blatt, das der junge Schweizer mir gebracht hatte. Es erwies sich als eine eindeutige Fälschung!

Mit aller Kraft, die mir zu Gebote stand, rannte ich den steilen Pfad wieder hinauf. Bald war ich außer Atem und mußte mich ausruhen. Dann kämpfte ich mich weiter, klammerte mich an den steilsten Stellen verzweifelt an die Felsen und rannte auf einigermaßen flachen Strecken, was die Füße hergaben. Dennoch kam ich höchstens halb so schnell voran wie beim Abstieg, wodurch meine Abwesenheit von Holmes etwa neunzig Minuten währte. Als ich den horizontalen Einschnitt erreichte, wo ich Sherlock Holmes zuletzt gesehen hatte, wurden meine schlimmsten Befürchtungen im Nu bestätigt. Das Brüllen aus dem Abgrund war so laut, daß ich keinerlei Kampfeslärm hörte, als ich aber um eine scharfe Wegbiegung kam, stand ich dem jungen Schweizer gegenüber. Er sah mich im gleichen Moment wie ich ihn und zog augenblicklich einen Revolver aus dem Gürtel. »Halt!« befahl er schneidend.

Ich hatte keine Wahl und blieb inmitten der Bewegung auf dem schmalen Vorsprung stehen. Der junge Mann, so schlank er war, nahm mir fast völlig die Sicht auf den Pfad hinter ihm. Unmittelbar hinter dem nächsten Felsvorsprung hatte ich jedoch eine Bewegung wahrgenommen, die nur menschlichen Ursprungs sein konnte. »Bitte«, sagte ich schließlich. »Sagen Sie mir zumindest…«

Der junge Mann lächelte, wobei seine hübsche, germanische Blondheit sich vor meinen Augen verfinsterte, während der Inbegriff des Bösen seinen Schatten über seine Züge zu werfen schien. »Ihr Meister und meiner«, sagte er in gebrochenem Englisch. »Sie kämpfen.«

Zuerst stellte sich mir der junge Mann in den Weg. Dann, da er offenbar einen niederträchtigen Gefallen an meinem

Elend fand, zog er sich in die enge Nische im Fels neben ihm zurück. Dies gestattete mir, knapp an ihm vorbeizukommen. »Wenn Sie sich einmischen, erschieße ich Sie«, sagte er sachlich. »Ich schaue zu; Sie schauen zu. Mehr nicht.«

»Und wenn Mr. Holmes Ihren Meister besiegt?« fragte ich.

»Ich habe Anweisung, jeden Überlebenden unbehelligt gehen zu lassen«, sagte der junge Mann.

Es gab vermutlich keinen Grund, ihm zu glauben, dennoch tat ich es. Auch zögerte ich nicht, an der Kante der engen Nische vorbeizugehen, obgleich er mich mühelos mit einem einzigen Stoß von Hand oder Fuß hätte zu Tode stürzen können. Er versuchte nichts dergleichen, und einen Moment später war ich nahe genug an den beiden Kämpfenden, um das volle Ausmaß des Geschehens zu ermessen. Der erste Schock traf mich, als ich erkannte, daß beide nackt waren!

Das hieß, sie trugen den Wettstreit aus, den Moriarty ursprünglich vorgeschlagen hatte! Zumindest nahm ich das zunächst an; nach wenigen Sekunden jedoch begriff ich, daß es in diesem Kampf um mehr ging als um eine Probe sexueller Potenz. Beim Näherkommen waren sie ineinandergewunden, wobei die atemberaubend muskulöse Gestalt des Professors oben lag. Ich sah seine wahrhaft gewaltigen Hoden, die im Kampf von einer Seite zur anderen rollten. Sherlock Holmes hatte seine langen, kraftvollen Beine um die Hüfte seines Gegners geschlungen, und einen Augenblick lang fragte ich mich, ob er wirklich aufgespießt war.

Er war es nicht. Plötzlich gelang es meinem Freund, den Griff des Gegners zu lösen, und im Nu war er auf allen Vieren und erwartete den Sprung des anderen. Ich sah, daß sein Penis lose und schwer nach unten hing und kein Anzeichen von Erregung aufwies. Daraus schloß ich, daß der Kampf mit Körperkraft ausgetragen wurde, weit entfernt von Moriartys ursprünglicher Herausforderung. Ich irrte mich nur insofern, als der Professor versuchte, den Kampf herbeizuzwingen, und dank der Waffe in der Hand des jungen Schweizers war Sherlock Holmes offensichtlich genötigt gewesen, in die Vorgaben des anderen einzuwilligen.

Diese Annahme wurde alsbald bestätigt. »Ihr Freund besteht darauf zu kämpfen«, sagte der Mann hinter mir. »Aber mein Meister sagte ihm, die Wette könne anders entschieden werden.«

»Was sagen Sie?« fragte ich. Ich mußte schreien, um das fürchterliche Donnern des Wildwassers zu übertönen. Da folglich eine Verständigung mit dem Schweizer kaum möglich war, konnte ich nicht verstehen, was zwischen Sherlock Holmes und Professor Moriarty vorgefallen war. Der junge Mann beantwortete meine Frage nicht... entweder hatte er sie nicht gehört, oder er weigerte sich schlicht, etwas zu erklären. Ich konnte sehen, daß zwischen den Kämpfenden einige Worte gewechselt wurden, als Moriarty auf die Knie sank und Holmes bedeutete, ihn anzugreifen. Während all dessen hatte ich jedoch den Körper des Professors nicht von vorn gesehen und konnte daher weder seine Züge einschätzen, noch bestimmt wissen, ob er tatsächlich versuchte, seine sexuelle Überlegenheit zu beweisen.

Holmes näherte sich ihm mit lose pendelndem langem Schwanz. Ich sah, daß beide Männer trotz der Kälte vor Anstrengung schwitzten. Dann war Holmes über ihm und preßte ihm den Kopf an seinen Unterleib. Wenn der Wettstreit alleine aufgrund sexueller Stärke entschieden werden sollte, war klar, daß seine Kräfte schwinden mußten. Der Gedanke, daß dies meine Schuld war, pochte mir gegen die Schläfen, denn in der Nacht zuvor hatte ich ihn gänzlich trockengelegt. Aber Holmes sollte in keiner Kraftprobe überwunden werden. Ohne Warnung warf er sich zu Seite, auf dem gähnenden Abgrund zu, und noch bevor ich einen halben Schritt hatte tun können, stürzten beide Männer ins Leere.

Schreckensstarr stand ich da. Holmes verschwand als erster, und das letzte, was ich von beiden sah, war die nach oben gekehrte Mitte von Moriartys Körper. Er drehte sich in der Luft, so daß kurz seine Unterleib und sein Bauch vor mir aufblitzten. Sein starrer Mast ragte steif und fest hervor, und für einen einzigen flüchtigen Moment wurden seine monströsen Ausmaße sichtbar. Beide waren verschwunden, und als ich die Kante erreicht hatte, war nur noch die kochenden Wirbel der Fälle zu sehen und die schäumende Gischt, die ihre dampfende Wolke über die brodelnde Flut türmte.

Ich muß sehr lange gestanden und in die klaffende Tiefe gestarrt haben. Den schweizer Burschen hatte ich völlig vergessen und wußte wahrhaftig nicht, wo ich war und was ich tat. Ich verharrte nur ungläubig, während in meinen Adern das Blut erstarrte und mein Hirn verzweifelt versuchte, zu erfassen, was geschehen war. Schließlich drehte ich mich in dumpfer Teilnahmslosigkeit um, und mein Blick fiel auf den jungen Mann, der sich mir zuvor so bedrohlich in den Weg gestellt hatte. Es saß auf dem Vorsprung mit dem Rücken zu den Felsen. Tränen bitteren Schmerzes strömten ihm über die Wangen, und sein Körper bebte unter der Gewalt seines Schluchzens. Der Revolver lag entladen zu seinen Füßen.

Sein Anblick brachte mich teilweise wieder zu Verstand, und als er sah, daß ich ihn anschaute, wandte er mir eine geschwollenen, geröteten Augen zu. Wortlos zog er ein gefaltetes Papierpäckchen aus der Tasche und gab es mir. Als gehorchten meine Muskeln einer Macht außerhalb meiner selbst, ließ ich mich neben ihm nieder und entfaltete die Blätter auf meinem Bein. Ich erkannte sie sogleich als drei Seiten, die aus dem Notizbuch von Sherlock Holmes gerissen waren.

Mein lieber Watson,
ich schreibe diese kurzen Zeilen dank der Höflichkeit von Mr. Moriarty, der meine Bereitschaft zur endgültigen Lösung

der Fragen, die zwischen uns stehen, erwartet. Er hat mir kurz geschildert, wie er der englischen Polizei entkam und über unsere Bewegungen unterrichtet blieb. Dies bestätigt zweifellos die hohe Meinung, die ich mir von seinen Fähigkeiten gebildet hatte. Ich bin zuversichtlich, daß es mir möglich sein wird, die Gesellschaft von künftigen Folgen seiner Gegenwart zu befreien, obgleich ich fürchte, das dies zu einem Preis geschieht, der für meine Freunde, und ganz besonders für Sie, mein Liebster, schmerzlich sein wird.

Wenn ich Ihnen allerdings ein volles Eingeständnis machen darf, so war ich ziemlich sicher, daß der Brief aus Meiringen ein Trick war, und ich gestattete Ihnen, ihm zu folgen, in der Überzeugung, es würde etwas Ähnliches geschehen. Mr. Moriarty besteht darauf, daß wir einen Zweikampf entsprechend seiner ursprünglichen Herausforderung austragen, und ich sehe mich durch Waffengewalt gezwungen, einzuwilligen. Ich schwöre Ihnen aber, Liebster, daß dieser heimtückische Bösewicht mich nicht überleben wird. Daher sei dies ein Abschied und Lebewohl. Ich wünschte, es könnte anders geschehen, aber es gibt keine andere Möglichkeit.

Der junge Mann, der gelobt hat, Ihnen diese Botschaft nach dem Wettstreit zu übergeben, ist Moriartys jüngste Eroberung. Er wird nach dem Ende des Kampfes ebenso verzweifelt sein wie Sie, denn wenn diese Botschaft in Ihre Hände gelangen sollte, ist sein Meister ebenfalls nicht mehr am Leben. Ich bitte Sie, ihm Ihr Mitgefühl zu gewähren und Ihrer beider Kummer gemeinsam zu tragen. Dies ist denn meine letzte Bitte, und ich bete darum, daß Sie ihr eigenes seelisches Gleichgewicht durch die Bemühungen um dieses bedauernswerte Wesen wiedererlangen.

In tiefer Liebe und Zuneigung

SHERLOCK HOLMES

Ein paar Worte mögen genügen, um das wenige, was bleibt, zu erzählen. Ich wandte mich dem jungen Mann neben mir zu, und in unserem jeweiligen Kummer fanden wir uns unversehens einander in den Armen liegen. Es war nicht gleich etwas Sexuelles, obwohl wir irgendwann in den Englischen Hof zurückkehrten, wo wir in unserem gemeinsamen Leid miteinander schliefen. Später blieb Friedl – so hieß der junge Mann – bei mir, und irgendwann reisten wir zusammen nach London zurück. Jeffrey hatte unser Heim verlassen, und ich sollte ihn niemals wiedersehen. Seine Nachricht war kurz und bewies sein Verständnis für mein Dilemma. Er habe die Erneuerung seines Offizierspatents beantragt, schrieb er und versicherte mir, er werde versuchen, unter seinen Kameraden auf See sein Glück zu finden.

Ich schloß meine Praxis und zog mich zusammen mit Friedl in die Wohnung in der Baker Street zurück, die ich früher mit meinem geliebten Sherlock Holmes geteilt hatte. Hier lebe ich noch immer, und oft ertappe ich mich dabei, daß ich auf ein Geräusch auf der Treppe horche, das in mir die Erwartung des unmöglichen Rückkehr meines Freundes weckt. Dies kann jedoch nicht sein, und eines Tages wird mein Geist die Tatsache seines Todes akzeptieren.

Was die Bande betrifft, so wird sich die Öffentlichkeit daran erinnern, daß die lückenlosen Beweise, die Holmes gesammelt hatte, ihre Organisation aufdeckte und wie schwer die Hand des Toten auf den Mitgliedern lastete. Über ihren abscheulichen Anführer kamen während der Prozesse nur wenige Einzelheiten zutage, und wenn ich mich nun genötigt sah, seine Laufbahn deutlich darzulegen, dann liegt dies an den nichtswürdigen Subjekten, die es wagten, sein Andenken reinzuwaschen, indem sie jenen angriffen, den ich ewig als den besten und klügsten Mann ehren werde, den ich je kennengelernt habe.